Telewischn!

50 000 Euro plus Spesen sind nicht zu verachten, denkt sich der finnische Kameramann Yrjö. Schon gar nicht, wenn man eine teuere Scheidung und ein kleines Alkoholproblem hat. Und irgendwie würde er die beiden anderen Knalltüten auch überleben. Die beiden anderen sind die junge Journalistin Franziska aus Österreich und der schwule Tontechniker Jesús aus Spanien. Ihr Auftrag: den Weg einer mit einem Sender ausgestatteten Euromünze durch Europa mit Filmbildern und Interviews zu verfolgen. Was sie allerdings nicht wissen: Ihre Jagd wird vom größten privaten Fernsehsender als Reality-Show gleich mit aufgezeichnet. Alles läuft perfekt, und auch als der Euro für kurze Zeit im Sparstrumpf einer kreuzfrommen Italienerin verschwindet, weiß der sangesfreudige Yrjö einen Ausweg. Doch dann landet der Euro als vermeintliche Fälschung in den Tresoren von Europol – und beim Fernsehsender schrillen die Alarmglocken. Abschreiben oder einbrechen? Der Kampf um die Quote zwingt zu außerordentlichen Entscheidungen.

In einer überdrehten Satire auf den TV-Irrwitz schickt Roman Schatz eine ahnungslos gecastete Medien-Meute auf die Jagd nach einer Euro-Münze.

Roman Schatz

Telewischn!

Roman

Für J.K.F.

1. Auflage 2009

© Eichborn AG, Frankfurt am Main, Juli 2009
Umschlaggestaltung: Christina Hucke
Lektorat: Tina Kröckel
Ausstattung, Typografie: Susanne Reeh
Satz: Fotosatz Amann, Aichstetten
Druck und Bindung: CPI – Clausen & Bosse, Leck
ISBN 978-3-8218-5838-8

Mix
Produktgruppe aus vorbildlich bewirtschafteten
Wäldern und anderen kontrollierten Herkünften
www.fsc.org Zert.-Nr. GFA-COC-001223
© 1996 Forest Stewardship Council

Alle Rechte vorbehalten. Kein Teil des Werkes darf in irgendeiner
Form (durch Fotografie, Mikrofilm oder ein anderes Verfahren)
ohne schriftliche Genehmigung des Verlages reproduziert oder unter
Verwendung elektronischer Systeme verarbeitet, vervielfältigt oder
verbreitet werden.

Eichborn Verlag, Kaiserstraße 66, 60329 Frankfurt am Main
Mehr Informationen zu Büchern und Hörbüchern aus dem
Eichborn Verlag finden Sie unter www.eichborn.de

1

60°23′48″ N / 25°06′16″ O
Palopolku, Kerava, Finnland

12. August, 11.01 h OEZ

Yrjö ging in die Hocke und breitete die Arme aus. Lady, seine zweijährige Golden-Retriever-Hündin, und Silja, seine blonde, zwölfjährige Tochter, rannten schwanzwedelnd beziehungsweise lachend auf ihn zu. Noch wenige Meter, dann würde ihm Silja um den Hals fallen und Lady sein Gesicht ablecken. Yrjö trat mit einem Fuß etwas zurück, denn aus Erfahrung wusste er, dass weder Hund noch Mädchen bremsen würden, und er wollte nicht unter dem Aufprall ihrer Liebe umfallen und wie ein Käfer hilflos auf dem Rücken liegen.

Plötzlich hörte er Musik. Jemand grölte *I'm on the highway to hell*. Die idyllische Szenerie vor seinen Augen löste sich in grobe Pixel auf, verblasste und verschwand. Yrjö wachte auf.

Sein Kopf fühlte sich an wie ein Kürbis, genauer gesagt wie ein sonnengetrockneter Kürbis, der von einer Horde Globalisierungsgegner mit Baseballschlägern traktiert worden war. *And I'm going down, all the way down, I'm on the highway to hell...* Wo war dieses Scheißtelefon schon wieder? Nach einigem Fluchen und Suchen fand er sein Nokia-Handy im linken Schuh. Warum hatte er eigentlich diesen blöden Klingelton noch nicht geändert? AC/DC war ja wohl etwas lächerlich für einen Mann in seinem Alter.

Wer wollte ihn jetzt sprechen, an einem Mittwoch um elf Uhr morgens? Aufträge hatte er schon seit Wochen keine mehr bekommen. Falsch verbunden wahrscheinlich. Oder es war wieder der blutsaugende Anwalt seiner Ex-Frau. Hörte das denn nie auf? Was wollte sie denn noch, diese elende Schlampe? Das Kind und den Hund hatte sie doch schon, und das Haus und das Auto auch. Und er, Yrjö, hatte ein Kontakt- und Näherungsverbot am Hals und durfte sich jetzt in aller Ruhe am Arsch der Welt zu Tode saufen, während diese raffgierige Kuh die Früchte seiner jahrelangen harten Arbeit genoss, mit seinem geliebten Volvo Kombi herumfuhr, mit Silja und Lady heile Welt spielte, mit ihrem Rechtsanwalt schlief und ihren Freundinnen erzählte, was für ein haltloser Versager er, Yrjö, ihr Ex-Mann war.

Yrjö kniff die geschwollenen Augen zusammen und starrte auf das Display: Der Anruf kam aus dem Ausland, so viel konnte er sehen, aber die internationale Vorwahlnummer erkannte er nicht.

Nicht jetzt, verdammt noch mal. In diesem Zustand würde er nicht abnehmen, schon gar nicht, wenn er am Telefon Englisch sprechen müsste. Wenn die Sache wichtig war, würde man ihm eine Nachricht hinterlassen oder sich wieder melden. Er ließ das Handy neben sich auf die Matratze fallen und richtete sich mühsam auf seinem quietschenden Feldbett aus finnischen Armeebeständen auf.

Schon wieder ein verkaterter Morgen in dieser winzigen Abstellkammer in Kerava, eine knappe halbe Autostunde nördlich von Helsinki. Und dabei musste er noch dankbar sein, dass er dieses Kämmerchen auf eigenen Namen mieten konnte. Um ihn herum standen Metallregale mit elektronischen Geräten, seine Kameraausrüstung, verschiedene Objektive, Mikrofone, Videokassetten, Kabel, Ersatzteile, Linsen und Stative. Wenn nicht bald ein Job hereinkäme, würde er den ganzen Krempel meistbietend verkaufen müssen.

Das Telefon piepste. Yrjö stand auf und schleppte sich zum Kühlschrank, dem einzigen Gegenstand in seiner Behausung, der entfernt an eine Küche erinnerte. Er öffnete die Tür. Sieh an, der Schimmel auf der Pizza hatte über Nacht die Farbe gewechselt und war jetzt nicht mehr grün, sondern braun. Aber – und das war das Wichtigste – es gab noch ein halbes Sixpack *Karjala*. Yrjö öffnete eine Dose und ließ sich mit geübter Hand fast den ganzen Inhalt auf einen Zug in den Hals gluckern. Dann rülpste er vernehmlich und zündete sich eine Zigarette an. Noch ein Schluck, und die Halbliterdose war leer. Was für ein miserables, kastriertes Land, dies mein Heimatland, dachte Yrjö, als er die leere Dose einfach fallen ließ, aufs Klo schlurfte und im Stehen ächzend seine Blase leerte. Nicht einmal mehr eine leere Bierdose konnte man mit männlicher Muskelkraft in der Hand zerquetschen, denn seit ein paar Jahren gab es Dosenpfand. Na, wenigstens brauchte er sich beim Pinkeln nicht mehr hinzusetzen. Aus dem Spiegel blickte ihn sein geschundenes, von grauen, fettigen Locken umrahmtes Gesicht an, in das vierundfünfzig finnische Winter tiefe Furchen gegraben hatten.

Zum Teufel.

Noch war er nicht am Ende. Man würde noch von ihm hören. Kampflos würde er nicht aufgeben. Das Haus konnte sie seinetwegen behalten, er hatte es sowieso nie richtig gemocht. Aber seine Tochter und seinen Hund würde er sich nicht wegnehmen lassen. Niemals. Und seine Menschenwürde auch nicht! Er würde sich erheben wie Phönix aus dem Aschenbecher. Immerhin hatte er noch seine Kamera. Und immerhin war er Yrjö Koski, einer der besten Kameramänner Finnlands! Er würde sich als Kriegsberichterstatter verdingen oder Dokumentarfilme im Himalaja drehen, was auch immer. Er würde sein Comeback erleben, er würde sein Leben wieder in den Griff kriegen. Gleich morgen, gleich nächste Woche, gleich nächstes Jahr.

Als vom Sixpack nichts mehr übrig und auch die Zigarettenschachtel leer war, zog Yrjö sich an und machte sich auf den Weg zum Kiosk an der Straßenecke. Seit er in dieser Kammer hauste, lebte er so gut wie ausschließlich von einer Kioskdiät aus Bier und Zigaretten und von der Speisekarte auf der Rückseite der Gelben Seiten: Pizzataxi.

Einen Sekundenbruchteil bevor die Tür ins Schloss fiel, erinnerte er sich an sein Telefon, ging noch einmal zurück und wollte es in die Jackentasche stecken. *Ein Anruf in Abwesenheit, eine Nachricht erhalten*, sagte das Display.

Auf dem Weg nach draußen hörte Yrjö Koski seinen Anrufbeantworter ab.

2

40°25'47" N / 03°40'41" W
Calle de José Ortega y Gasset, Madrid, Spanien

12. August, 10.55 h MESZ

Jesús de Luna betrachtete seine Zehennägel, die unter der schwarzen Seidenbettwäsche hervorschauten, und war glücklich. Natürlich war ihm klar, dass Glücklichsein kein Dauerzustand war, das widersprach dem ganzen Konzept des Glücks. Außerdem war er alt genug, um zu wissen, dass das Leben jedem früher oder später einen Strich durch jedwede Rechnung machte. Glück war etwas, was nur Sekundenbruchteile dauern konnte und durfte. Also galt es, diesen Moment zu genießen, alles herauszuholen und sich dieses seltene Gefühl so einzuprägen, dass er es später bei Bedarf in seiner Erinnerung abrufen konnte:

Eine Penthousewohnung in bester Innenstadtlage, Designermöbel, eine Sammlung von mehr als zehntausend LPs, ein begehbarer Kleiderschrank, ein Sportwagen... und das war nur der materielle Teil seines Glücks. Die Wohnung und der Sportwagen gehörten allerdings Juan, nur die Vinylsammlung war Jesús' Eigentum. Immerhin befanden sich unter den Platten einige exquisite Raritäten. Mehr als seine Sammlung und seine Jugend hatte er nicht einbringen können in diese Beziehung.

Der immaterielle und weit wichtigere Teil seines Glücks aber war Juan. Juan, der Mann seines Lebens, der Mann, den er seit Jahren gesucht hatte, in Madrid, in Amsterdam, in Berlin, in ganz Europa und halb Südamerika, unterwegs auf seinen Reisen als Freelance-Tontechniker des spanischen Privatfernsehens. Und jetzt hatte er sie endlich gefunden, die große Liebe, den Mann, für den er alles geben, alles tun und alles erdulden würde. Einen männlichen, muskulösen Mann. Einen Mann zum Heiraten. Juan.

Juan war aufgewacht und drehte sich gähnend um. Jesús gab ihm einen feuchten Kuss.

»Ich sterbe vor Hunger!«, sagte Jesús und griff Juan zwischen die Beine.

»Guten Appetit!«, sagte Juan schläfrig. »Aber nicht wieder beißen, *Puta*! Jedenfalls nicht so fest!«

Gerade als Juan sich anschickte, seinen ersten Hunger zu stillen, wurde die Schlafzimmertür geöffnet, und Dulce, Juans Haushälterin, kam herein.

»Juan! Jesús! Wollt ihr den ganzen Tag verschlafen? Es ist elf Uhr!«, schimpfte sie freundlich, hob die Kleider auf, die die beiden am Abend achtlos auf dem Boden verstreut hatten, und faltete sie ordentlich zusammen. »Aufstehen, ihr Matadore! Auch Schwule müssen arbeiten gehen!«

Das stimmte nur bedingt. Jesús musste für seinen Lebensunterhalt arbeiten, Kamerateams und Redakteure begleiten, langweilige Interviews aufzeichnen und mit dem Mikrofongalgen in der Hand und dem Kopfhörer auf den kurzen schwarzen Haaren an Straßenecken, bei Pressekonferenzen oder bei Sportveranstaltungen herumstehen.

Juan brauchte nicht zu arbeiten, denn er hatte vor einigen Jahren ein paar sehr lukrative Immobiliengeschäfte gemacht und tat seither nichts mehr, außer sich Kleider und Schuhe zu kaufen, sich in Madrids Bars und Clubs herumzutreiben und junge Männer abzuschleppen.

Aber vor drei Wochen, als Jesús und Juan sich kennen gelernt hatten, war alles anders geworden. Seither waren sie ein Paar, gingen zusammen aus, lebten zusammen unter einem Dach, spazierten Hand in Hand die *Castellana* entlang und fuhren am Wochenende zusammen in Juans Sportwagen aufs Land. Juan, der König der Königinnen, der feuchte Traum aller Schwulen Madrids, das unbestrittene Objekt der Begierde, hatte sich in Jesús verliebt, ausgerechnet in ihn! Und schon am dritten Tag ihrer Liebe war Jesús mit Sack und Pack in sein Penthouse eingezogen – das heißt mit einer Reisetasche und seiner Plattensammlung.

Murrend schob Juan Jesús' Kopf zur Seite, stand auf und präsentierte sich seiner Haushälterin im Adamskostüm mit einer stattlichen Morgenerektion.

»Was gibt's zum Frühstück, Dulce?«, fragte er und streckte sich, dass es in seinen Schultern krachte.

»Churros und heiße Schokolade, wie bestellt, Señor!«, sagte die untersetzte Haushälterin, die vom Alter her die Mutter der beiden hätte sein können. »Und übrigens, Jesús, vor einer Weile hat jemand für dich angerufen. Aber ich wollte euch Turteltäubchen noch nicht wecken!«

»Kann ich meine Unterhose haben?«, fragte Jesús schüchtern.

»Stell dich nicht so an!«, sagte Juan barsch. »Dulce ist schon seit meiner Kindheit im Haus, die kann was vertragen! Und so spektakulär ist dein Ding nun auch nicht, dass sie von dem Anblick in Ohnmacht fallen würde!«

Die Haushälterin kicherte und warf Jesús das Telefon, das er auf dem Küchentisch hatte liegen lassen, auf die Brust. »Los, raus aus den Federn!«

Jesús schälte sich aus dem schwarzen Seidenbett, öffnete die Glastür und trat hinaus auf den Balkon. Noch war die Luft über der Stadt diesig und feucht, aber die Sonne stieg unerbittlich Richtung Zenit. Es würde ein extrem heißer Tag werden. Er schaltete die Tastensperre seines Telefons aus und fand einen verpassten Anruf. Das Telefonat war aus dem Ausland gekommen, eine merkwürdige Vorwahl: +352 – was war das, Holland, Belgien, Dänemark?

3
48°13′03″ N / 16°23′18″ O
Afrikanergasse, Wien, Österreich

12. August, 10.32 h MESZ

Franziska zog ihren Lippenstift noch einmal nach, klemmte sich ihre neue Handtasche unter den Arm und verließ ihre geschmackvoll eingerichtete, peinlich saubere Zweizimmerwohnung in der Leopoldstadt im Wiener II. Bezirk. Sie musste über sich selbst lächeln: Ich bin mir eine schöne Feministin, ich gehe zum Gynäkologen und schminke mich dafür! Aber man konnte ja nie wissen, und gutes Aussehen hatte noch nie geschadet.

Die Praxis lag nur etwa hundert Meter von ihrer Wohnung entfernt, und wie zu jedem Termin kam Franziska auch jetzt ein paar Minuten zu früh. Sie überflog einige der Frauenzeitschriften, die im Wartezimmer auslagen. Wie immer bei dieser Lektüre stieg ungläubiger Ekel in ihr auf: Wie um alles in der Welt konnten ihre Kolleginnen nur so einen fürchterlichen Unsinn produzieren? Das war doch kein Journalismus! Welche akademisch gebildete Frau erniedrigte sich freiwillig und schrieb solche Artikel? Schon allein die Überschriften strotzten vor Banalität: *Das Ende der Leidenschaft – so vergisst man seinen Partner, 12 Tipps für trockene Ellbogen, Aromatherapie gegen Menstruationsbeschwerden* – das war doch alles totaler *Schmarrn*!

Aber wenn andere sich für so etwas hergaben, dann war das nur gut für ihr eigenes Selbstwertgefühl. Wenigstens sie hatte nicht umsonst Journalistik studiert, bei der renommiertesten Zeitung des Landes ein Volontariat gemacht und danach sämtliche wichtigen Redaktionen des Österreichischen Rundfunks durchlaufen. Derzeit war sie freischaffende Redakteurin beim ersten Kanal des ORF. Und sie hatte vor kurzem damit begonnen, ihre Doktorarbeit im Bereich Medienwissenschaft zu schreiben. Kunst, Kultur, Wissenschaft, Politik, Wirtschaft – sie war zu Höherem berufen als zu Ratschlägen für faltige Haut oder billigem Trost bei Liebeskummer.

Die Sprechstundenhilfe riss sie aus ihren Gedanken:

»Frau Anzengruber?«

»Hier!«, sagte Franziska, legte die Zeitschrift zurück in den Korb und betrat das Sprechzimmer.

Franziskas regulärer Arzt war zurzeit im Urlaub auf den Malediven, und ein Kollege führte so lange die Praxis. Er war ein hagerer, älterer Mann mit einer Goldrandbrille und hätte dem Stereotyp nicht besser entsprechen können: ein Gynäkologe wie aus dem Bilderbuch und ein Kavalier der alten österreichischen Schule.

»Wie alt sind Sie, Fräulein Anzengruber?«, fragte er.

»*Frau* Anzengruber.«

»Ach, Sie sind verheiratet?«

»Nein«, sagte Franziska. »Aber das Wort ›Fräulein‹ wird von modernen Menschen schon seit Jahrzehnten nicht mehr gebraucht, Herr Doktor. Es gibt schließlich auch kein ›Herrlein‹!«

»Entschuldigen Sie bitte, *Frau* Anzengruber. Wie alt sind Sie?«

»Siebenundzwanzig.«

»Ihre Untersuchungsergebnisse sind gekommen«, sagte der Arzt und blickte wohlwollend über den schmalen Rand seiner Zweistärkenbrille.

»Und?«

»Also, wie soll ich das sagen, Fräu... Frau Anzengruber. Es besteht kein Grund zur Besorgnis, außer dass ...«

»Sagen Sie mir einfach die Wahrheit«, sagte Franziska.

»Gut«, sagte der Gynäkologe. »Es ist alles in Ordnung mit Ihnen, Sie sind im Großen und Ganzen eine kerngesunde junge Frau. Aber – Sie haben ein Fertilitätsproblem.«

»Ein Fertilitätsproblem?«

»Ja. Einen kleinen, aber leider entscheidenden Chromosomendefekt. Es tut mir leid, aber es ist sehr wahrscheinlich, dass Sie keine Kinder bekommen können.«

Der Arzt erging sich in tröstenden Erklärungen darüber, wie viele junge Frauen in den westlichen Industriestaaten heutzutage dieses Problem hätten, dass es auf unserem kleinen blauen Planeten sowieso schon mehr als genug Kinder gab, von denen täglich Tausende verhungerten, dass man ja schließlich auch adoptieren könne ...

»Kann man etwas dagegen tun?«, unterbrach ihn Franziska.

»Es gibt ein Forschungsprojekt an einer Universität in Kalifornien«, sagte der Arzt und putzte, um Zeit und Autorität zu gewinnen, seine Brille. »Aber ich sage es Ihnen ehrlich, viel würde ich mir an Ihrer Stelle davon nicht versprechen. Erstens ist die Forschung dort wirklich noch ganz am Anfang, und es kann Jahre dauern, bis eventuelle Medikamente oder andere medizinische Maßnahmen serienreif sind und auf den Markt kommen. Und außerdem ist die Behandlung extrem teuer, und wie Sie sicher verstehen, trägt keine österreichische Krankenkasse die Kosten für so etwas.«

Eine halbe Stunde später saß Franziska auf der Terrasse des Kaffeehauses *Stefanie*, vor sich einen unberührten, inzwischen kalten Einspänner. Sie war wie betäubt. Keine Kinder. Niemals. Mit niemandem. Das war also ihr Leben: Franziska A., vom Schicksal reich beschenkt, aus gutem Hause, intelligent, immer die Beste ihrer Klasse gewesen, im Eiltempo die Universität hinter sich gebracht, sportlich, schlank, attraktiv, erfolgreich, dynamisch, nie geraucht, kein Alkohol, jeden Tag joggen, Vegetarierin – und unfruchtbar. Nicht, dass sie jemals ernsthaft ans Kinderkriegen gedacht hatte. Dazu war sie viel zu beschäftigt gewesen, und ihre seltenen Liebesbeziehungen hatten nie lange genug gedauert, um überhaupt in eine einigermaßen ernsthafte Phase zu kommen. Sie wollte ja gar keine Kinder haben. Eine richtige Frau war auch ohne Kinder eine richtige Frau. Nein, sie wollte wirklich keine Kinder. Aber sie wollte Kinder haben *können*!

Aus ihrer neuen Handtasche ertönte Mozarts *Kleine Nachtmusik*. Mit zitternden Händen suchte Franziska ihr Telefon zwischen Taschentüchern, Schminkspiegel und

Lippenstift. Als ihr ein Tampon in die Finger geriet, huschte ein bitteres Lächeln über ihre Lippen. Sie fand das Telefon, gab sich einen Ruck und klappte es auf:

»Anzengruber?«

4
49°37'51" N / 06°12'36" O
Luxemburg, Internationaler Flughafen

2. September, 11.00 h MESZ

Wegen Gegenwindes war der von Luxair betriebene Flug OS 7081 etwa zehn Minuten verspätet. Franziska hatte nur eine Reisetasche dabei und brauchte nicht bei der Gepäckausgabe zu warten. Sie ging direkt durch die grüne Pforte, über der in Lëtzebuergesch, Französisch und Deutsch *Nichts zu verzollen* stand. In der Ankunftshalle blieb sie stehen und hielt nach der Person Ausschau, die sie abholen sollte. Sie erwartete, dass jemand mit einem Pappschild mit ihrem Namen auf der anderen Seite stehen würde, aber stattdessen kam ein muskulöser, ganz in Schwarz gekleideter, glatzköpfiger Mann mit einem kleinen goldenen Ohrring im linken Ohr auf sie zu und fragte:

»Franziska Anzengruber?«

Franziska nickte. Was auch immer die Luxemburger von ihr wollten, sie waren offensichtlich gut vorbereitet.

Der Mann nahm ihr die Reisetasche ab und führte sie zum Ausgang. Vor der Tür stand eine schwarze, verlängerte Limousine. Franziska nahm im Fond Platz. Der Mann klemmte sich den Finger ein, als er die Tür schloss, fluchte auf Deutsch, setzte sich hinter das Steuer und fuhr los. Franziska hätte ihn gern gefragt, was die ganze Geheimnistuerei eigentlich sollte, aber der vordere Teil der Limousine war vom Passagierraum durch eine Glasscheibe abgetrennt. Zwar gab es eine Wechselsprechanlage mit Videokamera, aber Franziska beherrschte sich. Cool bleiben war die Devise, das hatte sie während ihrer kurzen, aber steilen Medienkarriere gelernt. Sie war schließlich diejenige, von der man etwas wollte, und sie wollte ihre Karten nicht aus der Hand geben, indem sie voreilig Interesse oder gar Ungeduld an den Tag legte. Sie würde früh genug erfahren, worum es ging.

Eine Biene war aus Versehen mit in die Limousine geraten und summte eindringlich um Franziskas Kopf herum. Das Insekt hatte es auf ihr nach Wildbeeren duftendes Lipgloss abgesehen. Sie schüttelte die Haare und fuchtelte mit den Händen, aber das Biest ließ nicht locker. Der Mann am Steuer spähte in den Spiegel, grinste und öffnete per Knopfdruck das Fenster neben Franziska. Der entstehende Luftzug saugte die Biene aus dem Auto. Franziska nickte zum Dank.

Der Fahrer schloss das Fenster wieder. Die Limousine glitt geräuschlos über die Autobahn N1 Richtung Norden und bog nach einer Weile auf die E44 ab. Aus der Stereoanlage säuselte leise seichte Musik. Franziska schloss die Augen. Unfruchtbar. Warum sie wohl dauernd daran denken musste? Bevor sie es gewusst hatte, hatte es ihr doch überhaupt nichts ausgemacht. Wissen heißt Leiden, dachte sie, atmete tief durch und sah aus dem Fenster.

5

49°38'15" N / 06°09'46" O
TV-Medienzentrum, Boulevard Pierre Frieden,
Luxemburg

2. September, 11.30 h MESZ

Das Medienzentrum lag am Nordrand einer Neubausiedlung, etwas außerhalb der Stadt direkt am Wald. Der Schwarzgekleidete parkte die Limousine, öffnete Franziska die Tür und führte sie in das Gebäude. An der Rezeption bekam sie eine Besucherkarte, dann brachte ihr Abholer sie in den zweiten Stock in ein Besprechungszimmer, das ebenso teuer wie geschmacklos mit Möbeln aus Chrom, Leder und vom Aussterben bedrohten Edelhölzern ausgestattet war.

An einem protzigen Mahagonitisch saßen bereits zwei Leute, ein junger, drahtiger dunkelhaariger und ein älterer, bierbäuchiger grauhaariger Mann. Der Schwarzgekleidete machte keinerlei Anstalten, die Anwesenden einander vorzustellen, stattdessen blieb er an der Tür stehen und lutschte an seinem eingeklemmten Finger. Mit seiner Glatze, seinem Ohrring und seinem schwarzen Rollkragenpullover sah er aus wie ein billiger Gorilla aus einem Actionfilm, und seine Pose machte den Eindruck, als bestünde seine Aufgabe darin, die Personen im Raum am Flüchten zu hindern.

Franziska setzte sich. Eine Sekretärin huschte mit einem Servierwagen herein, reichte wortlos Kaffee und Gebäck und verschwand dann ebenso unauffällig, wie sie gekommen war. Einen Moment lang sahen sich die drei etwas hilflos an, und Franziska wollte gerade den Mund aufmachen, um sich vorzustellen, als ein Mann Mitte vierzig federnden Schrittes den Raum betrat. Er hatte kurzes metallicgraues Haar und trug einen anthrazitfarbenen, ganz offensichtlich maßgeschneiderten Anzug sowie eine übergroße Schweizer Armbanduhr. Er breitete die Arme aus und begrüßte die Anwesenden in beinahe akzentfreiem amerikanischen Englisch.

»Meine Dame, meine Herren, ich freue mich ganz außerordentlich, dass Sie alle drei unserer zugegebenermaßen etwas mysteriösen Einladung Folge geleistet haben und heute hier sind. Wie Sie sicher wissen, sind wir hier im Hauptquartier des größten privaten Fernsehsenders von Europa. Wir betreiben derzeit 34 Fernseh- und ebenso viele Radiosender in insgesamt elf Ländern – aber ich will Sie nicht mit Einzelheiten langweilen. Mein Name ist Jean-Jacques van de Sluis, und ich bin in unserem Medienkonzern zuständig für Realityprogramme. Und das hier ...«, er zeigte auf den Glatzkopf in Schwarz, »ist mein Kollege Karl Schwartz. Sie haben wohl noch keine Gelegenheit gehabt, einander kennen zu lernen, also erlauben Sie mir, Sie kurz vorzustellen: Franziska Anzengruber, Fernsehjournalistin aus Österreich, Yrjö Koski, Kameramann aus Finnland, und Jesús de Luna, Tontechniker aus Spanien.«

Die drei erhoben sich von den Lederstühlen, schüttelten einander die Hände und setzten sich wieder. Yrjö probierte den Kaffee. Besser als die Brühe, die man in Finnland am Kiosk bekam, das musste er zugeben. Nur schade, dass es keine Drinks dazu gab. Im Flugzeug hatte er zwar kräftig zugelangt, der Sender hatte sich nicht lumpen lassen und Business-Class-Tickets bezahlt, aber Yrjös Alkoholspiegel war schon wieder deutlich gesunken, und er hätte jetzt einen Schnaps vertragen können. Ob man hier rauchen durfte? Er kramte die Zigaretten aus der Tasche seines Flanellhemds. Doch Karl Schwartz schüttelte unmerklich den Kopf, und Yrjö steckte die Schachtel wieder ein.

»Meine Dame, meine Herren«, fuhr van de Sluis fort, »es ist an der Zeit, die Katze aus dem Sack zu lassen. Wir sind, wie Sie sicher wissen, ständig auf der Suche nach neuen Formaten für unsere Kanäle, besonders im Realitybereich. Und daran, dass wir Sie eingeladen haben, eine Redakteurin, einen Kameramann und einen Tontechniker, können Sie schon sehen, dass wir dabei sind, ein Reportageteam zusammenzustellen. Aber nicht irgendeines, sondern ein ganz besonderes, internationales, europäisches Team. Ich bin stolz, Ihnen einen Auftrag anbieten zu können, wie man ihn als Fernsehschaffender nicht oft bekommt.«

Van de Sluis machte eine Kunstpause und schaute den dreien in die Augen, um die Wirkung seiner Worte zu prüfen. Bis jetzt waren allerdings kaum Reaktionen zu erkennen. Yrjö hatte Durst und träumte von einer Zigarette. Franziska war schon jetzt genervt von van de Sluis' geleckter Erscheinung, und Jesús dachte an die vergangene Nacht mit Juan.

»Wir planen eine Dokumentarserie. Eine, bei aller Bescheidenheit, völlig neuartige Dokumentarserie.« Van de Sluis zog eine Schmuckschatulle aus der Jackentasche und öffnete sie. In der kleinen Schachtel lag eine Münze, ein funkelnagelneues Ein-Euro-Stück.

»Bitte sehen Sie sich diesen Euro ganz genau an«, sagte

van de Sluis und ließ die Münze herumgehen. Es war ein luxemburgischer Euro, vorne trug er dieselbe Prägung wie alle anderen Euros auch, auf der nationalen Rückseite prangte das Konterfei von Großherzog Henri II.

»Diese Münze soll die Hauptrolle spielen. Am ersten Januar des nächsten Jahres wird sie in Umlauf gebracht und Teil des gigantischen europäischen Bargeldstroms werden. Niemand weiß, was das Schicksal dieser Münze sein wird, in welche Länder der Eurozone sie gelangen, durch wessen Hände sie gehen wird, welche Menschenleben sie ein Stück weit begleiten und berühren wird. Und Sie, meine Herrschaften, sollen diese Münze verfolgen und die Bewegungen des Geldstücks dokumentieren. Und was wäre idealer für ein solches europäisches Projekt als ein Team, das aus Personen aus drei verschiedenen Ländern der Eurozone besteht.«

Stille.

»Und äh ... über welchen Zeitraum sollen wir die Münze verfolgen?«, unterbrach Jesús als Erster das Schweigen.

»Das hängt ganz von Ihnen ab«, sagte van de Sluis. »Wir möchten natürlich, dass unser Euro unterwegs etwas sieht, dass er viele verschiedene Stationen in verschiedenen Ländern durchmacht und ein richtiges Abenteuer erlebt. Ich denke, wenn Sie sich ein bisschen Mühe geben, sollten ein bis zwei Monate genügen.«

»Ein bis zwei Monate?«, fragte Jesús entsetzt. Er überlegte: Eine solche Produktion würde außer Geld auch Prestige bringen, aber andererseits wollte er Juan nicht allzu lange allein lassen. Homosexuelle Beziehungen sind bekanntlich im Allgemeinen noch instabiler als heterosexuelle.

»Ja, Señor de Luna. Oder sogar noch länger«, sagte van de Sluis und spielte einen Augenblick vielsagend mit seinen Fingern. »Wir haben bei der Wahl unseres Teams selbstverständlich darauf geachtet, dass Sie alle drei in einer Lebenssituation sind, in der Sie es sich leisten können, längere Zeit auf Reisen zu sein. Wenn meine Informationen korrekt sind ...«, van de Sluis räusperte sich und warf einen kurzen Seitenblick auf Schwartz, der an der Tür stand und immer noch mit seinem eingequetschten Finger beschäftigt war, »hat niemand von Ihnen zurzeit eine feste Anstellung oder familiäre Verpflichtungen.«

Van de Sluis ließ seine Worte einsinken. Jesús, Yrjö und Franziska waren für einen Moment vollauf mit ihren eigenen Gedanken beschäftigt. Dann gab Yrjö zu bedenken:

»Und was ist, wenn die Münze sich nicht bewegt? Wenn sie irgendwo stecken bleibt?«

Van de Sluis genoss seine Rolle sichtlich. Ein Anflug von diebischer Freude huschte über sein Gesicht, als er sagte:

»Sie haben ja alle drei Erfahrung in der Branche. Sie haben schon viele Dokumentationen gedreht und wissen, dass man der Realität manchmal ein bisschen ... wie soll ich sagen, auf die Sprünge helfen muss. Wenn die Münze mal in einen Gully fällt, dann holt man sie eben heraus. Und wenn sie sich nicht bewegt, dann gibt man ihr eben einen Schubs. Sie wissen schon, was ich meine.«

Franziska wollte protestieren. Das war ja nicht gerade guter Journalismus – aber dann erinnerte sie sich daran, wie sie vor zwei Jahren eine Videokassette unauffällig hatte in ihrer Handtasche verschwinden lassen, eine Kassette mit Material, das in den Abendnachrichten für einen deftigen Skandal gesorgt hatte. Jesús erinnerte sich an eine unrühmliche Episode, in deren Verlauf er heimlich die Privatwohnung des stellvertretenden Bürgermeisters von Madrid abgehört hatte, und Yrjö dachte an einen Naturfilm in Lappland, bei dem er einen Adler mit den Krallen auf einen Besenstiel gebunden hatte, diesen aus dem Fenster eines fahrenden Autos gestreckt und bei 50 km/h spektakuläre Nahaufnahmen des edlen Vogel Greif im Flug gemacht hatte.

Als ob van de Sluis ihre Gedanken gelesen hätte, sagte er:

»Na, sehen Sie. So schlimm wird's schon nicht werden. Natürlich sollen Sie so wenig wie möglich eingreifen, aber schließlich macht man Filme ja für die Zuschauer, nicht wahr? Und die Zuschauer wollen was sehen. Die Eurozone besteht derzeit aus zwölf Staaten, und es wäre wünschenswert, dass unsere Münze in möglichst viele dieser Staaten gelangt. Es müssen natürlich nicht alle sein.«

Van de Sluis schenkte aus der Thermoskanne Kaffee nach.

»Wie soll das technisch funktionieren, eine Münze durch ganz Europa zu verfolgen?«, fragte Franziska.

»Das erklärt Ihnen am besten Herr Schwartz«, sagte van de Sluis. »Bitte, Karl!«

Karl Schwartz nahm den Finger aus dem Mund, verließ seine Position an der Tür, setzte sich zu den anderen an den Tisch und nahm den Euro aus der Schatulle. Er sprach Englisch mit einem grauenhaften teutonischen Akzent, als er erklärte:

»In der Münze ist ein winziger Sender versteckt, der ein Positionssignal absetzt. Sie bekommen von uns ein GPS-Ortungsgerät, mit dem Sie den Euro bis auf etwa einen

Meter genau lokalisieren können. Das Signal kommt einmal pro Stunde.«

Schwartz ließ die glänzende Münze zwischen seinen Fingern hin- und herwandern. »Und selbstverständlich bekommen Sie von uns auch sonst alles, was Sie zur Durchführung des Projekts brauchen, eine komplette Kameraausrüstung, Mikrofone, die neuesten technischen Spielzeuge, die unser Sender zu bieten hat.«

»Danke, Karl«, sagte van de Sluis und fuhr fort: »Falls Sie, wie ich hoffe, den Auftrag annehmen, bekommen Sie von uns Kreditkarten, mit denen Sie die unterwegs entstehenden Kosten bestreiten können, Hotelzimmer, Mietwagen, Flugtickets und was sonst noch alles anfällt. Und damit komme ich zu einem Detail, das Sie sicher besonders interessieren wird: zum Honorar.«

Yrjö, Jesús und Franziska richteten sich gespannt auf ihren Stühlen auf. Das teure Leder knarrte dezent.

»Mir ist klar«, sagte van de Sluis, »dass ein Auftrag dieser Größenordnung eine gewisse Motivation erfordert und eine nicht im Voraus zu planende Reiseproduktion bisweilen anstrengend werden kann. Aus diesem Grund bin ich bereit, Ihnen als Honorar fünfzigtausend Euro anzubieten.«

Wieder machte van de Sluis eine Kunstpause, und diesmal war die entstehende Stille so intensiv wie der Trommelwirbel vor dem dreifachen Salto.

Jesús war der Erste, der sich zu Wort meldete:

»Herr van ...«

»Van de Sluis«, sagte van de Sluis.

»Herr van de Sluis, fünfzigtausend kann man nicht gut durch drei teilen ...«

»Das stimmt«, pflichtete Franziska bei. Auch Yrjö nickte und brummte zustimmend.

Jean-Jacques van de Sluis lächelte und hob abwehrend die Hände:

»Frau Anzengruber, Herr Koski, Señor de Luna, da haben Sie völlig Recht, fünfzigtausend kann man nicht gut durch drei teilen. Deshalb rede ich auch von fünfzigtausend Euro für jeden.«

Die drei saßen mucksmäuschenstill vor ihm. Für ein paar Sekunden vergaß Yrjö sogar seine Zigaretten.

»Natürlich brauchen Sie diese Entscheidung nicht Hals über Kopf zu treffen, aber ein bisschen Eile ist trotzdem geboten.« Jean-Jacques van de Sluis sah auf seine übergroße Schweizer Armbanduhr. »Sagen wir, Sie haben vierundzwanzig Stunden Zeit, um über die Sache nachzudenken. Wir haben für Sie Zimmer im *Le Royal* gebucht, dem besten Hotel am Platz, dort können Sie sich ein bisschen frisch machen und von der Anreise erholen. Und für heute Abend haben wir für Sie einen Tisch im feinsten Restaurant unseres Großherzogtums reserviert. Lassen Sie sich unsere exzellente Cuisine schmecken, lernen Sie sich etwas besser kennen und lassen Sie sich unser Projekt in Ruhe bei einem guten Wein durch den Kopf gehen. Herr Schwartz wird heute Ihr Chauffeur sein und Sie nach dem Essen wieder ins Hotel bringen. Und morgen, wenn Sie darüber geschlafen haben, teilen Sie mir bitte mit, zu welcher Entscheidung Sie gekommen sind. Hier ist meine Karte.« Van de Sluis verteilte seine Visitenkarte an die drei. »Wenn Sie sich einig werden, können wir schon morgen den Vertrag unterschreiben. Haben Sie noch irgendwelche Fragen?«

Ohne auf eine Antwort zu warten, ließ van de Sluis die drei verdutzten Fernsehschaffenden mit Karl Schwartz allein und verließ sportlich federnden Schrittes den Raum.

6

49°34'50" N / 05°57'19" O

Restaurant La Table des Guilloux, Rue de la Résistance, Schouweiler, Luxemburg

2. September, 21.45 h MESZ

Als Spanier war Jesús gutes Essen gewohnt, und auch Franziska bewegte sich als polyglotte Journalistin souverän in einer mit *Guide Michelin*-Sternen ausgezeichneten Umgebung, aber Yrjö erregte im feinsten Lokal von Luxemburg einiges Aufsehen. Statt eines Aperitifs kippte er sich in rascher Folge drei Wodka hinter die Binde, und er war auch der einzige, der es wagte, nach einem Aschenbecher zu fragen – den er allerdings nicht bekam. Die anderen erlauchten Gäste des *La Table des Guilloux* blickten ihn aus der Ferne verächtlich an, was ihn aber herzlich wenig störte.

»Und, was meint ihr, wollen wir den Auftrag annehmen?«, polterte Yrjö und signalisierte dem Kellner, dass es Zeit für den nächsten Wodka sei. »Ich jedenfalls könnte das Geld gebrauchen!«

»Wieso nicht?«, fragte Jesús und hoffte, dass Yrjö sie nicht total blamieren würde. »Dieser Sender ist zwar bekannt dafür, dass er hauptsächlich Schund produziert, aber das Programm machen ja wir.«

»Was denn für Schund?«, wollte Yrjö wissen. Er hatte in seinem provisorischen Zuhause in Finnland kein Kabelfernsehen, und auch die finnischen Serien waren ihm nicht besonders geläufig, da er seit Monaten seine Freizeit in Kneipen verbracht hatte.

»Zum Beispiel alle möglichen Realityshows, wo Leute auf Inseln ausgesetzt werden, die Familien tauschen oder Supermodel oder Supersänger werden.«

»Sozialporno«, sagte Yrjö. Jesús und Franziska blickten ihn verständnislos an. »So was nennt man bei uns in Finnland Sozialporno. Programme, wo öffentlichkeitsgeile Privatpersonen irgendeinen Scheiß machen und dabei überwacht werden.«

»Ich finde die Idee mit der Münze eigentlich ganz gut«, sagte Franziska und nippte an ihrem Sherry. »So ein Film muss ja nicht unbedingt schlecht werden, schließlich drehen *wir* ja das Material. Mit ein bisschen journalistischem Geschmack und gesellschaftlichem Verantwortungsbewusstsein können wir eine wirklich interessante, relevante, allgemeinbildende und ...«

Der vierte Wodka und der Rotwein, den Jesús zum Essen ausgesucht hatte, kamen in diesem Moment. Yrjö verursachte einen kleinen Skandal, indem er den 1995er *Château Les Ormes de Pez* mit einem Schluck leerte, rülpste und lautstark erklärte, dass ein bodenständiges kaltes Bier das einzig Wahre zu perversem ausländischem Essen sei. Als ihm der indignierte Kellner *queue de bœuf farcie au foie gras* vorsetzte, sehnte er sich nach einer vernünftigen Pizza. Na, wenigstens war der Fraß nicht vegetarisch. Die kleine Österreicherin hatte ganz ansehnliche Möpse, wenn sie nur nicht so eingebildet wäre. Fünfzigtausend Euro, Sakrament! Er würde sich einen Anwalt nehmen, den bösartigsten von ganz Finnland, und seiner Ex-Frau die Hölle heißmachen. Er würde seine Tochter wiederbekommen, seinen Hund und sein Auto. Und für fünfzig Riesen würde er auch eine Weile mit dieser spanischen Schwuchtel klarkommen.

Jesús ließ sich seinen *tournedos de morue fraîche poêlée* schmecken und rechnete. Wie viele LPs könnte er sich für das Honorar kaufen? Quatsch, er würde eine Wohnung kaufen, wenn möglich im gleichen Haus wie Juan. Mit fünfzigtausend Euro auf dem Konto wäre er nicht mehr Juans Lover, sondern ein, zumindest fast, ebenbürtiger Partner. Vorausgesetzt, Juan würde ihn nach so langer Abwesenheit noch wollen. Und diesen finnischen Holzfäller würde er eben einfach ertragen müssen ...

Franziska hatte sich für Fisch entschieden, *turbot rôt aux échalotes confites*. Ganz konsequent war sie als Vegetarierin dann doch nicht.

Ein paar Wochen weg von zu Hause, vielleicht war das ja genau das Richtige für sie. Viel würde sie nicht zurücklassen. Ihre Katze könnte sie einer Freundin geben, und ihr gegenwärtiger Job war weniger spannend als der neue Auftrag. Mit dem Geld könnte sie sich endlich ihren Traum erfüllen und einen Dokumentarfilm über Fruchtbarkeitsrituale in matriarchalischen Kulturen drehen. Oder vielleicht sogar in die Vereinigten Staaten reisen und in Kalifornien an dieser klinischen Versuchsreihe teilnehmen ... Dieser versoffene Waldschrat mit dem unaussprechlichen Namen würde allerdings ein Problem werden. Wochenlang auf engstem Raum mit einem ungeschliffenen Macho, der Englisch grundsätzlich ohne Artikel sprach, das war viel verlangt. Aber schließlich ging es ja nicht um eine Antarktisexpedition, sondern nur um eine Rundreise durch Europa.

Während die drei aßen und über das Projekt sprachen, wartete Karl Schwartz draußen in der Limousine. Die Überwachungskamera des *La Table des Guilloux* schickte gestochen scharfe Bilder direkt auf seinen Laptop, und der Ton kam in bester Qualität aus dem Mikrofon, das im Blumenstrauß auf dem Tisch versteckt war. Schwartz grinste. Van de Sluis würde sehr zufrieden sein ...

»Und? Was sagen wir diesem van de Sluis morgen früh?«, fragte Franziska, als der Kaffee kam.

Yrjö überlegte. Er trank einen großzügigen Schluck Wein, beugte sich nach vorne und schnupperte an den Dahlien.

»'tschi!«, Yrjös Nase explodierte in den rosa Blumen. Draußen auf dem Parkplatz war Karl Schwartz gerade über den Kofferraum der Limousine gebeugt auf der Suche nach Batterien. Sein Finger war inzwischen verbunden, er hatte drahtlose Kopfhörer im Ohr und verfolgte gespannt das Gespräch im Restaurant ... Als Yrjö nieste, erschrak er so, dass er sich mit einem ekelhaften Geräusch den Kopf am Kofferraumdeckel aufschlug. Er blutete.

7

50°06′34″ N / 08°40′26″ O
Europäische Zentralbank, Eurotower, Kaiserstraße,
Frankfurt/Main, Deutschland

31. Dezember, 23.55 h MEZ

Sie standen auf dem Vorplatz des hässlichen Wolkenkratzers der Europäischen Zentralbank. Die feuchte deutsche Silvesterkälte kroch in die Kleider und unter die Haut, der Himmel war klar, nur ab und zu taumelten vereinzelte Schneeflöckchen aus der vom Licht der Mainmetropole fahl erleuchteten Schwärze auf sie herab. Aus allen Richtungen waren vereinzelte Böller zu hören, abgefeuert von Jugendlichen, die nicht bis Mitternacht warten konnten. Van de Sluis verteilte die versprochenen Kreditkarten und hielt eine kleine Ansprache. Karl Schwartz hielt den bewegenden Moment mit der Videokamera seines Mobiltelefons fest. Sein Finger war verheilt, der Nagel hatte sich abgelöst, und die drei Stiche an seinem Hinterkopf waren trotz seiner Glatze fast nicht mehr zu sehen. Dafür trug er jetzt ein großes Pflaster auf der Wange.

»Frau Anzengruber, Herr Koski, Señor de Luna!«, begann Jean-Jacques van de Sluis. »Ich kann Ihnen gar nicht sagen, wie sehr ich mich freue, dass Sie diesen Auftrag angenommen haben. Und was könnte ein geeigneterer Anfangspunkt für die Odyssee dieser Münze sein als die Zentralbank hier in Frankfurt? Hier wurde die europäische Währung aus der Taufe gehoben, und hier beginnt die hoffentlich ereignisreiche und multikulturelle Fahrt unseres

Euro! Meine Dame, meine Herren, ich wünsche Ihnen eine interessante und intensive Reise durch Europa! Und natürlich ein gutes neues Jahr! Karl ...«

Van de Sluis nickte Schwartz zu, und dieser überreichte Franziska die Schatulle mit der Münze. Nach einem kurzen Händeschütteln verschwanden van de Sluis und Schwartz in der Limousine. Franziska, Jesús und Yrjö standen allein auf dem Platz vor der EZB.

»Noch zwei Minuten und zehn Sekunden«, konstatierte Jesús.

»Und was machen wir jetzt?«, fragte Yrjö.

»Das ist doch klar«, sagte Franziska. »Wir geben den Euro aus, und dann warten wir, was passiert. Kennt ihr *Papier, Schere, Stein?*«

Sie kannten es. Beim ersten Mal hatte Franziska Stein, Jesús Schere und Yrjö Papier, unentschieden. Beim zweiten Mal hatten alle Schere, erst beim dritten Mal kam es zu einem eindeutigen Ergebnis. Jesús und Franziska Schere, Yrjö Stein.

»Alles klar«, sagte Jesús. »Bitte sehr, Urjo!«

»Ich heiße Yrjö!«

»Sag ich doch. Urjo. Du hast gewonnen.«

»Und was bedeutet das, bitte?«, fragte Yrjö.

»Dass du den Euro ausgibst!«, Franziska seufzte. Die Zeit mit diesem Kameramann würde hart werden.

»Und wer filmt?«, wollte Yrjö wissen.

»Jesús. Oder ich. Wir werden uns sowieso abwechseln. Die meiste Zeit werden wir vermutlich improvisieren müssen.«

Yrjö holte eine winzige Kamera aus dem gut ausgerüsteten Kleinbus, den ihnen der Sender freundlicherweise zur Verfügung gestellt hatte. Im Heck des abgedunkelten Sechszylinders waren mehrere wasserdichte Expeditionskisten mit feinster Fernsehelektronik verstaut. Er drückte Jesús die Kamera in die Hand.

»Ich hoffe, du kannst mit so einem Ding umgehen...«, brummte er.

Statt einer Antwort schaltete Jesús die Kamera ein, richtete das Objektiv auf den schimmernden, von Schneeflocken gesprenkelten Frankfurter Himmel und drückte auf REC.

In diesem Moment begann das richtige Feuerwerk. Bunte Raketen zischten über ihren Köpfen in die Höhe und versprühten ihre glühende Farbenpracht am Firmament und in dem kleinen, ausklappbaren LCD-Monitor der Kamera.

»Próspero año nuevo!«, sagte Jesús.

»Ein gutes neues Jahr«, sagte Franziska auf Deutsch.

»Hyvää uutta vuotta!«, sagte Yrjö.

»Wie bitte?«, entfuhr es Jesús und Franziska wie aus einem Mund.

»Ein gutes neues Jahr. Auf Finnisch«, sagte Yrjö und setzte sich ans Steuer des Transporters. »Einsteigen!«, kommandierte er.

»Was hast du vor?«, fragte Jesús.

»Den Euro in Umlauf bringen«, antwortete Yrjö. »Aber dazu müssen wir wohl erst einen Kiosk finden oder eine Kneipe oder eine Tankstelle. Hier ist ja nichts!«

»Nicht so hastig«, sagte Franziska. »Wir sollen dafür sorgen, dass die Münze in verschiedene Länder gelangt und viele Kilometer zurücklegt. Lasst uns erst mal ein bisschen nachdenken, auch wenn das nicht jedermanns Stärke ist.«

Ihr böser Blick galt Yrjö. Der schaltete den Motor ab und die Standheizung ein.

»Bitte. Ich höre«, sagte er.

»Am besten wählen wir eine Stelle, wo viele Leute verkehren. Den Bahnhof zum Beispiel«, sagte Jesús und schaltete den GPS-Empfänger ein. Der Sender hatte ihnen das Luxusmodell mitgegeben. Auf der Festplatte des nur handtellergroßen Geräts waren Karten sämtlicher europäischer Staaten, ein Routenplaner und ein automatischer Navigator gespeichert.

»Der Hauptbahnhof ist ganz in der Nähe, nur ein paar Blocks von hier.«

»Und?«, fragte Yrjö.

»Jesús hat Recht«, sagte Franziska. »Am Bahnhof gibt es bestimmt irgendein Geschäft, das jetzt noch aufhat. Aber der Flughafen wäre eigentlich noch besser. Wenn wir Glück haben, fliegt unsere Münze noch heute in Urlaub!«

Jesús lotste Yrjö zum Frankfurter Flughafen. Um sie herum explodierten immer noch farbige Sterne, silberner und goldener Feuerregen mischte sich mit dem Schnee, der jetzt etwas dichter fiel, ab und zu krachte ein Kanonenschlag oder ein Chinaböller. Erst als Franziska, Jesús und Yrjö schon im Parkhaus waren, ließ das Feuerwerk merklich nach.

Sie betraten die Abflughalle. Polizisten und Geschäftsreisende liefen dort missmutig herum, auf den Bänken schliefen Rucksacktouristen mit Turnschuhen und asiengebräunter Haut, die auf Anschlussflüge warteten. Die meisten Geschäfte und Restaurants waren geschlossen. Nur McDonalds, die Spielothek, die Bar und ein Zeitschriftenladen hatten geöffnet.

Franziska verspürte ein dringendes Bedürfnis, entschuldigte sich für einen Moment und verschwand auf der Damentoilette. Yrjö nahm die Münze aus der Schatulle und hielt sie vor die Kamera:

»Also ...«, sagte er und lächelte grimmig in die Linse. »... jetzt muss ich eine wichtige Entscheidung treffen. Soll ich den Euro in Fast Food investieren, soll ich ein Bier bestellen, oder soll ich die Münze verspielen?«

»Da drüben ist auch ein Passfotoautomat. Wollen wir nicht ein Bild von uns machen?«, schlug Jesús vor.

»Langweilig«, sagte Yrjö. »Bilder von uns wird's noch genug geben. Ich könnte einen Cheeseburger vertragen.«

»Wirf den Euro doch in die Spendenkasse bei McDonalds«, schlug Jesús vor.

»Du meinst das kleine Plastikhäuschen auf der Theke, das für blinde Kinder?«, fragte Yrjö.

»Genau«, meine Jesús.

»Quatsch!«, dröhnte Yrjö. »Dann klauen irgendwelche Halbstarken das Häuschen. Oder niemand klaut es, und wir müssen wochenlang warten, bis es geleert wird. Ich habe eine bessere Idee, komm mit!«

Er schritt voran und betrat die Spielothek, wartete, bis Jesús mit der Kamera in Position war und ließ den Euro in den Münzschlitz eines Pokerautomaten fallen. Die Lichter gingen an, und aus der Maschine ertönte das Geräusch eines Kartenspiels, das gemischt wird. Er erhöhte den Einsatz auf einen Euro und startete das Spiel. Ass, Ass, König, Dame, Sieben. Yrjö hielt die Asse und drückte noch einmal auf den Knopf. Es kamen eine Neun, eine Drei und eine Fünf. Der Automat machte ein schadenfrohes Geräusch und versank wieder in Schlaf.

»Das war's«, sagte Yrjö in die Kamera. »Der Euro ist weg. Jetzt ein Bier!«

»Ihr habt was?«, fragte Franziska, als sie eine Minute später verrichteter Dinge und frisch geschminkt zurückkam und die beiden Männer an der Bar vorfand.

»Den Euro verspielt«, sagte Jesús. Franziskas Herz- und Atemrhythmus waren auf der Beschleunigungsspur.

»Etwas Dümmeres ist euch nicht eingefallen? Wieso konntet ihr nicht auf mich warten?«, zischte sie.

»Wieso? Ist doch egal, wie die Story losgeht! Hauptsache, die Münze ist weg!«, sagte Yrjö.

»Wir machen eine internationale Dokumentarserie über das Schicksal einer Münze, und euch kommt nichts Besseres in den Sinn, als sie in einen Pokerautomaten zu stecken? Die Zuschauer werden uns für Trottel halten!« Obwohl Franziska blütenreines Hochdeutsch sprach, hörte man doch manchmal Spuren ihres charmanten Wiener Akzents, zum Beispiel beim Wort ›Trottel‹. Yrjö und Jesús sahen einander an und zuckten mit den Schultern.

»Wir ... wir dachten ...«

»Ist mir egal, was ihr denkt. Habt ihr Bargeld?«

Die beiden Männer schüttelten die Köpfe.

»Dann machen wir jetzt Folgendes: Ihr besorgt am Geldautomaten Cash. Danach geht ihr wechseln. Wir brauchen Münzen. Ich trinke hier so lange einen Cappuccino. Holt mich ab, wenn ihr fertig seid.«

»Was hast du vor?«, wollte Jesús wissen.

»Den Euro wieder aus dem Pokerautomaten herausholen«, sagte Franziska.

»Und dann?«, fragte Yrjö.

»Dann geben wir ihn noch einmal aus. Und zwar diesmal etwas würdiger, wenn es den Herren recht ist. Ich bin schließlich die Redakteurin bei dieser Produktion. Und ich hätte gerne einen etwas anspruchsvolleren Anfang für unsere Serie!«

8
49°38′15″ N / 06°09′46″ O
TV-Medienzentrum, 45 Boulevard Pierre Frieden, Luxemburg

3. Januar, 10.00 h MEZ

Unglücklicherweise hatte sich Schwartz' ›Rasierunfall‹ entzündet, seine linke Gesichtshälfte war geschwollen, und er brauchte jetzt ein bedeutend größeres Pflaster.

»Schade, dass das Material nur schwarzweiß ist«, sagte er. »Die Spielothek sollte sich mal neue Kameras leisten.«

»Das macht nichts«, sagte Jean-Jacques van de Sluis mit einem sardonischen Lächeln und lehnte sich vor dem Monitor in seinem Chefsessel zurück. »Das macht überhaupt nichts. Das sieht sogar noch authentischer aus. Herrlich, wirklich ganz wunderbar! Diese drei sind ein Volltreffer! Gute Arbeit, Karl!«

»Die kleine Anzengruber hat vier Stunden am Stück Poker gespielt, bis sie den Euro endlich wieder in der Hand hatte«, sagte Schwartz.

»Haben wir Ton?«, fragte van de Sluis.

»Natürlich, Entschuldigung!«, sagte Schwartz und drückte auf einen Knopf. Aus dem Lautsprecher hörte man, wie Yrjö und Jesús Franziska Ratschläge beim Pokern gaben:

»Die Zehn halten! Die Zehn! Das gibt ein Full House! Was machst du denn? Das darf doch nicht wahr sein!«

»Ich kann nicht hinsehen. Du hast wohl noch nie im Leben Poker gespielt!«

»Nein«, sagte Franziskas Stimme. »Bis jetzt hatte ich im Leben immer Besseres zu tun!«

»Köstlich!«, sagte van de Sluis, als das Band zu Ende war. »Das wird garantiert ein Riesenerfolg! Europa wird sich totlachen über diese drei Vollidioten! Und wo sind unsere Helden jetzt?«

»Immer noch in Frankfurt«, sagte Schwartz. »Die Anzengruber hat am Flughafen mit dem Euro eine Zeitung gekauft, und jetzt warten die drei in einem Hotel. Wir haben Material aus dem Zeitschriftenladen. Ohne Ton, aber in Farbe. Wollen Sie es sehen?«

»Nein danke«, sagte van de Sluis. »Für heute reicht es. Karl, ich verlasse mich ganz auf Sie. Lassen Sie mich wissen, sobald etwas Interessantes passiert.«

9

50°04'27" N / 08°39'41" O
Holiday Inn Hotel Flughafen Nord, Isenburger Schneise,
Frankfurt/Main, Deutschland

5. Januar, 13.39 h MEZ

Seit vier Tagen hatte das GPS-Gerät nicht einen Mucks gemacht. Die Münze lag in der Registrierkasse des Zeitschriftenladens am Flughafen und rührte sich nicht. Franziska war frustriert. Eine Superstory, die nicht losgehen wollte. Ein Blindgänger. Sie wunderte sich, dass der Laden den Inhalt der Kasse nicht nach Ladenschluss in einer Geldbombe ins Nachtschließfach einer Bank brachte. Normalerweise machte man das doch so, aber vielleicht waren die Geschäfte am Flughafen ja eine Ausnahme. Vielleicht brachte man nur die Scheine zur Bank und behielt das Wechselgeld in der Kasse. Vielleicht hätte sie den Euro doch im Spielautomaten lassen sollen... aber jetzt war es zu spät. Jetzt half nur Warten.

Sie versuchte, das erzwungene Herumsitzen positiv zu nutzen, und schrieb mehrere Seiten an ihrer Doktorarbeit, aber der übliche Elan, den sie sonst beim Schreiben hatte, wollte sich nicht recht einstellen.

Warten war für Yrjö kein großes Problem. Erstens war er es seit seiner Scheidung gewohnt, lange Tage untätig zu verbringen, zweitens verdiente er ja jeden Tag eine ansehnliche Summe, und drittens gingen nicht nur die Zimmer und das Essen, sondern auch die zahlreichen Drinks an der Hotelbar auf Kosten des Senders. Sogar eine Sauna gab es im Hotel. Die Deutschen hatten zwar nicht die geringste Ahnung davon, wie eine richtige Sauna funktionierte, aber einen Vorteil hatte die deutsche Sauna gegenüber der finnischen: Sie war gemischt. Yrjö war bisher jeden Abend schwitzen gewesen und hatte schon den Großteil der weiblichen Hotelgäste nackt gesehen. Und weil er aus Finnland kam, hatte er jedes Mal ein Gespräch vom Zaun gebrochen und den Damen erklärt, wie eine richtige Sauna in einer finnischen Hütte an einem See funktioniert...

Jesús traktierte seinen Körper täglich drei Stunden lang im Fitnessraum des *Holiday Inn*. Ansonsten lag er in seinem Zimmer vor dem Fernseher oder telefonierte mit Juan. Allerdings hatte er den Eindruck, dass Juan die mehrfachen täglichen Telefonate schon langsam auf die Nerven gingen. Am zweiten Tag hatte Jesús begonnen, sich akut zu langweilen. Zunächst hatten seine Loyalität zu Juan und seine eigene Eifersucht ihn noch im Hotelzimmer ausharren lassen, aber gestern Abend war ihm das Warten dann doch zu dumm geworden, und er hatte einen kleinen Ausflug in die Frankfurter Innenstadt gemacht, dort einen gewissen gut gebauten Herbert kennen gelernt, mit ihm eine erquickliche Nacht verbracht und war morgens rechtzeitig zum Frühstück wieder im *Holiday Inn* erschienen, ohne dass die Österreicherin und der Finne etwas gemerkt hatten. Jetzt lag Jesús im Bett und war gerade dabei, sich gründlich auszuschlafen, als es an seine Zimmertür klopfte. Er stand auf, schlüpfte in seine Jogginghose und öffnete. Draußen stand Franziska. In der Hand hielt sie das piepsende GPS-Gerät.

»Jesús, es geht los! Der Euro ist weg!«

10

40°20′29″ N / 15°32′29″ O
Via Salute, Monte San Giacomo, Italien

5. Januar, 21.07 h MEZ

Carmelina Rossi war müde. Sie hatte die Reise zwar schön öfters gemacht, aber auch sie wurde eben nicht jünger, und ihre alten Knochen erinnerten sie daran, wie sehr sie die Ruhe und den behaglichen Lebensrhythmus ihres kleinen Bergdorfes brauchte und genoss. Sie hatte ihre Nichte besucht, die schon seit mehr als drei Jahrzehnten in Deutschland lebte, dort verheiratet war und eine fast erwachsene Tochter hatte. Die Reise war jedes Mal eine wahre Odyssee: Mit dem Flugzeug von Frankfurt nach Neapel und dann knappe drei Stunden mit dem Bus in das malerisch heruntergekommene Zweitausend-Seelen-Dorf Monte San Giacomo, in dem Carmelina seit ihrer Geburt vor vierundachtzig Jahren lebte.

Sie klopfte den Schnee von ihren Schuhen, schloss die Haustür auf und war glücklich, nach zwei Wochen endlich wieder zu Hause zu sein. Sie schaltete das Licht ein und bekreuzigte sich vor dem Bildnis des Papstes, das im Flur hing. Wirklich ärgerlich, dass man jetzt einen Deutschen als Papst hatte, aber immerhin noch besser als ein Pole. Für Carmelina konnte selbstverständlich nur ein Italiener ein richtiger Papst sein, aber als überzeugte Katholikin stellte sie die Weisheit der Kardinäle nicht in Frage. Carmelina nahm ihren Glauben sehr ernst. In jungen Jahren war sie in ein Kloster eingetreten, um ihr Leben ganz dem lieben Gott zu widmen. Beinahe hätte sie es auch über das Novizenstadium hinaus geschafft, wenn sie nicht die unangenehme Angewohnheit gehabt hätte, den Priester bei der Predigt ständig zu unterbrechen und lautstark anderer Meinung mit ihm zu sein, wenn es um die Auslegung gewisser Bibelstellen ging. Ihrer Ansicht nach war der Pfarrer viel zu lax und ließ seinen Schäfchen viel zu viel durchgehen. Empört von der Verstocktheit des Seelenhirten, hatte Carmelina das Kloster schließlich verlassen und lebte seither als katholische, fundamentalistische Ein-Personen-Sekte.

In der Küche hingen mehrere Dutzend Salamis von der Decke. Ein paar Tage bevor sie nach Deutschland gefahren war, hatten die Nachbarn geschlachtet, und wie immer hatte Carmelina dabei tüchtig mitgeholfen und dafür unter anderem Salamis fürs ganze Jahr bekommen. Sie machte sich ein tüchtiges Vesper. Das harte Brot, das sie im Schrank fand, weichte sie wie immer in einem Glas Rotwein ein, und die Salami schnitt sie so klein, dass sie sie mit ihren im Lauf der Jahre etwas wacklig gewordenen dritten Zähne einigermaßen problemlos essen konnte.

Nach der Mahlzeit packte sie ihren Koffer aus und verstaute ihre Kleider. Auch ihre Handtasche leerte sie aus. Von der Schokolade, die sie am Flughafen gekauft hatte, war noch ein Stück übrig. Carmelina lutschte sie genüsslich zu Ende. Dann öffnete sie ihre Geldbörse, fand darin drei Ein-Euro-Münzen und brachte sie ins Schlafzimmer. Versteckt hinter dem handgeschnitzten Kopfende ihres uralten Federbetts stand auf dem Boden eine Zwanzig-Liter-Glasflasche, die ihr vor vielen Jahrzehnten, als sie noch eine attraktive, soeben aus dem Kloster heimgekehrte junge Frau gewesen war, ein besonders hartnäckiger Verehrer geschenkt hatte. Damals war in der Flasche Wein gewesen, heute war sie zu fast drei Vierteln voll mit Euromünzen. Carmelina hatte, als die neue Währung eingeführt wurde, begonnen, Ein-Euro-Stücke zu sammeln. Eines Tages würde die Tochter ihrer Nichte heiraten – hoffentlich einen Italiener –, und Carmelina würde ihr zur Hochzeit diese Flasche schenken. Sie ließ die drei Münzen in den armdicken Hals der Flasche fallen und lächelte zufrieden.

Ein paar Stunden, einen kompletten Rosenkranz und anderthalb Liter *vino rosso* später lagen sowohl Carmelina als auch der Rest der Einwohner des pittoresk verschneiten Bergdörfchens in der Nähe von Salerno in tiefem Schlaf. Niemand bemerkte die muskulöse, schwarz gekleidete Gestalt, die mit einem Dietrich lautlos die Tür zu Carmelinas Häuschen öffnete und darin verschwand. Und nur der deutsche Papst an der Wand sah zu, wie die Gestalt in Küche und Schlafzimmer kleine elektronische Geräte versteckte, ohne Carmelina aus ihrem gerechten Schlaf zu wecken.

Als Schwartz eine Kamera hinter Carmelinas Bett anbrachte, sah er die Flasche mit der Münzsammlung. Er konnte ein Kichern nicht unterdrücken. Carmelina hörte das Geräusch im Schlaf und reagierte mit einem Apneu-Anfall. Sie machte erst einen Japser und hörte dann für sechzig Sekunden völlig auf, zu atmen. Schwartz erstarrte. Zuerst befürchtete er, Carmelina könne aufwachen und ihn entdecken, dann befürchtete er, sie würde überhaupt nicht mehr aufwachen. Er blickte gespannt auf die Bettdecke, nichts bewegte sich, der Brustkorb der Alten hob und senkte sich nicht. Schwartz erhob die Faust. Er war bereit, Carmelina Erste Hilfe zu leisten und, falls dies nötig sein sollte, ihren Kreislauf mit einem beherzten Faustschlag aufs Brustbein wieder in Gang zu bringen. Gerade als er zuschlagen wollte, grunzte Carmelina und begann wieder zu atmen.

Nach getaner Arbeit verließ Schwartz das Haus der Alten durch die Küche. Die Salamis schwangen in der Finsternis hin und her. Eine besonders dicke Wurst traf ihn an der entzündeten Wunde auf seiner linken Wange, und der ›Rasierunfall‹, der üble Furunkel, der ihn seit Tagen plagte, platzte wieder auf. Schwartz verkniff sich ein Stöhnen.

»Autsch!«, zischte er nur lautlos, als er wieder draußen auf der schmalen, verschneiten Gasse stand.

Es dauerte vier Stunden, bis sie das nächste Signal empfingen. Der Euro tauchte am Flughafen in Neapel auf, bewegte sich etwa hundertzwanzig Kilometer nach Ostsüdost und blieb dann stehen.

Franziska, Jesús und Yrjö packten ihre Ausrüstung und ihr Privatgepäck zusammen, warteten noch zwei Stunden auf eine etwaige Positionsveränderung, dann verließen sie das *Holiday Inn* am Frankfurter Flughafen. Dummerweise waren sämtliche Flüge nach Neapel ausgebucht. Auch die nächste Verbindung nach Rom war erst in zwei Tagen frei.

»Was machen wir jetzt?«, fragte Franziska.

»Wir fahren mit dem Auto«, sagte Yrjö. »Dann brauchen wir auch das Equipment nicht herumzuschleppen.«

»Mit dem Auto?«, fragte Jesús. »Ist das nicht ein bisschen weit, von hier nach Süditalien?«

Franziska gab Abfahrts- und Zielort in das GPS-Gerät ein. »Über tausend Kilometer Luftlinie, würde ich schätzen«, sagte sie. »Moment ... genau 1577 Straßenkilometer von der Frankfurter Innenstadt. Die Fahrt dauert vierzehn Stunden und sechsunddreißig Minuten. Das heißt, wenn wir keine Pause machen. Und wenn es unterwegs keinen Stau gibt.«

»Na und? Das ist doch kein Problem!«, meinte Yrjö. »So was habe ich früher locker jedes zweite Wochenende gemacht. Von Helsinki nach Lappland zum Skifahren.«

Nach einigem Debattieren deckten sich die drei mit Schokoriegeln, Erdnüssen und koffeinhaltigen Erfrischungsgetränken ein und fuhren in Richtung Süden. Yrjö übernahm die erste Etappe.

Die ersten Stunden fuhren die drei schweigend, nur Franziska las ab und zu Instruktionen vom GPS-Gerät ab.

»Warum hast du diesen Job eigentlich angenommen?«, fragte Jesús, kurz bevor sie bei Basel die Grenze zur Schweiz überqaerten.

»Meinst du mich oder ihn?«, fragte Franziska.

»Egal«, antwortete Jesús. »Wer von euch beiden anfangen möchte. Über irgendetwas müssen wir uns ja schließlich unterhalten.«

Während sie über beziehungsweise per Tunnel durch die Alpen fuhren, redeten sie. Und als sie nach acht Stunden Fahrt in Mailand eine größere Pause machten und an einer Raststätte Pizza und Pasta aßen, hatten sie sich gegenseitig ihre Lebensgeschichten erzählt. Franziska und Jesús wussten alles Wesentliche über Yrjös Scheidung, seinen Hund und seine Tochter. Nur den Teil mit dem Kontakt- und Näherungsverbot hatte er weggelassen. War ja auch nicht wichtig, er hatte die dumme Schlampe ja nicht einmal geschlagen. Nur ab und zu nachts im Suff angerufen und ein paarmal vor dem Einfamilienhaus Randale gemacht...

Yrjö und Franziska waren im Bild über die große Liebe zwischen Juan und Jesús und über die Kochkünste der herzlichen Haushälterin Dulce, nur davon, dass die Penthousewohnung und der Sportwagen in Wahrheit nicht Jesús, sondern Juan gehörten, wussten sie nichts.

Die beiden Männer kannten die wichtigsten Stationen von Franziskas kurzer, für österreichische Verhältnisse aber geradezu kometenhafter Karriere als Fernsehjournalistin. Nur von dem Thema, das sie seit dem Herbst fast rund um die Uhr beschäftigte, hatte sie den beiden nichts erzählt, von ihrem Fertilitätsproblem.

Auf die Minute genau zweiundzwanzig Stunden nach ihrer Abfahrt in Frankfurt erreichten die drei Monte San Giacomo. Yrjö, der auch die letzte Etappe gefahren war, war zutiefst dankbar dafür, dass der Sender ihnen ein vernünftiges Fahrzeug mit Allradantrieb bezahlte; obwohl das Dörfchen nur knappe siebenhundert Meter über dem Meeresspiegel lag, war der Schnee, der die engen Serpentinen bedeckte, mindestens zwanzig Zentimeter tief.

Sie hielten vor einem Eckhaus in der Via Salute. Das Haus war aus von Hand aufgeschichteten, roh gebrochenen Steinen gebaut, die Wände waren dick wie die einer Burg, die grünen Fensterläden fest verriegelt.

Allen drei war sofort klar, dass es in einem Dorf dieser Größe auf gar keinen Fall möglich sein würde, irgendetwas unbemerkt zu observieren. Ein schwarzer Transporter mit getönten Scheiben, deutschen Nummernschildern und noch dazu mit einer surrenden Standheizung würde innert kürzester Zeit Aufsehen erregen. Wenn sie hier stehen blieben, um das Haus zu überwachen und festzustellen, wer darin lebte, hätten sie spätestens morgen früh die Polizei und die gesamte Dorfjugend am Hals.

»Wunderbar«, sagte Jesús säuerlich. »Und was machen wir jetzt?«

»Wir gehen was trinken«, sagte Yrjö. »Was denn sonst? Und dann suchen wir uns eine Bleibe für die Nacht.«

In Monte San Giacomo gab es insgesamt sieben Kirchen, aber nur drei gastronomische Betriebe. In einem davon, im Ristorante Antonio Calabrese, fanden die drei heraus, dass es in dem Bergdörfchen zwar erstklassige Antipasti, Scaloppine und genießbare italienische Getränke, aber nicht eine einzige Übernachtungsmöglichkeit gab, kein Hotel, keine Pension, keine Herberge. Nach einer Fahrt, die fast rund um die Uhr gedauert hatte, sehnten sich Franziska und Jesús nach Schlaf, und Franziska schlug vor, es in einem der umliegenden Dörfern oder zur Not auch im etwa eine halbe Stunde entfernten Städtchen Battipaglia zu versuchen, aber Yrjö hatte den lokalen Spirituosen bereits in einem solchen Maße zugesprochen, dass er keinen Meter mehr fahren wollte. »Wir pennen im Auto«, konstatierte er und versuchte, seines Schluckaufs Herr zu werden. Sein Hals war an finnischen Wodka gewöhnt, Grappa verursachte bei ihm zwar angenehme warme Wellen im Kopf, allerdings auch Kontraktionen in der Speiseröhre.

Franziska protestierte, sie wollte in einem richtigen Bett schlafen, aber Yrjö belehrte sie eines Besseren:

»Wir sind in dieses Kuhdorf gekommen, um unsere Münze zu finden. Und was glaubst du, wo man hier am schnellsten und am besten Informationen bekommt? Genau hier, in der Dorfkneipe. Wenn man bei uns in Finnland etwas wissen will, geht man sich zusammen mit der einheimischen Bevölkerung besaufen.«

»Da ist was dran«, sagte Jesús nachdenklich, und Franziska gab sich geschlagen.

Von der einheimischen Bevölkerung Informationen zu bekommen, war allerdings schwieriger, als Yrjö sich das vorgestellt hatte, zumal er kein Wort Italienisch sprach. Die Bergbauern starrten zwar ab und zu zu dem Tisch herüber, an dem die drei *stranieri* saßen. Die spärlichen Kommunikationsversuche, die Jesús auf Spanisch und Franziska mit ihrem staksigen Volkshochschulitalienisch unternahmen, wurden von den Einheimischen nur mit misstrauischen Blicken quittiert. Um das Trio herum war die Konversation in vollem Gange, sie aber wurden ignoriert.

Yrjö stellte fest, dass auch die Hinterwäldler Italiens etwas vom Schnapsbrennen verstanden, und entwickelte in kürzester Zeit eine profunde Affinität zu Grappa, was nicht ohne Folgen blieb. Während Franziska schon theatralisch gähnte und Jesús sich überlegte, ob er eine SMS an Juan schicken sollte, leerte Yrjö eine halbe Flasche des örtlichen Elixiers und geriet in jenen fragilen emotionalen Zustand, der ihm sein Kontakt- und Näherungsverbot eingetragen hatte. Seine Augen wurden glasig, sein Herz wurde stark wie das eines Löwen, er schlug mit der Faust auf den Tisch, dass die Gläser in die Luft sprangen und fing lauthals an zu singen, ein Lied, das in Finnland jeder kannte und das jeden Finnen rührselig machte: *Olen suomalainen* – ich bin ein Finne. Franziska und Jesús versuchten, ihn an der Darbietung zu hindern, was aber nur zur Folge hatte, dass er aufstand und noch lauter weitersang. Diese bescheuerten Bergbauern sollten hören, was ihnen ein stolzer, angetrunkener Finne zu sagen hatte! Während Jesús und Franziska schon überlegten, Yrjö im Stich zu lassen und das Restaurant fluchtartig zu verlassen, geschah ein Wunder: Statt mit kollektiver Wut zu reagieren, standen die übrigen Gäste ebenfalls auf, erhoben ihre Gläser, prosteten Yrjö zu und fielen in die Melodie ein. Sie sangen allerdings nicht *olen suomalainen*, sondern *sono italiano* – ich bin Italiener. Weder die Dörfler noch Yrjö kannten den Grund für diese interkulturelle Einigkeit: Der finnische Hit war die Coverversion eines italienischen Schlagers, der jedes Herz auf der Apenninenhalbinsel höherschlagen ließ.

Ein paar Minuten später waren die drei der Mittelpunkt im Ristorante Antonio Calabrese. Die Ureinwohner umringten sie, man drängte ihnen Grappa und Wein auf und fragte sie aus. Wer sie seien, woher sie kämen, warum sie das kleine Dorf mit ihrem Besuch beehrten – Franziska hatte alle Mühe, die wichtigsten Stellen zu dolmetschen, ansonsten wurde mit Hilfe von Gesten, Grimassen und alkoholischer Harmonie kommuniziert. Franziska, die als Einzige keinen Alkohol trank, speiste die neugierigen Bauern mit einer aus dem Stegreif erfundenen, aber hinreichend plausiblen Geschichte ab: Sie seien ein Kamerateam, das im Auftrag des größten europäischen Privatsenders einen Dokumentarfilm über rurale Architektur in verschiedenen Ländern drehte. Besonders interessierten sie sich für das Eckhaus in der Via Salute.

Als Antonio Calabrese seine Gäste zum Aufbruch drängte, weil er schließen wollte, wussten die drei alles, was es über Monte San Giacomo zu wissen gab. Und vor allem wussten sie nun bestens Bescheid über Carmelina Rossi und ihre abgrundtiefe Frömmigkeit. Noch besser – Guglielmo, der Dorfpolizist, der sich, um die zivile Ordnung zu überwachen, selbstlos zusammen mit Yrjö, Jesús und den Dorfbewohnern betrunken hatte, versprach, gleich morgen früh ein Exklusivinterview mit der alten Tante in der Via Salute zu organisieren. Und als der Carabiniere hörte, dass die drei keine Unterkunft hatten, bot er ihnen an, in der Ausnüchterungszelle der Polizeistation zu übernachten. Es sei zwar kein sehr komfortabler Ort, aber immerhin könne man sich auf den Matratzen in voller Länge ausstrecken, und seine Frau würde auch frische Bettwäsche in die Zelle bringen, um den ehrenwerten Fernsehleuten eine möglichst gastfreundliche Nacht im Dorf zu bereiten ...

Am nächsten Tag, als Franziska, Yrjö und Jesús durch den Schnee von der Ausnüchterungszelle zur Via Salute stapften, wurden sie von den Dorfbewohnern auf den schmalen Gassen freundlich wie alte Bekannte begrüßt.

Carmelina war sehr geschmeichelt, ins Fernsehen zu kommen, und sie zeigte ihren Gästen mit dem größten Vergnügen ihr Häuschen. Besonders der schöne Vorname des Tontechnikers hatte es ihr angetan, und sie blinzelte

Jesús alle paar Minuten verführerisch zu. Die drei bestaunten gebührlich die Salamis in der Küche, den alten, mit Holz beheizten Herd, das wuchtige Federbett, den Papst an der Wand – und plötzlich sahen sie die riesige, mit Münzen gefüllte Flasche. Sie erstarrten. Stolz erzählte Carmelina ihnen, was es mit der Flasche auf sich hatte, von ihrer heiratsfähigen Großnichte in Deutschland, von der geplanten Überraschung, davon, dass sie täglich betete, ihre Großnichte möge einen Italiener zum Mann nehmen, und dass in der Flasche inzwischen stolze siebentausenddreihundertzweiundvierzig Euro waren. Eine stattliche Mitgift, das mussten die drei zugeben, obwohl ihnen der Anblick der Flasche für ein paar Sekunden die Sprache verschlagen hatte.

Danach interviewten sie Carmelina in der Küche unter dem Salamibaldachin. Franziska stellte die Fragen, Yrjö hatte, um die alte Dame zu beeindrucken, die extragroße Kamera auf dem Stativ aufgebaut und die Küche professionell ausgeleuchtet, Jesús befestigte ein Knopfmikrofon an Carmelinas Kragen und postierte sich dann mit dem Kopfhörer in der Ecke.

Franziskas Volkshochschulitalienisch begann, etwas besser zu fließen als am Abend vorher. Sie fragte zunächst nach der Geschichte des Dorfes und des Hauses, sie ließ sich geduldig das Leben der Alten erzählen, was fast drei Kassetten lang dauerte, schließlich versuchte sie, ihre Gewohnheiten zu ergründen. Viel tue sie ja nicht mehr, erklärte Carmelina, die Arthritis setze ihr doch ziemlich zu, schwere Lasten tragen könne sie nicht mehr, höchstens beim Schlachtfest helfe sie noch mit. Ihre Rente sei schmal, aber sie könne davon leben, denn sie habe ja keine laufenden Kosten zu bestreiten. Der Höhepunkt ihres manchmal doch etwas eintönigen Wochenablaufs sei der sonntägliche Kirchenbesuch, den sie sich als gute Katholikin selbstverständlich nicht würde nehmen lassen, solange nur der liebe Gott ihr genügend Gesundheit gewähre.

Bevor sie ihre Gäste gehen ließ, ließ es sich Carmelina nicht nehmen, ihnen das Beste zu kredenzen, was ihre ländliche Küche zu bieten hatte, nämlich *sanguinac*, echte, hausgemachte italienische Blutsuppe, die vom Schlachtfest übrig geblieben war. Franziska erklärte, sie sei Vegetarierin, was ihr einen Vortrag über gesunde Ernährung von Frauen im gebärfreudigen Alter eintrug, Jesús fabulierte etwas von einer Eisenallergie, die ihn als Kind mehrfach beinahe getötet habe, und so musste Yrjö in den sauren Apfel beißen beziehungsweise die zwei Wochen alte, aufgewärmte Blutsuppe auslöffeln. Anfänglich kostete ihn das Kosten der lokalen Spezialität einige Überwindung, aber als Carmelina die Suppe mit einem kräftigen Schluck Rotwein verdünnte, riss er sich zusammen und langte zu.

Wie an jedem Sonntagmorgen, so besuchte Carmelina Rossi auch heute den Gottesdienst. Selbstverständlich ging sie nicht in irgendeine der sieben Kirchen, sondern in die Hauptkirche, die nach dem heiligen Giacomo, dem Schutz- und Namenspatron des Dorfes, benannt war. Erhobenen Hauptes lief sie die wenigen Schritte zur Kirche. Sie war auf ihre alten Tage in ihrem Dörfchen zu einer Berühmtheit geworden, das Fernsehen war bei ihr gewesen, und sie würde demnächst zu einem internationalen TV-Star avancieren. Im vollen Bewusstsein ihrer neu erworbenen Würde betrat sie das Gotteshaus und genoss die neidischen, aber respektvollen Blicke der anderen Dorfbewohner.

Franziska, Jesús und Yrjö warteten, bis das Glockengeläut verstummt war und der Gottesdienst begonnen hatte. Sie vergewisserten sich, dass die Straße ausgestorben und die Fensterläden an den umliegenden Häusern geschlossen waren, dann knackten sie das uralte Schloss an Carmelinas Tür, huschten hinein und versammelten sich im Schlafzimmer.

Jesús versuchte, die Flasche mit den Münzen umzudrehen und die Euros auf dem Schlafzimmerboden auszuschütten. Er konnte die Flasche jedoch keinen Millimeter bewegen.

»Lass mich mal, Kleiner!«, sagte Yrjö, krempelte die Ärmel hoch, packte die Flasche am Hals. Bewegen konnte er sie zwar, aber von Umdrehen und Ausschütten konnte keine Rede sein.

»Verdammt, ist das Ding schwer!«, ächzte er.

»Moment...«, sagte Franziska und benutzte ihr Handy als Taschenrechner. »Genau fünfundfünfzig Kilo und fünfundsechzig Gramm«, sagte Franziska.

»Woher weißt du das denn?«, fragte Jesús und starrte Franziska ungläubig an.

»Na, ein Euro wiegt sieben Komma fünf Gramm. Und wenn in der Flasche wirklich siebentausenddreihundertzweiundvierzig Euro sind, sind das fünfundfünfzig Kilo und fünfundsechzig Gramm. Plus das Gewicht der Flasche natürlich.«

»Klugscheißerin!«, schnaubte Yrjö. »Und was nützt uns diese Information?«

Statt einer Antwort nahm Franziska das schwere silberne Kruzifix, das neben dem Bildnis des Papstes hing, von der Wand und schlug damit einmal kräftig zu. Die Flasche zerbrach mit einem gedämpften Klirren, und die Münzen verteilten sich auf dem Schlafzimmerboden.

»Fangt an zu suchen«, kommandierte Franziska. »Ich passe auf. So ein italienischer Gottesdienst dauert bestimmt mindestens eine Stunde, das sollten wir schaffen. Sucht nach Großherzog Henri II. Die Alte wird ja wohl nicht so viele luxemburgische Euros in ihrer Sammlung haben ...«

Trotz ihrer Arthritis machte Carmelina die liturgische Gymnastik treu mit. Aufstehen, Niederknien, Beten, Singen – wie üblich saß sie in der ersten Reihe, direkt vor dem Altar, und sie konnte die Blicke der anderen Gläubigen auf ihrem Rücken spüren.

Kurz vor der heiligen Kommunion stellte sie zu ihrer Bestürzung fest, dass sie sich, wie es ihrem plötzlichen Ruhm entsprach, zwar besonders fein gekleidet, dafür aber in der Aufregung ihr Gebiss zu Hause vergessen hatte. Zwar hätte sie die Oblate natürlich auch ohne Zähne verzehren können, aber sie wollte den geweihten Leib Christi, ihres Heilands, der für ihre Sünden am Kreuz gestorben war, würdevoll empfangen. Und auf keinen Fall wollte sie unter den Augen der anderen Dorfbewohner vor dem Pfarrer einen zahnlosen Mund öffnen. Zum Glück war die Kirche nur einen Steinwurf von ihrem Haus entfernt, und sie beschloss, ihre Zähne holen zu gehen. Sie würde es bestimmt noch rechtzeitig zur Kommunion schaffen ...

11

49°38'15" N / 06°09'46" O
TV-Medienzentrum, Boulevard Pierre Frieden,
Luxemburg

9. Januar, 09.38 h MEZ

Jean-Jacques van de Sluis' Gäste waren dankbar. Da sie sämtlich Manager aus der Werbe- und Medienbranche waren, hatten sie normalerweise nicht viel Spaß, aber das Material, das sie gerade gesehen hatten, hatte dafür gesorgt, dass sie endlich einmal wieder Tränen lachen konnten. Nachdem die drei unfreiwilligen Hauptpersonen sich mit der Münze aus dem Staub gemacht hatten, drückte van de Sluis auf Stopp. Auf dem Bildschirm blieb das Standbild der italienischen Großmutter, die an ihr handgeschnitztes Bett gefesselt und mit einer dicken Salami geknebelt war.

»Das also ist unser neues Format. Sind die drei nicht herrlich?«, fragte van de Sluis und blickte beifallheischend in die Runde.

Seine Besucher mussten ihm beipflichten. Sie hatten immer noch rote Köpfe und waren dabei, ihre Augenwinkel zu trocknen.

»Wir gehen nächstes Jahr auf Sendung«, sagte van de Sluis. »Und wir rechnen mit Rekordeinschaltquoten.«

Die Werbemanager nickten. Einer fragte: »Wieso erst nächstes Jahr?«

»Weil wir ein bisschen Zeit für das Merchandising brauchen«, erklärte van de Sluis. »Wir wollen nicht nur mit einer

TV-Serie auf den Markt gehen, sondern mit einem ganzen Paket. Es wird Spiele fürs Mobiltelefon geben, Schlüsselanhänger, T-Shirts, das übliche Beiwerk. Und wir werden Pauschalreisen an die Schauplätze anbieten, an die sich unser Team auf seiner Odyssee verirrt. Und jetzt, meine Damen und Herren, darf ich Sie bitten, sich zu überlegen, wie viel Werbezeit Sie sich bei dieser völlig neuartigen Serie sichern möchten oder ob sie eventuell das Format für Ihren Sender übernehmen wollen. Die Optionsverträge liegen zur Unterschrift bereit vor Ihnen. Ich hoffe, Sie haben Verständnis dafür, dass Sie sich alle, also auch die, die eventuell nicht einsteigen wollen, zur Geheimhaltung verpflichten müssen.«

Die letzte Bemerkung war überflüssig gewesen. Es gab niemanden unter den Medien- und Werbemanagern, der nicht einsteigen wollte. Eine halbe Stunde später war der Sender um eine Summe in zweistelliger Millionenhöhe reicher.

12

40°20′33″ N / 15°32′32″ O
Büro der Carabinieri, Via Michele Aletta,
Monte San Giacomo, Italien

9. Januar, 10.30 h MEZ

Guglielmo rollte die Augen, so dass man nur noch das Weiße sehen konnte. Offensichtlich war die alte Carmelina jetzt endgültig übergeschnappt, senil, von Altersdemenz übermannt, geistig umnachtet, nicht mehr ganz bei Trost. Sie saß vor ihm in der winzigen Wachstube und wollte Anzeige erstatten. Anzeige gegen die netten Ausländer, die in den letzten beiden Tagen Material in ihrem Dorf gedreht hatten und Tagesgespräch gewesen waren. Gegen die drei, die er in der Ausnüchterungszelle hatte übernachten lassen.

»Aber glaub mir doch, Guglielmo, einer fehlt!«, Carmelina war am Rande eines Nervenzusammenbruchs. Der junge Polizist glaubte ihr kein Wort.

»Carmelina, warum sollte jemand bei dir einbrechen, um dir einen einzigen Euro zu stehlen? Das ergibt doch keinen Sinn!«

»Ich weiß es doch auch nicht!«, rief Carmelina wütend aus. »Ich habe dreimal nachgezählt! In der Flasche waren siebentausenddreihundertzweiundvierzig Euro. Und einer fehlt!«

Der Carabiniere holte tief Luft.

»Carmelina, die Aufregung der letzten Tage war wohl etwas zu viel für dich. Das ist ja auch verständlich. Schließlich kommt das Fernsehen ja nicht jeden Tag zu dir. Am besten, du gehst jetzt nach Hause, trinkst einen Rotwein und legst dich ins Bett. Morgen wird es dir besser gehen.«

»Guglielmo, ich weiß, dass du mich für verkalkt hältst, aber an deiner Stelle würde ich mir das noch einmal gründlich überlegen.« Carmelinas Augen funkelten böse. »Du weißt, dass ich mein Leben dem Herrn gewidmet und deshalb keine Kinder habe. Aber ich habe außer dir auch eine Nichte in Deutschland. Möchtest du etwa, dass sie den Weinberg erbt?«

Guglielmo räusperte sich. Das Dorf Monte San Giacomo lag weitab vom Schuss, seit Jahrhunderten war man hier auf ein recht schmales genetisches Spektrum angewiesen, und so waren fast alle Dörfler über eine oder höchstens zwei Ecken miteinander verwandt. Carmelina war Guglielmos Tante, und ihr Neffe brauchte nicht lange zu überlegen. Demütig fing er an, an seinem antiken Computer das Formular für Strafanzeigen auszufüllen.

»Irgendetwas sehr Merkwürdiges muss hier im Gange sein«, sagte seine alte Tante und lehnte sich zufrieden auf dem ungemütlichen Stuhl in der Wachstube zurück. »Diese drei Schwindler hatten es anscheinend auf eine ganz bestimmt Münze abgesehen. Sie wollten nur diese eine, und sie haben fast zwei Stunden lang danach gesucht. Ich konnte nicht richtig sehen, weil ich ja gefesselt war ...«

Guglielmo wusste, dass dieses Protokoll lang werden würde. Aber er dachte an den Weinberg. Und er tippte brav.

13
41°53'44" N / 12°29'54" O
Hotel Tirreno, Via Martini ai Monti, Rom, Italien

9. Januar, 20.45 h MEZ

Nach einer Nacht im Auto und drei in der Ausnüchterungszelle von Monte San Giacomo waren Franziska, Jesús und Yrjö zutiefst dankbar, endlich wieder in, wie Yrjö es ausdrückte, von der Menschenrechtskommission als solche anerkannten Betten schlafen zu können. Franziska hatte auf dem Weg nach Rom per Internet Zimmer in einem kleinen Hotel im Stadtzentrum gebucht. Die drei hatten beschlossen, sich erst einmal ein, zwei Tage von den Strapazen des Bergdorfes auszuruhen und dann dafür zu sorgen, dass die Münze Italien verließ.

Am nächsten Morgen kümmerten sich Yrjö und Jesús um das Equipment, nummerierten und beschrifteten die vollen Kassetten und luden die Akkus für Kamera, Lampen und Mikrofone. Franziska brachte die inzwischen reichlich akkumulierte schmutzige Wäsche zur Rezeption und sorgte dafür, dass sie am nächsten Tag wieder frische Socken und Unterhosen haben würden. Für einen Moment fühlte sie sich wie die Mutter zweier erwachsener, ungleicher Söhne ...

Den Rest des Tages verbrachten sie damit, die Sehenswürdigkeiten der heiligen Stadt in Augenschein zu nehmen und zu filmen. Sie besuchten die Spanische Treppe, das Kolosseum und das Forum Romanum. Als sie am späten Nachmittag etwas aßen, stellte Yrjö zu seiner Empörung fest, dass, wie in einigen anderen rückständigen EU-Mitgliedsländern, auch in Italien ein landesweites Rauchverbot in Gastronomiebetrieben bestand. Überall versammelten sich Restaurantgäste im ziemlich klammen Januarwetter vor den Pizzerien, Trattorien und Bars, um zu rauchen. Offensichtlich hatten die Bewohner des Dorfes, das sie gerade verlassen hatten, von diesem Verbot noch nichts mitbekommen, oder sie kümmerten sich einfach nicht darum. Hier in der Hauptstadt aber hatten die Nichtraucher mit dem neuen Gesetz einen überwältigenden Sieg errungen, und die Raucher hatten bedingungslos kapituliert. Als Yrjö erfuhr, dass Restaurantbesitzer dazu verpflichtet waren, rauchende Gäste bei der Polizei zu denunzieren, war es mit seinen Sympathien für Italien vorbei:

»Nichts wie weg!«, fauchte er. »Diese Römer hier haben nicht die geringste Ahnung von *dolce vita*!«

Auch Jesús und Franziska wollten *Bella Italia* gern hinter sich lassen. Einen Moment überlegten sie, ob sie die Münze in den Vatikanstaat manipulieren sollten, immerhin könnten sie so schnell und ohne große Logistik ein weiteres Land auf ihrer Liste abstreichen. Dann aber erinnerte sie Jesús an ihre frisch zurückliegenden traumatischen Erlebnisse mit der katholischen Kirche, und nach kurzer Überlegung kamen die drei einstimmig zu dem Entschluss, dem Stiefelland so bald wie möglich den Rücken zu kehren.

Seit Tagen waren sie auf engstem Raum zusammengepfercht gewesen, und sie genossen es, einen Abend jeder für sich zu haben.

Jesús wurde von einem heftigen Sehnsuchtsanfall übermannt. Er versuchte insgesamt sechsmal, Juan anzurufen, aber jedes Mal schaltete sich am anderen Ende der Funkstrecke nur der Anrufbeantworter ein. Er gab sich einen Ruck, beschloss, seine rasende Eifersucht unter Kontrolle zu bringen, und lieh sich Franziskas Laptop aus. Erst suchte er nach örtlichen Plattenläden, die Sammlerraritäten auf Vinyl im Sortiment führten, bald aber kam er auf andere Gedanken: Es dauerte nicht lange, bis er im Internet die angesagten Cruising Areas von Rom fand. Im Januar war es zwar auch in Rom recht frisch, aber es gelang ihm, einige vielversprechende, beheizte Lokalitäten ausfindig zu machen. Den späteren Abend und die halbe Nacht verbrachte er mit ethnographischen Studien in verschiedenen öffentlichen Toiletten. Zufrieden stellte er fest, dass es Dinge gab, die sich seit den Tagen von Kaiser

Nero nicht geändert hatten, und dass es immer noch viele Römer gab, die etwas vom süßen Leben verstanden.

Yrjö war glücklich, endlich wieder die Segnungen der Zivilisation um sich zu haben. Er besorgte sich zwei Flaschen Wein und zwei Schachteln Zigaretten, hängte das *Si prega di non disturbare* -Schild vor seine Zimmertür, öffnete das Fenster weit, um den Rauchmelder zu überlisten, der bedrohlich von der Zimmerdecke herabstarrte, und widmete sich den Rest des Abends den anatomischen Lehrfilmen auf dem Pay-TV-Kanal des Hotelfernsehers.

Franziska versuchte zuerst, in ihrem Zimmer an ihrer Doktorarbeit zu arbeiten, stellte aber schnell fest, dass sie sich nicht konzentrieren konnte. Obwohl es schon kurz vor Mitternacht war, zog sie sich an, frischte sorgfältig ihr Make-up auf und machte, um sich zu entspannen, einen Spaziergang. Aber schon nach wenigen Schritten war es vorbei mit der Entspannung: Schräg gegenüber vom Hotel war ein Geschäft für Babykleidung, und als Franziskas Blick in das rosa und hellblau dekorierte Schaufenster fiel, krampfte sich ihr Herz zu einem Knoten zusammen Und wieder fiel ihr plötzlich dieser Traum ein, den sie in Wien gehabt hatte: schwitzende, schmutzige Männer in einem stickigen, dunklen, engen Raum ...

Ein paar Meter weiter war ein irisches Pub, das *Druid's Den*, und obwohl Franziska weder trank noch eine besondere Freundin von irischer Musik war, betrat sie nach minimalem Zögern den Schuppen. Es würde ihr guttun, unter Menschen zu sein.

Sie bestellte sich ein alkoholfreies Bier und erntete vom Barkeeper dafür einen geringschätzigen Blick. Dann arbeitete sie sich langsam, aber stetig bis zur Bühne nach vorn und lauschte der original irischen Kapelle, die heute im *Druid's Den* für Live-Musik sorgte, *The Kilkenny Four*. Das Repertoire war mehr als traditionell, *The Hills of Connemara*, *The Jolly Beggar*, *The Irish Washerwoman*. Die *Kilkenny Four* waren sich für keinen Hit zu schade, und das Publikum grölte zu vorgerückter Stunde laut, herzhaft und falsch mit.

Brendan O'Flaherty, seines Zeichens Sänger und Bandleader, beendete das letzte Set wie immer mit der irischen Nationalhymne, *Amhrán na bhFiann*. Als der Applaus verklungen war und seine Musiker schon mit dem Einpacken der Instrumente beschäftigt waren, wünschte er den Ladys und Gentlemen eine gute Nacht und ließ die Ladys wissen, dass er morgen wieder in seine heißgeliebte Heimat Irland fliegen, heute Nacht aber noch in Rom und zu fast jeder Schandtat bereit sein würde. Danach trank er am Tresen ein paar wohlverdiente Guinness. Die Fans drängten sich um ihn herum, einige versuchten, Autogramme zu bekommen, andere wollten ein Küsschen ergattern oder ihr irisches Idol zumindest berühren. Auch Franziska bemühte sich, so nahe wie möglich an Brendan heranzukommen. Aus dem Augenwinkel bemerkte er die hübsche Brünette, die sich tapfer durch das Gedränge schob, bis sie einen Platz neben ihm am Tresen erkämpft hatte. Sie schenkte ihm ein Lächeln, das seine Testikel vibrieren ließ. Hm, dachte Brendan, sie ist zwar nicht blond, aber schöne Wölbungen hat die junge Dame vorzuweisen

»Hast du heute schon was vor?«, fragte er und legte einen Arm um Franziskas Hüfte.

»Allerdings«, antwortete Franziska und ließ das Lächeln auf ihrem Gesicht vereisen. »Ich gehe schlafen.« Mit diesen

Worten ließ sie den verdutzten Barden stehen und verschwand. Was das wohl zu bedeuten hatte, fragte sich Brendan. Erst macht sie sich an mich heran, dann lässt sie mich stehen. Weiber, *go figure*! Brendan verlor keine Zeit mit Selbstzweifeln, sondern drehte sich um und wandte sich einer italienischen Wasserstoffblondine zu, die ihm während des ganzen Konzerts an den Lippen gehangen war.

14
52°39'58" N / 07°14'17" W
Lovers Lane, Kilkenny, Irland

10. Januar, 16.54 h UTC

Sheila O'Flaherty hasste ihren Mann. Das war natürlich an sich nichts Besonderes, sie hatte, wie das in vielen Ehen der Fall ist, nach dem Abklingen des ersten hormonalen Ausnahmezustandes schon ein paar Wochen nach der Hochzeit gemerkt, dass sie einen verhängnisvollen Fehler gemacht hatte, aber so richtig abgrundtief hasste sie Brendan erst seit zwei Jahren. Genauer gesagt, seit er mit seiner Band Erfolg hatte und in ganz Europa herumreiste. Sie wusste ganz genau, dass er sie jedes Mal auf seinen Reisen betrog. Er war so eingenommen von sich selbst, dass er sich nicht einmal mehr die Mühe machte, das Parfum der anderen Frauen wegzuduschen, bevor er nach Hause kam, ihr seinen pflichtbewussten, flüchtigen, ehelichen Kuss auf die Wange und den obligatorischen Strauß Rosen in die Hand drückte.

Natürlich rieten ihre Freundinnen ihr schon seit langem, sich scheiden zu lassen, aber was hätte sie ohne Brendans Geld tun sollen? Sie war von ihm abhängig, sie war die kleine graue Maus, die zu Hause in Kilkenny auf das Haus aufpasste, während er sich in den Irish Pubs von Europa aufspielte und sich danach mit seinen weiblichen Fans vergnügte. Außerdem war eine Scheidung in Irland extrem zeitraubend, teuer und nervenaufreibend. Vier Jahre musste man mindestens in Trennung gelebt haben, bevor sich die Behörden der Sache überhaupt annahmen. Nein, eine juridische Scheidung war nicht die richtige Lösung. Sie musste Brendan loswerden, das war Sheila völlig klar, aber so, dass sie sein Geld und die Plattenverträge erbte.

Damals, als er noch Straßenmusiker gewesen war und am Wochenende in der Fußgängerzone von Dublin für eine Handvoll Münzen Musik gemacht hatte, damals hatte sie sich unsterblich in ihn und seine tiefschürfend gesellschaftskritischen Songs verliebt. Aber der Erfolg war ihm zu Kopf gestiegen, er hielt sich für unwiderstehlich, für begnadet, für einen Gott der irischen Folklore, und alles nur, weil sich seine Scheiben aus irgendeinem unerfindlichen Grund verkauften wie warme Semmeln. Dabei komponierte er schon lange keine eigenen Stücke mehr, sondern spielte vor seinem besoffenen Kneipenpublikum immer wieder dieselben traditionellen Gassenhauer.

Sheila sah auf die Uhr. Jetzt würde seine Maschine gerade landen, und heute Abend würde Brendan mit seinem Angeberauto in die Einfahrt biegen und das geschmacklose zweistöckige Haus in der Lovers Lane betreten, das er mit den Einkünften aus seiner ersten Platte gekauft hatte.

Lovers Lane. Sheila lachte bitter. *Add insult to injury*, wie man hierzulande sagte. Es war nicht genug, sie ständig zu verletzen, er musste sie darüber hinaus auch noch demütigen. Aber heute würde das letzte Mal sein. Morgen würde sie am Anfang eines neuen, freien, selbstbestimmten Lebens stehen, sie, die kleine dumme Hausfrau, die den unverzeihlichen Fehler begangen hatte, Brendan O'Flaherty zu heiraten.

Sie schrieb einen Zettel für ihren Mann, auf dem sie ihm bedauernd mitteilte, dass ihre leberleidende Mutter in Cork sich nicht wohl fühle und sie, Sheila, deshalb diesmal leider nicht zu Hause sein könne, um ihn bei seiner Rückkehr aus Italien gebührend zu empfangen. Mit einem Lächeln schrieb sie noch dazu, er solle sich das Essen, das im Kühlschrank bereitstand, selbst im Mikrowellenherd aufwärmen. Sogar daran hatte sie gedacht, für ihren Mann eine letzte Mahlzeit zu kochen, obwohl er höchstwahrscheinlich nicht mehr die Gelegenheit haben würde, diese zu genießen. Dann ging Sheila zum Bahnhof und löste außerdem eine Rückfahrkarte von Kilkenny nach Cork, mit Umsteigen in Kildare.

Es hatte lange gedauert, bis der Plan in ihr herangereift war. Und ohne Darragh, den Heizungsinstallateur, wäre sie vermutlich gar nie auf die Idee gekommen. Seit Brendan ständig unterwegs war, ließ sich Sheila regelmäßig von Darragh trösten. Angefangen hatte alles im letzten Winter, als der verfluchte Heizungskessel wieder einmal nicht funktioniert hatte. Darragh hatte den Kessel repariert, die angebotene Tasse Tee mit Whiskey angenommen und dann ohne viel Federlesen Sheilas weiblichen Stolz wiederhergestellt. Sheila hatte dem Installateur umfassend Bericht über den trostlosen Zustand ihrer Ehe erstattet. Darragh hatte sie seitdem fast täglich besucht und sich um ein reibungsloses und zuverlässiges Funktionieren der Heizung gekümmert. Die meisten Leute, so Darragh, hatten ja überhaupt keine Ahnung, wie gefährlich eine Zentralheizung sein konnte ...

In Paris, Charles de Gaulle, hatte Brendan beinahe seinen Anschlussflug verpasst, obwohl zwischen den beiden Alitalia-Maschinen eine gute Stunde Zeit lag. Die Italiener konnten wirklich nichts außer kochen. Wenigstens war sein Anschluss auf der zweiten Teilstrecke ausnahmsweise pünktlich. Sehr schön, er würde rechtzeitig zu den Abendnachrichten zu Hause sein. Sein Auto hatte er am Flughafen in Dublin stehen lassen. Er wollte nicht, dass Sheila in seiner Abwesenheit mit seinem Jaguar herumkurvte. Sie kam schließlich auch so zurecht, Kilkenny war mit knapp fünfzigtausend Einwohnern ein kleines Städtchen, und es gab gute Busverbindungen. Eine Hausfrau brauchte keinen Jaguar.

Für die knapp hundertvierzig Straßenkilometer von Dublin nach Kilkenny brauchte er wie immer etwas mehr als zwei Stunden. Zwar juckte es ihn mächtig im Gasfuß, aber er wusste, dass die irische Streifenpolizei diese Strecke scharf überwachte und jeden Schnellfahrer, dessen sie habhaft werden konnte, gnadenlos zur Kasse bat. Also beherrschte er sich. So wichtig waren die Nachrichten nun auch wieder nicht. Mehr Kopfzerbrechen machte ihm der riesige Knutschfleck, den ihm diese blondierte italienische Mieze am Hals verpasst hatte. Nicht einmal Sheila war so dämlich, dass sie ihn nicht bemerken würde. Es würde Tage dauern, bis der Fleck verschwunden war, und er konnte ja wohl nicht die halbe Woche mit einem Schal herumlaufen und den Erkälteten mimen. Andererseits – Sheila lebte seit vielen Jahren von seinem Geld, also hatte sie sich gefälligst nicht aufzuregen, wenn er sich unterwegs ein bisschen tröstete.

Trotzdem regten sich, als er sich seiner Heimatstadt näherte, Rudimente seines Gewissens in ihm, und wie jedes Mal, wenn er von einem Gig nach Hause kam, machte er in der High Street kurz halt und kaufte bei *Flowers by Lucy* einen Strauß Rosen für Sheila. Sündhaft teuer, aber was war man nicht bereit, in eine harmonische Ehe zu investieren.

Er bog in die Lovers Lane ein und parkte seinen Jaguar vor dem Haus. Merkwürdig, alle Fenster waren dunkel. Er holte seine Reisetasche aus dem Kofferraum, wickelte die Blumen aus dem Papier und klingelte. Nichts geschah. Er versuchte es ein zweites Mal, aber im Haus blieb es totenstill. Er kramte die Schlüssel hervor, schloss die Tür auf und betrat den Korridor. Dort stellte er seine Tasche ab und rief ein paarmal nach Sheila. Keine Antwort. Er ging ins Wohnzimmer, knipste das Licht an und fand den Zettel, den sie für ihn auf dem Sofa hatte liegen lassen. Na gut, dachte er, das passt ja wunderbar, dass sie nicht da ist. Sollte sie doch mit ihrer Mutter ihr Schicksal bejammern, dann würde er ihr wenigstens nicht den verdammten Knutschfleck erklären müssen. Jedenfalls nicht heute.

Erst als er seinen Mantel auszog, merkte er, dass es im Haus grimmig kalt war. War der Heizkessel etwa schon wieder im Eimer? Nichts als Ärger hatte man mit dem elenden Ding. Er stieg die Kellertreppe hinab und inspizierte den Kessel. Kein Wunder, die Heizung war ausgeschaltet. Er predigte Sheila zwar dauernd Sparsamkeit, aber auch diese hatte ja wohl ihre Grenzen, schließlich kam er gerade von einer Auslandsreise zurück! Er drückte auf den großen grünen Knopf.

Was er nicht wusste und aufgrund des akuten Zeitmangels auch nicht mehr realisierte, war, dass dieser Knopfdruck den Verkauf seiner Schallplatten verdreifachen und aus seiner trauernden Witwe Sheila eine reiche, glückliche Frau machen würde.

15
52°39'09" N / 07°15'04" W
Flowers by Lucy, High Street, Kilkenny, Irland

10. Januar, 22.00 h UTC

Irland wird, so behauptet jedenfalls die hartnäckige Propaganda des Amts für Fremdenverkehr, vom Golfstrom erwärmt. Schnee lag also keiner, aber ein alles durchdringender, rheumatischer Nieselregen umgab Franziska, Yrjö und Jesús. Über dem Stadtzentrum von Kilkenny lag außerdem eine beißende Rauchwolke, die sich zwar schon weitgehend verflüchtigt hatte, aber dennoch deutlich in der nassen Luft zu riechen war.

Sie hatten drei Plätze in der nächsten Maschine über Paris nach Dublin ergattert, in aller Eile den schwarzen Luxustransporter am Flughafen Fiumicino in Rom abgegeben und ihre Kameraausrüstung und ihr Privatgepäck eingecheckt. Jetzt waren sie mit einem feuerroten, blechern klingenden Ford Transit unterwegs, der im Verhältnis zu ihrem letzten fahrbaren Untersatz mehr als nur ein bisschen zu wünschen übrig ließ. Yrjö machte seine ersten Versuche im Linksverkehr, und es dauerte etwa zwanzig Kilometer und mehrere Beinahunfälle, bis er den Bogen heraushatte und an Kreuzungen in die richtige Richtung sah.

»Wir sind da«, sagte Franziska nach knappen drei Stunden und schaltete das Ortungsgerät aus. »Flowers by Lucy.«

»Ein Blumenladen?«, fragte Yrjö. »Der hat doch jetzt zu! Es ist zehn Uhr Ortszeit. Lasst uns ein Hotel suchen.«

»Aber da brennt doch Licht«, sagte Jesús. »Ich klopfe mal, vielleicht ist ja noch jemand da.« Und bevor Franziska oder Yrjö reagieren konnten, hatte sich Jesús ein drahtloses Mikrofon angesteckt, war ausgestiegen, über die Straße gegangen und dabei, an die Glastür des Ladens zu klopfen. Yrjö nahm eine Kamera aus dem Koffer auf der Rückbank und begann zu filmen. Er stützte sich auf dem Lenkrad ab und holte aus dem Zoomobjektiv alles heraus, was drinsteckte.

Lucy saß im Hinterzimmer des Ladens und war mit der Buchhaltung beschäftigt. Sie heftete die Quittungen des Tages ab, trank dazu dunkles Bier und hörte die Lokalnachrichten im Radio. Es dauerte eine Weile, bis sie das eindringliche Klopfen an der Ladentür hörte. Sie schlurfte nach vorne und sah den jungen, gutaussehenden Mann, der durch das Glas ein flehentliches Gesicht machte. Lucy lächelte nachsichtig und schloss die Tür auf. Wahrscheinlich schon wieder irgendein schief hängender Haussegen, der nur durch eine unverzügliche florale Entschuldigung wieder ins Lot zu bringen war. Sie hatte dauernd solche Fälle, darum ließ sie auch nach dem offiziellen Ladenschluss immer das Licht an. Guter, persönlicher Service war in einer Kleinstadt die beste Methode, seine Stammkunden zu behalten.

»Guten Abend«, sagte der adrette junge Mann mit einem unverkennbar südländischen Akzent. »Entschuldigen Sie die Störung, aber ich brauche einen Blumenstrauß. Ganz dringend.«

»Streit gehabt?«, fragte Lucy. »Dann empfehle ich einen gemischten Strauß mit viel Gelb und Orange.«

»Ja. Äh, nein. Eigentlich nicht«, sagte Jesús. »Im Gegenteil. Mein Mann, äh, ich meine, meine Frau ist schwanger. Sie hat es mir gerade erzählt.«

»Dann gibt's natürlich nur eins!«, sagte Lucy. »Rote Rosen! Herzlichen Glückwunsch!«

Lucy schickte sich an, dem jungen Mann einen stattlichen Rosenstrauß zusammenzubinden.

»Danke«, sagte Jesús. »Was riecht hier eigentlich so komisch?«

Lucy blinzelte den jungen Ausländer an.

»Was soll das heißen? Hier riecht's doch nicht komisch! Hier riecht's nach Blumen!«

»Ich meine nicht hier im Laden, sondern draußen in der Stadt. Als ob es irgendwo brennt«, sagte Jesús.

»Ja, haben Sie es denn nicht gehört? Vor etwa zwei Stunden gab es in der Lovers Lane eine riesige Explosion! Die Feuerwehr ist immer noch dort. Ein Todesopfer hat es gegeben, ausgerechnet Brendan O'Flaherty! Gerade kam es wieder im Radio.«

»Brendan O'Flaherty?«

»Ja, kennen Sie den etwa nicht?«, Lucy ließ in ungläubigem Staunen ihre Kinnlade herunterfallen und vergaß sie für ein paar Sekunden in aufgeklappter Position.

»Ich bin nicht von hier«, erklärte Jesús und schluckte trocken.

»Das merke ich«, sagte Lucy und wickelte die Blumen ein. »O'Flaherty ist ... war der berühmteste Sohn unserer Stadt. Musiker.« Sie lehnte sich nach vorne und flüsterte verschwörerisch: »Stellen Sie sich vor, ein paar Minuten vor dem Unglück war er noch hier bei mir! Hat Blumen gekauft. Auch Rosen. Fünfundzwanzig Stück. Auch für seine Frau. Obwohl ich nicht glaube, dass sie schwanger ist.« Sie lächelte Jesús an. »Er war ja nie zu Hause. Ständig auf Reisen, wenn Sie wissen, was ich meine ...«

Kurz darauf saß Jesús wieder im Auto. Die Blumen überreichte er Franziska.

»Und? Hast du alles draufgekriegt? Auch den Ton?«

Statt einer Antwort machte Yrjö ein leidendes Gesicht. Ganz langsam verzog sich seine Miene zu einer Grimasse, und dann nieste er so heftig, dass der Ford Transit in seinen nach Öl lechzenden Stoßdämpfern erzitterte

»Jeden Mucks habe ich drauf«, sagte Yrjö dann, als er sich die Nase geputzt hatte. »Aber aus dem Hinterzimmer habe ich natürlich nur den Ton.«

»Kein Problem, ich habe die Blumenfrau mit dem Handy gefilmt«, sagte Jesús. Aus Yrjös Nase senkte sich langsam ein grüner Schleimfaden. Yrjö zog geräuschvoll die Nase hoch, und der Faden verschwand wieder dahin, woher er gekommen war.

»Entschuldigung«, sagte Yrjö und wischte sich mit dem Ärmel übers Gesicht. »Ich bin allergisch gegen Blumen.«

Franziska steckte beglückt die Nase in den Strauß und sog den Duft ein. Sie hatte schon seit einer Ewigkeit keine Blumen mehr von einem Mann bekommen, und da störte es auch nicht, dass Jesús schwul war.

»Dein Troubadour hat ausgeträllert. Da hast du uns ja einen schönen Kandidaten ausgesucht«, sagte Jesús zu ihr. »Zum Glück hat er noch Blumen gekauft! Sonst müssten wir unseren Euro jetzt in einem rauchenden Trümmerhaufen suchen!«

Jesús, Yrjö und Franziska nahmen sich ein Hotel für die Nacht, und Lucy machte endgültig Feierabend. Die Tageseinnahmen packte sie in eine Geldbombe, dann löschte sie das Licht, schloss ab und schwang sich auf ihr Fahrrad. Die Geldbombe ließ sie unterwegs nach Hause in das Nachtfach der Ulster Bank fallen, die nur ein paar Schritte von ihrem Laden entfernt an der High Street lag.

16
52°39'13" N / 07°15'05" W
Ulster Bank, High Street, Kilkenny, Irland

11. Januar, 09.18 h UTC

Der junge Bankangestellte gab auf. Mit einem penetranten Klimpern fiel die Ein-Euro-Münze zum dritten Mal aus der Zählanlage, anstatt sich zu den anderen zu gesellen und fein säuberlich zu einer Stange aufgerollt zu werden. Irgendetwas war faul an dieser Münze. Er sah sie sich genauer an: ein ziemlich neuer, noch sauber glänzender Euro aus Luxemburg. Beschädigt war er nicht, aber aus irgendeinem Grund war die nagelneue, erst vor einer Woche in Betrieb genommene, sündhaft teure Münzzähl- und Prüfmaschine damit nicht zufrieden.

Der junge Angestellte klopfte an die Tür des Filialleiters und machte Meldung. Der Filialleiter besah sich den Euro. Dann nahm er einen dicken Ordner vom Regal und begann, darin zu blättern.

»Das kommt davon«, sagte er. »Wir hätten diese dumme Währung nie einführen sollen.«

Nach einigem Blättern hatte er gefunden, was er suchte, die Richtlinien für die Prüfung der Echtheit von Euromünzen. In diesen Richtlinien stand, was mit Münzen zu tun war, die dreimal die Kontrolle durch die Maschine nicht bestanden hatten.

»Schicken Sie das Ding nach Dublin zur Nationalbank. Sollen sich die feinen Herrschaften dort damit herumärgern«, sagte der Filialleiter verdrießlich. Er holte aus der untersten Schublade seines Schreibtisches einen braunen Umschlag und gab ihn dem Angestellten. Dann klappte er den Ordner zu, stellte ihn zurück aufs Regal und widmete sich wieder seiner Lektüre, der Sportseite der *Kilkenny People*. Der Filialleiter war ziemlich grantig. Sein Rugby-Team hatte schon wieder verloren.

Der schmächtige Angestellte, der erst vor ein paar Monaten seine Stelle bei der Ulster Bank angetreten hatte, schüttelte den Kopf. Aber er tat, was zu tun war. Er packte die Münze in den wattierten Umschlag, der bereits fertig mit der Adresse der irischen Nationalbank bedruckt war und außerdem groß die Aufschrift *Possible Counterfeit*, mögliche Fälschung, trug. Dann legte er ihn in das Fach für ausgehende Post.

17
53°20'40" N / 06°15'47" W
Central Bank of Ireland, Dame Street, Dublin, Irland

13. Januar, 10.56 h UTC

Im Gegensatz zu seinem jungen Kollegen in Kilkenny war Abteilungsleiter O'Rourke schon seit fast vierzig Jahren bei der irischen Nationalbank in Dublin angestellt. Heimlich zählte er schon die Tage bis zu seiner Pensionierung. Viele waren es nicht mehr, und das konnte man seiner Arbeitsmotivation bisweilen anmerken. Zu seinen Aufgaben gehörte unter anderem, in Irland aufgetauchtes Falschgeld an die richtigen Stellen weiterzusenden. Gefälschte Geldscheine wurden nach Frankfurt zum Fälschungsanalysezentrum der Zentralbank geschickt, gefälschte Münzen nach Frankreich, in die Nähe von Bordeaux, zum CNAC, zum nationalen französischen Zentrum für Münzanalyse.

Der Abteilungsleiter war in den letzten Wochen seiner aktiven Dienstzeit damit beschäftigt, seinen Nachfolger anzulernen. Er erklärte dem Kollegen, was mit den eingetroffenen falschen Münzen zu tun war, und ging dann in die Kantine, um in Ruhe Kaffee zu trinken. Gerade als er dabei war, seinen Kaffee etwas aufzupeppen, zupfte ihn der Kollege am Ärmel:

»Entschuldigen Sie die Störung, aber hier steht nicht

CNAC, sondern CNAP. Sind Sie sicher, dass das die richtige Adresse ist?«

»Sie kennen wohl die Froschschenkelfresser nicht, junger Mann. Bei denen stimmt nie irgendwas. Alle Abkürzungen sind völlig verkehrt dort. AIDS heißt bei denen SIDA, und die NATO heißt OTAN. Und jetzt lassen Sie mich in Ruhe und schicken Sie den Brief ab!«

Als der Kollege endlich weg war, schüttete sich Abteilungsleiter O'Rourke einen mehr als großzügigen Schluck *Bushmills* in den dampfenden Pappbecher.

18

44°46'48" N / 00°38'28" W
Centre National d'Analyse des Pièces C.N.A.P.,
Centre Technique et Scientifique Européen C.T.S.E.,
Voie Romaine, Pessac, Gironde, France

15. Januar, 13.22 h MEZ

Die Ingenieure standen vor einem Rätsel. Die Münze, die aus Irland gekommen war, war ganz offensichtlich eine Fälschung, aber sie widersprach allen Regeln der Fälscherkunst. Äußerlich unterschied sich die Prägung nicht im geringsten Detail von einem echten luxemburgischen Ein-Euro-Stück. Die Oberflächentests, bei denen das Metall mit verschiedenen Chemikalien behandelt wurde, hatten ergeben, dass die Legierungen der zwei Metalle hundertprozentig authentisch waren. Aber alles andere stimmte nicht. Sie hatten die Münze gewogen und festgestellt, dass sie zu leicht war. Die Differenz betrug zwar nur etwa zwei

Milligramm, klein genug, um jeden Münzautomaten in der Europäischen Union zu überlisten, aber den unbestechlichen Präzisionsmaschinen des Analysezentrums in Pessac bei Bordeaux blieb ein solcher Unterschied natürlich nicht verborgen. Sie hatten die magnetischen Eigenschaften geprüft, und die Werte lagen meilenweit entfernt von denen, die die EU-Gesetzgebung für Münzen vorschrieb. Die elektrische Leitfähigkeit war deutlich schlechter als die einer echten Euromünze.

Warum würde ein Fälscher, der in der Lage war und über die Technologie verfügte, einen Euro äußerlich perfekt zu gestalten, solche groben Fehler begehen? Und warum würde jemand, anstatt wie bei gefälschten Münzen das Metall einfach auszustanzen, die originale, aufwendige Prägungstechnik verwenden und dann auf der nationalen Seite der Münze den luxemburgischen Großherzog abbilden? Das alles ergab keinen Sinn.

Aufgabe des CNAP war es, gefälschte Münzen technisch zu analysieren und einen Bericht darüber zu schreiben. Im gleichen Gebäude in Pessac war auch das ETSC untergebracht, auf Französisch selbstverständlich verkehrt herum CTSE, das Europäische Zentrum für Technik und Wissenschaft, dessen Aufgabe darin bestand, die vom CNAP analysierten Münzen zu klassifizieren und in die europäische Datenbank einzuspeisen. Diese Klassifizierung diente dazu, herauszufinden, aus welcher Fälscherwerkstatt die Münze stammte und welcher Gruppe von Kriminellen sie zuzuordnen war. Bedauerlicherweise hatten die Kollegen vom ETSC allerdings noch nie so eine Münze gesehen und sahen sich deshalb außerstande, sie zu klassifizieren.

Zwei Tage lang unterzogen die weiß bekittelten französischen Ingenieure die Münze allen erdenklichen Tests – ohne nennenswertes Ergebnis. Erst am dritten Tag kam einer der Kollegen auf eine Idee, die ihnen weiterhelfen würde.

»Was, wenn die Münze gar nicht falsch ist?«, fragte er seine Kollegen beim Mittagessen in der Kantine des CNAP.

»Natürlich ist sie falsch. Das haben unsere Versuche doch einwandfrei bewiesen.«

»Ich meine, wenn die Münze ursprünglich echt war und sie dann jemand modifiziert hat? Die Legierungen und die Prägung stimmen, aber der ganze Rest nicht. Ich denke, wir sollten das Ding durchleuchten.«

Eine halbe Stunde später starrten die Ingenieure auf das Röntgenbild: In der Münze konnte man deutlich Elektronik erkennen, einen mikroskopisch kleinen integrierten Schaltkreis und eine winzige Batterie.

»Was zum Teufel ist das?«, entfuhr es dem Leiter der Forschungsgruppe. Aber seine Kollegen konnten ihm keine Antwort geben.

Es dauerte weitere zwei Tage und ein Dutzend vergebliche Tests, bis sie durch einen Zufall einen entscheidenden Schritt weiterkamen. Der Gruppenleiter telefonierte mit einem Kollegen, als er aus dem winzigen Lautsprecher plötzlich das unverkennbare *Trr-trr-trr* eines Mobiltelefons hörte, das dabei war, ein Signal auszusenden, und im Lautsprecher des Festnetztelefons Störungen verursachte.

Er wunderte sich, denn er hatte sein eigenes Handy am Morgen zu Hause vergessen. Dann fiel sein Blick auf die Münze, die neben dem Telefon lag.

19

50°50′46″ N / 04°22′14″ O
Office Europeén de Lutte Anti-Fraude O.L.A.F.,
Rue Joseph II, Brüssel, Belgien

18. Januar, 15.23 h MEZ

Yeoryios Xenakis, Direktor des für den Schutz des Euro zuständigen Referats C 5 beim Europäischen Amt für Betrugsbekämpfung, ließ seinen Blick über die Skyline von Brüssel schweifen. Jedes Mal, wenn er aus dem Fenster seines Büros sah, wunderte er sich, warum man ausgerechnet diese todlangweilige Stadt als Hauptstadt für die Europäische Union gewählt hatte.

Seine Familie machte ihm Sorgen. Nicht so sehr seine Frau, die hatte schon bei der ersten Party, die sie gemeinsam besucht hatten, bei einem Empfang des schwedischen Botschafters, Anschluss gefunden. Seine Tochter aber war schwieriger ...

Der Summer schreckte ihn aus seinen Gedanken. Er nahm die Füße vom Schreibtisch, rückte seinen Krawattenknoten zurecht, setzte ein dienstliches Gesicht auf und drückte auf den Knopf vor ihm. Die Tür ging auf, und eine seiner Untergebenen kam mit einer dünnen Aktenmappe unter dem Arm herein.

»Herr Direktor«, sagte sie, »das hier ist heute Morgen hereingekommen. Ich glaube, das sollten Sie sich ansehen.«

Xenakis seufzte. Mit einer Geste gab er der Untergebenen zu verstehen, dass sie sich setzten sollte, und blätterte die Akte flüchtig durch.

»Und was soll hieran so wichtig sein?«, fragte er dann über seinen Brillenrand. »Eine gefälschte Euromünze. Na und? Davon gibt es viele.«

»In der Münze ist ein Sender«, sagte die Untergebene.

»Ein was?«, fragte Xenakis.

»Ein Sender.«

»Soll das ein Witz sein?«

»Nein, Herr Direktor, in der Münze ist wirklich ein Sender versteckt.«

»Und was sendet dieser Sender? Schlager? Nachrichten? Werbung?«

»Nein, Herr Direktor. Positionsmeldungen. GPS-Koordinaten. Einmal jede Stunde.«

»Und warum? Was soll das für einen Sinn haben?«

»Das wissen wir nicht, Herr Direktor.«

»Danke. Halten Sie mich auf dem Laufenden«, sagte Xenakis und winkte seine Untergebene hinaus.

Als sich die Tür hinter ihr geschlossen hatte, legte er die Füße zurück auf den Tisch, blickte wieder aus dem Fenster und seufzte einmal tief. Er liebte seinen Beruf, nur die Arbeit machte ihm keinen Spaß. Und das hier würde Arbeit bedeuten. Unter Umständen sogar sehr viel Arbeit. Wie er die Sache auch drehte und wendete, er war dafür zuständig, er würde den Vorgang weder einfach liegenlassen noch einer anderen Behörde in die Schuhe schieben können. Xenakis war froh, dass es den Dienstweg gab. Immerhin konnte er dafür sorgen, dass er sich nicht allein darum kümmern müsste. Geteiltes Leid ist halbes Leid, dachte er, raffte sich auf und machte sich daran, sämtliche europäischen Stellen zu verständigen, die er möglicherweise mit in diese dumme Geschichte hineinziehen könnte.

20
52°05'46" N / 04°18'29" O
EUROPOL, Raamweg, Den Haag, Niederlande

21. Januar, 09.30 h MEZ

Die europäische Polizeibehörde in Den Haag platzte aus allen Nähten. Das eigentliche Hauptquartier war ein zwar altes, jedoch erst vor kurzem generalrenoviertes dreistöckiges Haus, aber in den letzten Jahren hatte man angebaut, soviel auf dem engen Grundstück irgend möglich war. An sonnigen Tagen sah das komplett von Efeu überwucherte Hauptgebäude mit seinen roten Fensterläden sogar richtig freundlich aus, aber heute, im grauen holländischen Schneeregen, wirkte die Fassade düster und bedrohlich.

Im Besprechungsraum im dritten Stock saßen Vertreter verschiedener europäischer Institutionen, die sich regelmäßig auf Kosten der Steuerzahler trafen, um aktuelle Probleme zu erörtern. Hauptkommissar Leclerq von Europol leitete die Sitzung, außer ihm nahmen Direktor Yeoryios Xenakis von OLAF in Brüssel und Liliane Schmitt von der Europäischen Zentralbank in Frankfurt teil, sowie die zwei französischen Ingenieure aus Pessac, die die Münze in ihren Labors in Südfrankreich untersucht hatten.

Die Besprechung begann damit, dass Liliane Schmitt mit ihrer allseits unbeliebten schneidenden Stimme einen kurzen Abriss über die generelle Situation im Hinblick auf Bargeldfluss und Kriminalität in Europa gab.

Sie verweilte wie jedes Mal einige Minuten bei ihrem Lieblingsthema, dem Umstand, dass sich rund ein Viertel aller in Umlauf befindlichen Fünfhundert-Euro-Scheine in Spanien befanden und etwa sechzig Prozent der gesamten Bargeldmenge Spaniens ausmachten. Frau Schmitt lamentierte wie bei jedem Treffen über den nicht einzudämmenden Drogen- und Menschenhandel und beklagte, dass Spanien sowohl Afrikas als auch Süd- und Mittelamerikas Tor nach Europa war, ein Transitland, durch das tonnenweise Kokain aus Kolumbien und anderen kriminellen Staaten in die Europäische Union gelangte. Danach wetterte sie gegen die spanische Polizei, die nichts, aber auch rein gar nichts gegen die grassierende Steuerhinterziehung tat. Kein Wunder also, dass Spanien dauernd Subventionen von anderen EU-Ländern in den Rachen geworfen werden mussten.

Niemand kannte Liliane Schmitts Befugnisse bei der Europäischen Zentralbank. Offiziell war sie die Leiterin der Abteilung für interne Untersuchungen, aber man munkelte, dass ihr starker weiblicher Arm weit über die EZB hinausreichte. Die übrigen Anwesenden warteten also geduldig, bis sie mit ihrer Tirade gegen die Spanier fertig war. Erstens wollten sie sich nicht schon wieder Chauvinismus vorwerfen lassen – Liliane war die einzige Frau im Gremium und verfügte nicht nur über eine schneidende Stimme, sondern auch über ein beträchtliches feministisches Aggressionspotential –, und zweitens konnten sie es sich nicht leisten, eine Abteilungsleiterin der Europäischen Zentralbank anders als ehrerbietig zu behandeln.

Als Nächstes hatte Hauptkommissar Leclerq das Wort. Er leitete hier in Den Haag das Dezernat 1, das sich mit organisierter Kriminalität befasste. Zugleich war er auch noch der kommissarische Leiter des Dezernats 5, der Abteilung für Terrorismusbekämpfung, da der Kollege vor ein paar Wochen einem Bombenattentat zum Opfer gefallen war. Für Falschgeld war eigentlich Gennaro Manzone, Chef des Dezernats 6 für Geldfälschungsbekämpfung zuständig, aber Manzone hatte sich verspätet, was aber wie immer noch niemand bemerkt hatte. Manzone hatte nämlich eine merkwürdige Eigenschaft: Er hinterließ bei anderen Menschen absolut keinen Eindruck. Er war die Sorte Mensch, der man begegnet und die man sofort wieder vergisst. Der Typ, den niemand bemerkt, wenn er da ist, und niemand vermisst, wenn er nicht da ist.

Jetzt, wo Liliane sich beruhigt und ihr Lieblingsthema behandelt hatte, konnte Hauptkommissar Leclerq endlich zur Sache kommen: »Meine Dame, meine Herren, seit der Einführung der gemeinsamen europäischen Währung sind in der Eurozone etwa eine halbe Million gefälschte Münzen gefunden, aus dem Verkehr gezogen und klassifiziert worden. Nach Schätzungen des Europäischen Zentrums für Technik und Wissenschaft in Frankreich ...«, Leclerq nickte den beiden Kollegen aus Pessac zu, »nach Ihren Schätzungen also sind aber insgesamt mindestens zehn Millionen gefälschte Euromünzen verschiedenen Werts in Umlauf. Ein Fass ohne Boden. Jährlich werden mehrere Falschmünzerwerkstätten ausgehoben, einige davon in Osteuropa, eine haben wir sogar in der Türkei entdeckt, die meisten davon aber im Gebiet der Eurozone. Und wenn unsere geschätzte Kollegin auch der Ansicht ist, dass Spanien die höchste Konzentration an krimineller Energie hat, so möchte ich hier doch die Italiener anführen: Fast alle der in Spanien unter irgendwelchen Matratzen versteckten Fünfhunderter sind echt, aber wenn es ums Fälschen geht, dann gehört die, wenn ich das so sagen darf, Goldmedaille einem anderen Mittelmeerland. Von allen seit der Gründung der Eurozone ausgehobenen und stillgelegten Falschmünzerwerkstätten waren über die Hälfte in Italien.«

Dieser kleine Seitenhieb gegen Liliane brachte Leclerq ein amüsiertes Kichern der übrigen Anwesenden ein. Er fuhr fort:

»Im Allgemeinen muss man bei Geldfälschern davon ausgehen, dass ihre Motive ökonomischer Natur sind. Wer Geldscheine oder Münzen fälscht, tut dies normalerweise, um sich zu bereichern, um damit einen Profit zu erzielen. Bei gefälschten Scheinen, besonders bei großen Werten, ist die Gewinnspanne je nach Produktionskosten recht hoch, auch wenn die falschen Scheine nicht in hohen Auflagen fabriziert werden. Besonders beim Fälschen von Münzen kommt es deshalb darauf an, möglichst viele Exemplare in Umlauf zu bringen, um damit einen Gewinn zu machen. Die Masse macht's, um das mal so auszudrücken. Scheine können an den meisten Registrierkassen der EU mit relativ einfachen Geräten auf ihre Echtheit geprüft werden. Aber bei Münzen sind die Leute, wie Sie sich denken können, weniger kritisch. Die meisten gefälschten Münzen, die in unserem Sieb hängen bleiben, sind Zwei-Euro-Stücke mit deutscher Prägung. Das ist insofern logisch, dass auch die meisten echten Zwei-Euro-Stücke aus der Bundesrepublik Deutschland stammen. Aber auch Ein-Euro-Stücke mit französischer nationaler Seite und italienische Fünfzig-Cent-Stücke erfreuen sich bei Fälschern steigender Beliebtheit. So viel zum Hintergrund. Und jetzt komme ich zum Thema: Vor knapp zwei Wochen ist in der Republik Irland eine gefälschte Münze aufgetaucht, die zu keinem der uns bisher bekannten Schemata passt. Ich möchte die Kollegen vom nationalen Zentrum für die Analyse von Münzen und vom europäischen Technologie- und Wissenschaftszentrum bitten, uns die technischen Einzelheiten zu erläutern.«

Die zwei Franzosen aus Pessac waren sichtlich stolz darauf, das geheime Innenleben der Münze entdeckt und – zumindest technisch – entschlüsselt zu haben. Zunächst berichteten sie ausgiebig über die vergeblichen Versuche, die sie mit der Münze angestellt hatten, und überschütteten die Anwesenden mit unverständlichen Details aus der Metallurgie, Elektrochemie und Physik.

Schließlich kamen sie zur Präsentation der digitalisierten Röntgenbilder.

Als die Ingenieure ihre Ausführungen zu Ende gebracht hatten, bedankte sich Leclerq bei ihnen und sagte:

»Sie sehen also, diese Münze ist eindeutig eine Fälschung. Aber eine Fälschung, wie sie bisher noch nicht vorgekommen ist. Eine Münze mit solcher Nanotechnologie nachzurüsten, kostet grob geschätzt Hunderte von Euros. Ein ökonomisches Motiv scheidet also aus.«

»Und wenn das Motiv nicht ökonomisch ist, was ist es dann?«, fragte Manzone. Er war inzwischen aufgetaucht, aber niemand erinnerte sich daran, wie er zur Tür hereingekommen war und Platz genommen hatte.

»Das ist genau der springende Punkt. Sowohl Direktor Xenakis vom Amt für Betrugsbekämpfung als auch ich haben uns schon den Kopf zerbrochen, aber bis jetzt ist es uns nicht gelungen, eine vernünftige Erklärung zu finden.«

Leclerq stand auf und begann, im Besprechungsraum hin und her zugehen.

»Wir müssen leider damit rechnen, dass es sich bei dieser Fälschung um mehr als nur normalen Betrug handelt. Ganz offensichtlich haben wir es hier mit einer groß angelegten Operation zu tun. Und bisher haben wir nur den obersten Zipfel der Spitze des Eisbergs zu Gesicht bekommen. Ich bitte um Ideen. Lassen Sie Ihren Gedanken freien Lauf. Was könnte Ihrer Ansicht nach Sinn und Zweck dieser Münze sein?«, Leclerq blieb stehen und blickte erwartungsvoll in die Runde.

Zunächst herrschte absolute Stille. Dann, nach allseitigem, jedoch fruchtlosem Grübeln, meldete sich Liliane Schmitt zu Wort.

»Sie sagten, die Münze sei in Irland aufgetaucht?«

»Korrekt«, sagte Xenakis.

»Gibt es irgendwelche Einzelheiten?«

»Nichts Brauchbares, zumindest bis jetzt nicht«, antwortete Leclerq. »Der Euro wurde von einer Münzzählanlage in einer Filiale der Ulster Bank in Kilkenny aussortiert. Er war in einer der Geldbomben, die vom Einzelhandel nach Ladenschluss im Nachtfach der Filiale in Kilkenny deponiert werden. Der Angestellte weiß nicht mehr, aus welcher Geldbombe die Münze stammt. Es gibt insgesamt elf verschiedene Möglichkeiten. Ein Fahrradgeschäft, zwei Lebensmittelläden, ein Kiosk, ein Blumenladen, eine Modeboutique und so weiter. Unsere Kollegen in Irland haben alle in Frage kommenden Einzelhändler befragt, sind aber zu keinem Ergebnis gekommen.

»Vielleicht steckt die IRA dahinter...«, meinte Liliane Schmitt.

»Das haben wir uns auch schon überlegt«, sagte Xenakis. Wie immer, wenn er mit Leclerq im selben Raum war, fühlte er sich unwohl. Er mochte diesen dienstgeilen Belgier einfach nicht. Anstatt eine ruhige Kugel zu schieben, stürzte sich dieser Leclerq immer kopfüber in die Arbeit und erwartete von allen Kollegen dasselbe. »Der Haken an der Sache ist nur – was um alles in der Welt sollte das Motiv sein? Was könnte die IRA mit einer solchen Münze anfangen, und wie würde sie den Zielen der Irisch-Republikanischen Armee dienen? In Nordirland gibt es den Euro doch überhaupt nicht.«

»Es wäre etwa ohne weiteres technisch möglich, diese Münze als Zielgerät für eine Rakete zu verwenden. Das Lenksystem der Rakete stellt sich automatisch auf die Position der Münze ein, folgt ihr und – bumm!«, meinte einer der beiden französischen Ingenieure.

»Das ist doch haarsträubender Unsinn«, sagte Liliane Schmitt. »Wer sollte denn so etwas planen?«

»Zum Beispiel al-Qaida«, warf der andere Ingenieur ein. »Die drohen doch schon seit langem damit, Ziele in der Europäischen Union anzugreifen.«

Sein Kollege kam ihm zu Hilfe:

»Vielleicht plant ja jemand einen Angriff auf unsere Kommunikationsinfrastruktur. Sie wissen ja, dass man mit einem ausreichend starken elektromagnetischen Impuls sämtliche Telefon-, Computer- und anderen elektronischen Systeme lahmlegen kann.«

»Frau Schmitt hat Recht«, sagte Xenakis. »Das ist Unsinn. Um europäische Ziele zu bombardieren, braucht man doch kein Zielgerät, und schon gar nicht in Form einer Münze. Dazu reicht eine gewöhnliche Straßenkarte!«

Die französischen Ingenieure waren beleidigt und

schmollten. Auch der Rest der Sitzungsteilnehmer verfiel für eine Weile in schweigendes Grübeln.

»Es handelt sich sozusagen um einen ›ganz normalen‹ Euro«, fuhr Leclerq fort. »Es gibt ja die verschiedensten Gedenkmünzen, die zu speziellen Anlässen herausgegeben werden, und es gibt sogenannte Kurantmünzen, die Nominalwerte von mehreren hundert Euros haben können. In diesem Fall aber geht es um eine gewöhnliche Kursmünze, einen letztes Jahr geprägten Euro mit luxemburgischer nationaler Seite.«

»Vielleicht versucht jemand, die europäische Währung zu destabilisieren«, sagte Liliane Schmitt. »Im Zweiten Weltkrieg haben die Deutschen das mit dem britischen Pfund versucht. Die Nazis ließen im Konzentrationslager Sachsenhausen von Häftlingen massenweise falsche britische Banknoten herstellen, die sie dann aus Flugzeugen über England abwerfen wollten.«

»Eine interessante Theorie«, gab Xenakis zu. »Aber wenn das der Zweck der Münze sein soll, dann frage ich mich: Warum sollte jemand Euros mit luxemburgischer Prägung fälschen? Die sind doch relativ selten.«

»Richtig. Ökonomisch gesehen macht das keinen Sinn«, sagte Leclerq. »Genauso gut könnte man versuchen, die Eurozone mit falschen Euros aus Monaco oder San Marino zu überschütten. Münzen aus den kleinen Euroländern sind zwar aufgrund ihrer relativen Seltenheit als Sammlerobjekte sehr begehrt, aber nicht als Vorlage für Falschmünzer. So etwas würde verhältnismäßig schnell auffliegen.«

»Außerdem ist bis jetzt nur diese einzige Münze aufgetaucht. In der Eurozone sind zurzeit mehr als fünfzig Milliarden Ein-Euro-Stücke in Umlauf, und es würde schon eine ganz andere Dimension des Betrugs brauchen, um unsere Währung aus den Angeln zu heben.«

»Und wenn es sich bei der Sache um ein geheimes EU-Projekt handelt? Vielleicht stecken ja unsere eigenen Behörden dahinter ...«, meinte Gennaro Manzone. »Vielleicht versucht ja jemand, eine Statistik über die Bewegungen von Hartgeld in der Eurozone zu machen, und vielleicht hat man im europäischen Vorschriftendschungel einfach vergessen, uns zu benachrichtigen.«

»Das ist eine naheliegende Erklärung, Direktor Monzane.«

»Manzone«, sagte Manzone.

»... nur leider trifft sie nicht zu«, sagte Leclerq. »Das haben wir als Erstes abgeklärt. Es wäre natürlich wirklich nicht das erste Mal, dass in der EU die Linke nicht weiß, was die Rechte tut, aber diesmal sind es nicht unsere eigenen Leute, wir haben es hier wirklich mit einer unbekannten, bis auf weiteres als feindlich einzustufenden Partei zu tun.«

Zwei Stunden und ein halbes Dutzend hanebüchene Verschwörungstheorien später waren die Teilnehmer der Krisensitzung ausgelaugt, festgefahren und der Lösung des Rätsels nicht den kleinsten Schritt näher gekommen.

Hauptkommissar Leclerq dankte den Teilnehmern der Sitzung für ihre Bemühungen und wünschte allen eine gute Heimreise. Der Euro verschwand in der Asservatenkammer im Keller, da, wo im Krieg die Schergen der Gestapo ihre Opfer gefoltert hatten.

21

49°36'40" N / 06°08'00" O
Restaurant Am Tiirmschen, Rue de l'Eau, Luxemburg

24. Januar, 12.50 MEZ

Jean-Jacques van de Sluis hatte schlecht geschlafen. Sehr schlecht. Die halbe Nacht hatten ihn Albträume gequält, und er hatte dunkle, geschwollene Augenringe, die durch sein metallicgraues Haar und seinen anthrazitfarbenen Maßanzug noch deutlich akzentuiert wurden. Er saß im Tiirmschen, einem seiner Lieblingsrestaurants im Zentrum von Luxemburg, nur etwa fünfzig Meter vom Palast des Großherzogs entfernt und blickte abwechselnd vor sich hin auf die Tischplatte und auf seine luxuriöse Schweizer Armbanduhr. Die Serviererin hatte er unwirsch davongewinkt und erklärt, er warte noch auf jemanden. Der Umstand, dass Karl Schwartz mit einer Verspätung von mehr als zehn Minuten eintraf, verbesserte van de Sluis' Laune nicht im Geringsten.

»Schön, dass Sie Zeit für mich finden, Karl!«, zischte er giftig, als Schwartz sich neben ihn an den Tisch setzte.

»Tut mir leid«, sagte Schwartz. Auch er sah nicht gerade ausgeruht aus. »Der Verkehr ...«

»Und? Haben Sie gute Nachrichten für mich?«, fragte van de Sluis.

Schwartz blickte zu Boden und schüttelte kaum merklich den Kopf. Die Serviererin kam, um die Bestellung aufzunehmen. Van de Sluis nahm *Judd mat Gaardebounen*, Schwartz entschied sich für *Bouneschlupp*. Während sie auf das Essen warteten, tranken die beiden Bier und unterhielten sich mit gedämpfter Stimme. Neben ihnen knisterte das Kaminfeuer. Die verschwörerische Intensität ihrer Konversation wollte nicht so recht zum altmodisch-gemütlichen Interieur des Restaurants passen.

»Und? Was weiß die Polizei?«, fragte van de Sluis.

»Nicht viel«, antwortete Schwartz. »Immerhin. Wir haben Glück im Unglück.«

»Was soll das heißen?«, forschte van de Sluis ungeduldig.

»Ich habe das Überwachungssystem angezapft«, erklärte Schwartz nicht ohne Stolz. »Sie haben die Münze, und sie wissen, dass sie gefälscht ist.«

»Scheiße«, sagte van de Sluis. Dieses Wort benutzte er nur sehr selten.

»Es ist noch nicht alles verloren«, sagte Schwartz. »Sie haben keine Ahnung, wo der Euro herkommt oder worin sein Zweck besteht.«

Van de Sluis trank sein Bier aus und schnippte mit den Fingern nach der Serviererin, um ein neues zu bestellen.

»Wo ist die Münze jetzt?«

»Immer noch bei Europol in Den Haag.«

»Und was tun unsere drei Versuchskaninchen?«

Schwartz räusperte sich dünn.

»Keine Ahnung. Vermutlich machen sie sich irgendwo einen faulen Lenz auf unsere Kosten.«

Van de Sluis beugte sich nach vorne und sprach Schwartz eindringlich ins linke Ohr:

»Wenn diese Produktion nicht zustande kommt, verlieren wir Millionen. Dann platzen alle unterschriebenen Werbeverträge, und das heißt nicht nur, dass wir das versprochene Geld nicht bekommen, sondern auch noch eine

Konventionalstrafe bezahlen müssen. Dann sind wir geliefert, mein Freund! Ich verliere meinen Job, und Sie, Karl, können dann wieder zurück zum Geheimdienst oder in die Fremdenlegion gehen, das ist Ihnen wohl hoffentlich klar!«

Karl Schwartz sah aus wie ein Sitzsack, aus dem die Hälfte der Styroporkugeln entwichen war. Von seiner normalerweise straffen Körperhaltung war nichts mehr übrig. Van de Sluis bekam sein Bier und trank es in einem Zug leer.

»Karl«, sagte van de Sluis. So ernst hatte Schwartz seinen Chef noch nie gesehen. »Es gibt nur eine einzige Möglichkeit, aus diesem Schlamassel wieder herauszukommen.«

Schwartz schwieg. Ihm schwante Übles.

»Die Münze muss sich bewegen, und unsere drei Goldkinder müssen ungestört ihre Dokumentation fortsetzen können. Und Ihr Job, Karl, ist es, dafür zu sorgen, dass beides klappt. Tun Sie, wofür ich Sie bezahle, und wir bleiben Freunde. Bringen Sie die Produktion wieder in Schwung. Und beschützen Sie die drei Idioten.«

Schwartz nickte. Das Essen kam. Für einen Moment hatte Schwartz das Gefühl, vor seiner Henkersmahlzeit zu sitzen. Van de Sluis hatte sich in Fahrt geredet:

»Jetzt müssen Sie zeigen, aus welchem Holz Sie wirklich geschnitzt sind, Karl. Sie müssen dafür sorgen, dass diese gottverdammte Münze wieder in Umlauf kommt. Wie Sie das machen, ist mir vollkommen egal. Sie haben genau achtundvierzig Stunden Zeit.«

Schwartz dachte nicht daran, dass der *Bouneschlupp* in einem vorgeheizten Teller serviert wurde. Als er die heiße Suppe vor sich zurechtrücken und loslöffeln wollte, verbrannte er sich mit einem gemeinen Zischen Daumen und Zeigefinger.

22

52°22'24" N / 04°53'36" O
Hotel De Roode Leeuw, Damrak, Amsterdam,
Niederlande

25. Januar, 01.43 h MEZ

Die Stimmung war auf dem absoluten Nullpunkt. Franziska, Yrjö und Jesús tranken in Yrjös Hotelzimmer Rotwein. Yrjö hatte in Bordeaux eine ganze Kiste von dem Zeug gekauft. Zwei Flaschen waren jetzt noch übrig.

»Das war's dann wohl«, sagte Yrjö verbittert. Jesús nickte. Sein Blick war glasig. »Aus der Traum.«

Seit zwei Wochen waren sie zu journalistischer Untätigkeit verdammt gewesen. Kein Interview, kein Porträt – nichts. Sie waren der Münze von Kilkenny über Dublin, Pessac und Brüssel nach Den Haag gefolgt, aber alles, was sie während dieser Zeit hatten filmen können, waren die Fassaden der irischen Nationalbank und des Münzprüfungsinstituts in der Nähe von Bordeaux, der hässliche Glasturm von OLAF in der belgischen Hauptstadt und das Hauptquartier von Europol. Seit drei Tagen saßen sie in Den Haag fest. Die Münze bewegte sich nicht vom Fleck.

»Vielleicht ist das ja nur ein Test«, meinte Franziska. Sie war als Einzige nüchtern.

»Was meinst du?«, fragte Yrjö.

»Vielleicht will uns dieser van de Sluis auf die Probe stellen«, sagte sie. »Vielleicht will er sehen, wie wir mit so einer Situation klarkommen.«

»Das glaubst du doch selbst nicht«, sagte Jesús. Seine Stimme klang weinerlich.

Yrjö knurrte und nahm einen langen Schluck, direkt aus der Flasche.

»Die Polizei hat unsere Münze aus dem Verkehr gezogen«, sagte er. »Die Bullen, verstehst du, Mädchen? Ende der Fahnenstange, Schluss, basta. Kapiert?«

»Worauf warten wir denn noch?«, fragte Jesús. »Das hat doch alles keinen Sinn mehr. Wir können froh sein, dass wir nicht erwischt worden sind.«

»Und die fünfzigtausend Euro können wir in den Wind schreiben«, sagte Yrjö. »Ihr glaubt doch nicht, dass uns der Sender für die Kassetten auch nur einen Cent bezahlt! Unser Material sieht doch aus wie die Wirtschaftsnachrichten! Langweilige Fassaden und sonst gar nichts!«

Franziska war die Einzige, die noch nicht bereit war, aufzugeben. Zwar war auch sie zutiefst frustriert und sehnte sich nach ihrer Katze, ihrer hübschen Wohnung in der Wiener Leopoldstadt und nach ihrem grünen Lieblingstee, aber sie war schließlich nicht Journalistin geworden, um sich von jeder Kleinigkeit ins Bockshorn jagen zu lassen. Nun gut, der Umstand, dass die Münze offensichtlich bei der Polizei gelandet war, war zwar keine Bagatelle, aber Franziskas Ansicht nach noch kein hinreichender Grund, alles hinzuwerfen. Der Auftrag bestand darin, die Bewegungen dieser Münze zu verfolgen, und genau das hatten sie bis jetzt nach bestem Wissen und Gewissen getan. Es war ja nicht ihr Fehler, dass sich der Euro seit zwei Wochen an Orten befand, zu denen sie keinen Zutritt hatten. Dieser van de Sluis konnte schließlich nicht von ihnen erwarten, dass sie bei der irischen Nationalbank, bei der Europäischen Behörde für Betrugsbekämpfung oder gar bei Europol einbrachen! Das war etwas anderes, als eine alte Oma an ihr Bett zu fesseln. Sie waren Reporter und keine Ninjakämpfer!

»Ich hätte diesen Scheißjob niemals annehmen sollen.« Jesús war den Tränen nahe. »Was bin ich nur für ein Idiot!« Entgegen seiner sonstigen Gewohnheit war er seit Tagen überraschend schweigsam gewesen. Von seinem sonst so sonnigen Naturell war nichts mehr zu spüren. Sogar Yrjö hatte ein paarmal versucht, mit ihm zu reden und herauszufinden, was ihn bedrückte, aber Jesús wollte nicht mit der Sprache herausrücken.

»Warum denn?«, Franziska hatte plötzlich das Bedürfnis, ihn in den Arm zu nehmen, aber sie unterdrückte es. »So schlimm war's doch gar nicht. Wir sind ein bisschen in Europa herumgereist und haben ein bisschen gefilmt. Und wenn es jetzt wirklich nicht weitergeht, dann haben wir es immerhin versucht. Was ist daran denn so dramatisch?«

»Ach, was weißt du schon«, sagte Jesús trotzig. Und dann schluchzte er plötzlich los. Franziska nahm seinen Kopf zwischen die Hände und drückte ihn an sich. Und plötzlich quollen die Worte wie ein Wasserfall aus Jesús' Mund: Er erzählte, während er heulend die Nase hochzog, dass Juan seit zwei Wochen seine Anrufe nicht beantwortet und auch nicht zurückgerufen hatte. Nicht einmal Dulce, die Haushälterin, hatte er erreichen könne. Wahrscheinlich hatte Juan ihr gesagt, sie solle nicht abnehmen, wenn sie Jesús' Nummer sehe. Etwas Schreckliches war geschehen, das wusste er, das konnte er spüren! Juan liebte ihn nicht mehr. Bestimmt hatte er schon einen Neuen. Jemand anders lag jetzt zwischen den schwarzen Seidenlaken in der Madrider Penthousewohnung, jemand anders hörte jetzt mit Juan zusammen seine, Jesús', LPs an, jemand anders fuhr mit Juan im roten Sportwagen herum und ging mit ihm Hand in Hand die *Castellana* entlang ...

Yrjö mischte sich ein. Wenn es etwas gab, das er nicht ertragen konnte, dann waren es heulende Männer. Er versuchte es mit Trost auf die harte Tour:

»Hör auf zu flennen, Kleiner. Na gut, dein Boyfriend liebt dich nicht mehr. Dumm gelaufen. Ist das alles? Was soll ich da sagen?«

»Pst!«, machte Franziska. »Lass ihn in Ruhe. Lass ihn weinen, das tut ihm gut.«

»Lass ihn weinen ...«, äffte Yrjö sie nach. »Ich habe vorgestern eine SMS aus Finnland bekommen. Meine Ex-Frau hat ihren Anwalt geheiratet! Und jetzt wohnt dieses Schwein mit ihr zusammen! In meinem Haus, versteht ihr? Zusammen mit Silja und Lady, meiner Tochter und meinem Hund! Und meinem Volvo ...« Yrjö schnappte nach Luft, und bevor sie sich versah, hatte Franziska zwei heulende Männer an der Brust. Sie strich den beiden beruhigend über die Haare und versuchte, ihre eigene Contenance zu bewahren.

Die Anspannung der letzten Wochen, die Anstrengungen des Reiselebens und die Frustration über ihr Schicksal waren einfach zu viel. Und da brachen auch bei ihr die Dämme. Ihre Brust krampfte sich zusammen, sie begann zu zittern und fing an, Rotz und Wasser zu heulen.

Yrjö und Jesús hoben überrascht die Köpfe:

»Aber ... was ist denn mit dir los?«, fragte Jesús.

»Wieso weinst *du* denn jetzt plötzlich?«, Yrjö schluckte.

»Ja, glaubt ihr denn, ihr seid die Einzigen, die Probleme haben? Mein Leben ist genauso kaputt wie eures!«

Und sie erzählte von ihrem Besuch beim Gynäkologen und davon, dass sie nie Kinder bekommen würde. Niemals.

Es dauerte mehrere Minuten, bis alle drei mit Schniefen fertig waren und sich die Augen getrocknet hatten. Sie sahen sich an und mussten plötzlich lachen.

»Da hat sich dieser van de Sluis ja drei schöne Helden ausgesucht!«, sagte Franziska. Die beiden Männer pflichteten ihr bei.

»Moment mal ...« Yrjö richtete sich ruckartig auf. Plötzlich fühlte er sich nur noch halb so betrunken. »Meint ihr, die haben uns mit Absicht ausgewählt?«

»Was meinst du damit?«, fragte Jesús. »Die wollten drei Mitglieder aus drei verschiedenen Euroländern. Das hat er doch bei der Besprechung damals gesagt.«

»Ja, schon«, sagte Yrjö. »Aber er wusste ein bisschen zu gut Bescheid über uns. Zum Beispiel, dass wir keine familiären Verpflichtungen haben ...«

»Der hat Recherchen über uns angestellt«, sagte Franziska. Auch sie bekam ein ungutes Gefühl.

»Jetzt übertreibt ihr aber«, sagte Jesús. »Ich glaube, ihr habt von dem ganzen Stress hier Verfolgungswahn bekommen. Das bildet ihr euch doch nur ein!«

»Wie auch immer«, sagte Franziska. Als Redakteurin fühlte sie sich dazu verpflichtet, die Truppe aufzumuntern, so gut dies in Anbetracht der Umstände möglich war. »Ich gebe zu, wir sitzen in einer Sackgasse. Wenn nicht ein Wunder geschieht, sehen wir unsere Münze nie wieder. Aber Wunder geschehen ja bekanntlich immer wieder, und wieso sollte nicht auch uns eins widerfahren?«

»Auf jeden Fall könnten wir eins gebrauchen«, meinte Jesús und kicherte. Er fühlte sich schon deutlich besser, und Yrjö ging es ebenso.

»Ich mache euch einen Vorschlag«, sagte Franziska. »Wir geben der Münze noch eine Chance. Eine. Und wenn sich dann nichts getan hat, fahren wir zurück nach Luxemburg, liefern das bisher gedrehte Material ab und machen Schluss. Vielleicht bezahlt man uns ja wenigstens einen Teil des Honorars.«

Die beiden Männer waren skeptisch. Franziska brauchte ihre ganze Überredungskunst, um sich durchzusetzen. Zu guter Letzt musste sie an das Testosteron in den beiden appellieren: Sie seien Waschlappen, die bei jeder kleinen Misslichkeit sofort die Flinte ins Korn werfen würden. Frauen seien eben schon immer die besseren Krieger gewesen, hartnäckiger, grausamer und weniger wehleidig. Das half.

»Also gut, Fräulein Leutnant!«, knurrte Yrjö. »Sie sind der Chef. Eine Nacht noch. Aber dann reicht's.«

»Frau«, sagte Franziska und verkniff sich ein Lächeln.

»Was?«, fragte Jesús.

»*Frau* Leutnant, meine Herren. Los geht's«, kommandierte Franziska.

»Was, jetzt?«, Yrjö glotzte ungläubig. »Es ist drei Uhr morgens!«

»Natürlich jetzt. Jetzt sofort«, sagte Franziska. »Jetzt oder nie!«

»Aber du musst fahren«, sagte Yrjö und erhob sich mit Mühe.

Eine Stunde später hatten sie vor dem Europol-Hauptquartier Posten bezogen und observierten das Gebäude.

Wenigstens hatten sie nach ihrem Ausflug nach Irland wieder den luxuriösen standbeheizten Sechszylinder des Senders.

»Ganz schön dunkel hier«, bemerkte Jesús. »Die Straßenlampen funktionieren nicht.«

Tatsächlich, das ganze Viertel lag in tiefer Finsternis. Nur die Scheinwerfer ihres Transporters beleuchteten die Fassade des Gebäudes.

Sie warteten. Eine Weile später gingen die Straßenlampen wieder an. Sonst passierte nichts.

23

52°05'46" N / 04°18'29" O
EUROPOL, Raamweg, Den Haag, Niederlande

25. Januar, 02.58 h MEZ

Achtundvierzig Stunden waren verdammt wenig Zeit gewesen für einen Job dieser Größenordnung. Normalerweise hätte Karl Schwartz das Gebäude mindestens eine Woche lang genau observiert, studiert, hinter welchen Fenstern welche Räumlichkeiten lagen, was für eine Alarmanlage installiert war, wie viele Menschen zu welcher Zeit im Haus waren. Aber schließlich war Schwartz nicht umsonst jahrelang der Mann fürs Grobe gewesen. Improvisieren gehörte immer dazu, das wusste er aus Erfahrung.

Immerhin hatte er in der knapp bemessenen Zeit herausgefunden, dass das Notstromaggregat der Europol-Zentrale zurzeit von – wie hätte es in Holland auch anders sein können – illegalen Einwanderern generalüberholt wurde und deshalb nicht funktionstüchtig war. Schwartz hatte eine kleine Überraschung für das *Electriciteitswerk* des niederländischen Regierungssitzes vorbereitet. In zwei Minuten würde es so weit sein. Er zog sich die schwarze Kommandomütze über den Kopf und überprüfte noch einmal den Inhalt seines Rucksacks. Dann stieg er aus und ging über die Straße, hinüber zu dem efeuüberwucherten Gebäude. Einige der Büros waren noch erleuchtet. Schwartz wusste, dass das Hauptquartier nie ganz leer war, einige der europäischen Polizeibeamten hatten auch nachts Dienst. Die plötzliche Dunkelheit, so hoffte er, würde aber ein solches Chaos verursachen, dass er unbemerkt hinein- und hinauskommen würde.

Er setzte das Nachtsichtgerät auf und sah auf die Uhr. Auf die Sekunde pünktlich ging im Europol-Gebäude das Licht aus. Der Stromausfall würde, so hatte es Schwartz programmiert, exakt eine Stunde lang dauern, und weil er das ganze Viertel in Dunkel gehüllt hatte, würde niemand auf die Idee kommen, dass er es auf das Haus im Raamweg 47 abgesehen hatte. Schwartz wartete noch eine Minute: Das Notaggregat sprang nicht an, alles blieb dunkel. Also würden auch die Kontrollzentrale, die Videoüberwachung, das Alarmsystem, die hausinterne Kommunikation und das Computernetzwerk in der nächsten Stunde nicht funktionieren.

Der Efeu, der seit Jahrzehnten die Fassade bedeckte, war stark genug, um daran hochzuklettern. Schwartz hangelte sich behände zum letzten Fenster im zweiten Stock hoch. Seiner kurzen Recherche zufolge musste das die Damentoilette sein. Er setzte sich auf den schmalen Sims, nahm Saugnapf und Glasschneider aus dem Rucksack und schnitt ein kreisrundes Loch in die Scheibe, das groß genug war, um die Hand durchzustecken und das Fenster lautlos zu öffnen. Kurz danach war er im Haus. Dem Geruch nach zu schließen allerdings nicht auf der Damen-, sondern auf der Herrentoilette.

Schwartz öffnete vorsichtig die Tür zum Korridor. Offenbar war man hier nicht gerüstet für einen Stromausfall, bis jetzt hatte es noch niemand geschafft, eine funktionierende Taschenlampe aufzutreiben. Mehrere Europol-Beamte irrten auf den stockdunklen Gängen herum und verständigten sich durch Zurufen. Schwartz grinste. Die Polizei war doch wirklich in jedem Land genau gleich dumm. Er fand die Treppe und glitt geräuschlos zwei Stockwerke hinab bis in den Keller. Hier unten war niemand. Er schaltete sein GPS-Gerät ein: Er war nur wenige Meter von der Münze entfernt. Nach ein paar Sekunden hatte er den Asservatenraum gefunden. Leichter hätte man es ihm wirklich nicht machen können. Die Tür hatte ein elektrisches Schloss, das darauf programmiert war, bei Stromausfall aufzuschnappen, damit niemand aus Versehen eingeschlossen werden konnte. Schwartz betrat den Raum und zog die Tür hinter sich zu. Die Wände des relativ kleinen Zimmers waren mit Stahlregalen gesäumt, auf denen bis unter die Decke Pappschachteln säuberlich aufeinandergestapelt waren. Schwartz musste gute zwei Dutzend Schachteln öffnen, bis er schließlich fand, was er suchte. Zwischen Hieb-, Stich- und Schusswaffen, Handgranaten und allerlei Drogen. Erleichtert wischte er sich den Schweiß von der Stirn, steckte die Münze in die Tasche und sah auf die Uhr: Er hatte noch ganze sechs Minuten Zeit, bis der Strom wieder eingeschaltet werden würde.

Sein professioneller Instinkt befahl ihm, das Gebäude sofort und ohne Umschweife zu verlassen.

In einer der Schachteln hatte er stapelweise heimlich aufgenommene Fotografien von europäischen Prominenten entdeckt. Schwartz kämpfte mit der Versuchung. Eine solche Gelegenheit würde so schnell nicht wieder kommen, wahrscheinlich überhaupt nie. Er begann zu blättern. Durch das Nachtsichtgerät schimmerten die Fotos, die meist in Schwarzweiß aufgenommen waren, in fahlen Grüntönen. Schwartz sah Minister, die an Hunden Fellatio ausübten, er sah Bischöfe, die kleinen Jungen mit der Hands-on-Methode die Erbsünde erklärten, er sah Stars aus Film und Fernsehen, die zu unübersichtlichen Knäueln verschlungen waren, er sah mehrere königliche Hoheiten sich gegenseitig auspeitschten, er sah jemanden, der an den englischen Premierminister erinnerte, mit Sicherheitsnadeln im Hodensack und einer Banane im Anus...

Klack! Schwartz ließ die Fotos fallen. Das hatte er nun davon. Der Sexualtrieb ist der größte Feind des Menschen, das hatte ihm schon seine Mutter vor vielen Jahren gepredigt. Er hatte über dem Studium der Fotos die Zeit vergessen, der Strom war wieder eingeschaltet, und das automatische Schloss an der schweren Stahltür war zugeschnappt. Schwartz untersuchte es: Keine Chance, es von innen zu öffnen, dazu hätte er Plastiksprengstoff gebraucht, und solchen hatte er nicht dabei, denn er hatte sich auf eine lautlose Aktion eingestellt. Verflucht!

Immerhin war er fürs Erste in Sicherheit. Jetzt, wo die Lichter im Gebäude wieder an waren, würde sich die Situation wieder normalisieren. Schwartz dachte nach. Es war bedeutend einfacher, in diesen Raum einzubrechen, als aus ihm auszubrechen.

Zwei Stunden später dachte Schwartz immer noch nach. Er hatte jeden Quadratzentimeter des Raums untersucht, und die Batterien der Nachtsichtbrille waren dabei, langsam ihr elektrochemisches Leben auszuhauchen. Er schaltete das Gerät ab. Schwartz setzte sich in vollkommener, alles durchdringender Finsternis auf den kalten, grau lackierten Betonboden. Seine einzige Chance war, zu warten, bis jemand die Tür des Asservatenraums von außen öffnete, und dann mit einem Überraschungsangriff zu entkommen. Die brutale Methode. Aber schließlich hatte er sich seine Misere selbst zuzuschreiben.

Vor morgen früh würde niemand den Raum betreten. Er beschloss, sich zwei Stunden Schlaf zu gönnen, um für seine wilde Flucht gut ausgeruht zu sein. Schwartz legte sich auf den kalten Boden und krümmte sich in Embryostellung zusammen, um nicht zu sehr zu frieren.

Gerade als seine Synapsen endlich den Befehl zum Einschlafen gaben, kitzelte ihn etwas an der Nase. Erst reagierte er nicht. Dann noch einmal das Kitzeln, als ob ihn jemand sanft mit einem Rasierpinsel an der Nasenspitze berührte. Plötzlich spürte er einen scharfen, stechenden Schmerz. Schwartz konnte einen kleinen Schrei nicht unterdrücken. Sein Puls raste. Er hyperventilierte und sprang auf die Beine, wobei er sich den Kopf an der niedrig hängenden Lampe anschlug. Er schaltete das Nachtsichtgerät ein. Die Pause hatte den Batterien gut getan, aber lange würden sie es nicht mehr machen. In panischem Schrecken suchte er den Boden ab und fand – eine Ratte. Eine fette holländische Ratte. Sein erster Instinkt war, seine Glock aus dem

Holster zu ziehen und dem Biest ein Neun-Millimeter-Projektil zwischen die schwarzen Knopfaugen zu verpassen. Aber zum Glück hatte er sich schon so weit unter Kontrolle, dass er diesen Instinkt unterdrücken konnte.

Moment. Eine Ratte? In diesem Raum? Hier gab es nichts zu fressen, nicht einmal für eine Ratte. Das bedeutete, dass es irgendwo in diesem Raum eine Öffnung geben musste, durch die eine Ratte ein und, so hoffte Schwartz innig, während er sich die blutige Nasenspitze rieb, auch aus gehen konnte.

Er begann, die Pappschachteln aus den Metallregalen zu räumen und in der Mitte des Raums aufzustapeln. Irgendwo hinter den Schachteln musste das Loch sein. Als er die Regale auf der einen Seite des Raums geleert hatte, versagte das Nachtsichtgerät endgültig seinen Dienst. Einen Lichtschalter hatte er im Asservatenraum nicht gefunden, der musste außen im Korridor sein. Also setzte er seine Suche in völliger Dunkelheit fort, stolperte mehrmals über die Kisten, schlug sich den Kopf an und versuchte, bei der ganzen verzweifelten Aktion keine Geräusche zu verursachen.

Nach fast einer Stunde fand er endlich, was er gesucht hatte. Auf Kniehöhe in der linken Ecke war ein Loch in der Wand. Gerade groß genug für eine Ratte. Schwartz presste sein rechtes Auge an die Öffnung: Bildete er sich das nur ein, oder sah er auf der anderen Seite einen schwachen, kaum merklichen Lichtschimmer? Er steckte seine immer noch blutende Nase in das Loch und sog die Luft ein: Auf der anderen Seite roch es nach ... nach ... Schwartz musste ein Würgen unterdrücken: Die Verbindung führte eindeutig zur Kanalisation.

Schwartz schraubte im Dunkeln das Bein eines der leeren Regale ab und machte sich an die Arbeit.

»Wie spät ist es?«, fragte Jesús und gähnte.

»Kurz vor sechs«, sagte Yrjö.

»Wie lange noch?«, wollte Jesús wissen. Er war am toten Punkt angelangt und hatte extreme Mühe, die Augen offen zu halten.

»Hör auf zu jammern. Bis es hell ist. Sagen wir, bis um acht. Dann packen wir ein, gehen erst irgendwo einen Kaffee trinken, und dann fahren wir zurück nach Luxemburg. Schluss, aus. Aber die letzte Nacht halten wir noch durch, bis zum bitteren Ende.« Auch Franziska glaubte nicht mehr an ein Wunder, aber sie hatte eben ihre Prinzipien. Und Prinzipien sind nun mal dazu da, dass man sich an sie hält, auch wenn es keinen Sinn hat.

Yrjös kleine Kamera lag schussbereit über dem Armaturenbrett, der Akku voll und die Kassette am Anfang, aber er glaubte nicht mehr an seine Mission. Wenn es die kleine Österreicherin glücklich machte, okay, dann saß er eben bis zum bitteren Ende hier, aber er war Realist und versprach sich nichts mehr von der Geschichte. Hoffentlich würden sie wenigstens einen Teil des Geldes kriegen. Von der Rückbank hörte er zartes Schnarchen.

»He, Jesús! Schlaf nicht ein, Kleiner!«, wetterte Yrjö los und schlug mit der Faust auf das Lenkrad. Die Kamera geriet ins Rutschen und fiel unter Franziskas Sitz zwischen die Pedale. Franziska und Yrjö bückten sich gleichzeitig danach, stießen mit den Köpfen zusammen und fluchten. Dann bückten sie sich wieder, wieder gleichzeitig, und stießen wieder zusammen. Schließlich fanden sie die Kamera und rieben sich die Köpfe.

»Jesús?«, fragte Franziska.

Aber Jesús war nicht aufgewacht, und so hatte keiner der drei gesehen, wie sich nur ein paar Meter vor ihrem abgedunkelten Transporter entfernt ein Gullydeckel gehoben hatte und wie von Geisterhand zur Seite gerutscht war. Franziska, Jesús und Yrjö sahen auch nicht, dass eine schwarze, vermummte Gestalt mit einem Rucksack auf dem Rücken aus der Kanalisation sprang, sich hastig umsah, den Gully wieder verschloss, mit wenigen Sätzen um die Straßenecke verschwand, in einen geparkten Geländewagen stieg und davonfuhr.

In diesem Moment machte das GPS-Gerät einen Pieps. Der Euro war in Bewegung. Franziska, Jesús und Yrjö waren schlagartig hellwach.

»Wo?«, fragte Jesús. Franziska nestelte das Gerät aus ihrer Tasche und sah auf den Bildschirm.

»Ein paar hundert Meter von hier. Rechts!«

»Los, hinterher!«, rief Yrjö.

Franziska warf ihm die Kamera in den Schoß, ließ den Motor an und gab Gas. Das Getriebe knirschte, der Wagen machte einen grantigen Sprung nach vorne, blieb stehen und verstummte.

»Verflucht!«, entfuhr es Franziska. Sie ließ den Motor wieder an, aber Jesús legte seine Hand auf ihren Arm.

»Lass gut sein, Franziska. Du brauchst Schlaf. Wir brauchen alle Schlaf. Wir fahren jetzt ins Hotel und legen uns aufs Ohr. Und dann sehen wir weiter. Wir werden unser begehrtes Objekt schon nicht verlieren …«, sagte er und tätschelte liebevoll das GPS-Gerät.

»Du hast Recht«, antwortete Franziska und lächelte erschöpft. *»We're back in business«*, flüsterte sie zufrieden. »Das Spiel geht weiter.«

24

52°09′05″ N / 04°32′05″ O
Autobahn E 16 Nord, Den Haag – Amsterdam

25. Januar, 06.23 h MEZ

Schwartz fühlte sich wie gerädert. In den frühen Jahren seiner Karriere war er zwar nicht gerädert, aber doch mehrfach gefoltert worden, und er wusste, wie man sich danach fühlte. Er hatte Durst, musste mehr als akut pinkeln und wollte seine Nase verarzten. Die Münze hatte vor etwa zwanzig Minuten ein Signal abgesetzt, er hatte also genug Zeit.

Er hielt an einer Tankstelle an, kaufte etwas zu trinken, ein Zahnbürsten-Set, Pflaster, ein Desinfektionsmittel und Kaugummi. Dann behandelte er auf der Toilette seinen Biss und klebte ein Pflaster darauf. Das Biest hatte ihm den rechten Nasenflügel mit vier kleinen Löchern perforiert.

Schwartz putzte sich die Zähne. Apropos Ratte. Wohin mit der Münze? Wohin sollte er die drei Laborratten als Nächstes schicken? Er spülte den rosa Schaum im Waschbecken hinunter. Dann wusste er plötzlich, was zu tun war. Als er aufblickte, sah ihn aus dem Spiegel ein erschöpfter, aber zufriedener Glatzkopf an, der an Zahnfleischbluten litt.

Er nahm ein Stück Kaugummi, packte es aus und warf es in den Papierkorb. Dann kramte er die Euromünze aus der

Jackentasche und wickelte sie in das Stanniolpapier. Das war zwar gegen die Spielregeln, aber was er jetzt wirklich dringend brauchte, war Schlaf.

Er fuhr nach Amsterdam, mietete sich in einem kleinen Hotel ein und schlief den ganzen Tag. Heute Abend würde er sein Netz auswerfen ...

25

50°50'46" N / 04°22'14" O
Office Europeén de Lutte Anti-Fraude O.L.A.F.,
Rue Joseph II, Brüssel, Belgien

25. Januar, 17.07 h MEZ

»Meine Dame, meine Herren, das Wichtigste ist, dass die Presse kein Sterbenswörtchen davon erfährt. Ich kann mich da hoffentlich auf jeden Einzelnen verlassen. Vermutlich brauche ich Ihnen nicht zu erklären, wie peinlich diese Geschichte ist. Jemand bricht in unser Hauptquartier ein, stiehlt Beweismaterial und bricht danach in aller Ruhe wieder aus! Das wäre ein gefundenes Fressen für die Medien und würde sich sicher auch auf unser Budget für das nächste Jahr auswirken ...« Leclerq schnürte nervös im Zimmer hin und her.

Die anderen nickten. Hauptkommissar Leclerq, Direktor Xenakis, Liliane Schmitt, Gennaro Manzone und die beiden Ingenieure vom Institut für Münzanalyse hatten sich auf Kosten der europäischen Steuerzahler Hals über Kopf erneut treffen müssen, diesmal, der Parität wegen, in Brüssel.

»Haben Sie denn schon irgendwelche Anhaltspunkte?«, fragte Liliane Schmitt.

»Eine Blutspur«, sagte Leclerq. »Wir haben auf dem Boden des Asservatenraums ein paar Tropfen Blut gefunden und natürlich sofort eine DNS-Analyse erstellen lassen. Fehlanzeige. Die Datenbank kennt unseren Einbrecher nicht.«

»Oder unsere Einbrecher*in*«, sagte Lilianes schneidende Stimme. »Vergessen Sie bitte das von Ihnen so genannte schwache Geschlecht nicht!« Die anderen rollten die Augen, aber niemand traute sich, etwas zu sagen. Außer Leclerq:

»Das Blut stammt von einer männlichen Person, so viel wissen wir. Offenbar haben wir die ganze Sache sträflich unterschätzt«, sagte er in die entstandene Stille. »Ich möchte nicht auf Details eingehen, aber seien Sie versichert: In unserem Asservatenraum liegt Material, das ein Krimineller ohne große Probleme zu Bargeld machen könnte. Zu sehr viel Bargeld. Aber das Einzige, was fehlt, ist diese verdammte Münze. Falls wir also noch irgendwelche Zweifel daran hatten, dass hier etwas wirklich Großes im Gang ist ...«, er warf einen bösen Seitenblick auf Xenakis, in dessen Büro sie sich versammelt hatten, »dann sind diese Zweifel jetzt beseitigt. Meine Herrschaften, diese Angelegenheit hat ab sofort höchste Priorität.«

Xenakis warf einen Blick aus seinem Fenster im OLAF-Glasturm. Brüssel sah aus wie immer, grau, regnerisch und sterbenslangweilig.

»Halten wir uns an die wenigen Fakten, die wir haben.« Xenakis richtete seine Frage an die Ingenieure. »Was können Sie uns über die technischen Details der Münze sagen? Wer kann die Positionsmeldungen dieser Münze empfangen?«

»Im Prinzip jeder, der ein GPS-Gerät hat«, sagte der erste Ingenieur.

»Wir haben es ausprobiert. Das Signal kommt klar und deutlich, im Prinzip jede Stunde, manchmal hat es Ausfälle. Jetzt gerade zum Beispiel haben wir keins.« Die Ingenieure hatten eine Zusammenfassung der technischen Daten kopiert und verteilten diese.

»Wir wissen nicht, wer die Bewegungen der Münze verfolgt. Es kann sich um eine Einzelperson handeln ...«, sagte Ingenieur Nummer eins.

»... oder um die Streitkräfte der Volksrepublik China oder den israelischen Geheimdienst ...«, fügte Nummer zwei hinzu.

»Danke«, unterbrach Hauptkommissar Leclerq. »Ich glaube, das haben wir verstanden.«

»Kann man die früheren Positionen der Münze zurückverfolgen? Hat das Ding eine Art Speicher? Wissen wir, wo es war, bevor es in Kilkenny aufgetaucht ist?«, fragte Xenakis.

»Leider nicht«, sagten die Ingenieure unisono.

»So leicht machen es uns die Schurken nicht«, sagte Leclerq frustriert. »Aber erwischen werden wir sie, das verspreche ich Ihnen, meine Herrschaften! Diese Provokation lassen wir nicht auf uns sitzen!«

»Wir können also feststellen, wo sich die Münze befindet«, sagte Xenakis. »Und was machen wir? Ich meine, wenn wir die Münze schnappen, dann sind wir doch auch nicht weiter. So weit waren wir ja schon einmal.«

»Dann kommt die Münze wieder in den Keller und wird

wieder geklaut«, sagte Liliane Schmitt spöttisch. Die Haare auf Leclerqs Unterarmen stellten sich auf.

Gennaro Manzone wollte etwas sagen, aber niemand achtete auf ihn, also klappte er den Mund wieder zu. Stattdessen fuhr Leclerq fort:

»Wir werden sie auch nicht schnappen, sondern selbst observieren, rund um die Uhr, sieben Tage die Woche. Wir wollen ja nicht die Münze, sondern die Leute, die dahinterstecken. Wer immer dieser Münze folgt, wird früher oder später einen Fehler machen und uns ins Netz gehen.«

»Sollten wir nicht jemanden verständigen? Das Verteidigungsministerium? Das Innenministerium?«, Xenakis verfiel auf seine alte Masche, andere mit hineinzuziehen.

»Welches Innenministerium?«, fragte Leclerq zurück. »Wir leben in Europa!«

»Wir brauchen Personal, um die Überwachung zu organisieren. Rund um die Uhr«, meinte Liliane.

»Noch nicht«, sagte Leclerq. »Bevor wir wissen, worum es geht, ist uns die Kavallerie nur im Weg.« Leclerq war fest entschlossen, das Mysterium auf eigene Faust zu lösen. »Wer weiß, in welches Hornissennest wir da stechen. Am besten ist es, wenn wir die Affäre persönlich und diskret behandeln. Was immer hier unter uns gesprochen wurde, bleibt auch unter uns. Wir dürfen niemandem trauen.«

Xenakis machte noch einen schlappen Abwehrversuch, dann aber erklärten sich die Anwesenden in Ermangelung besserer Ideen mit Leclerqs Vorschlag einverstanden. Eine halbe Stunde später hatten die Sitzungsteilnehmer einander sowohl absolute Geheimhaltung geschworen als auch die Sonderkommission *Großherzog Henri II* aus der Taufe gehoben. Und damit der Affäre diesmal auch ganz bestimmt die notwendige Aufmerksamkeit zuteilwerden würde, erklärten sie sich bereit, sich höchstpersönlich darum zu kümmern. Die Europäische Zentralbank, vertreten durch Liliane Schmitt, würde großzügig, diskret und unbürokratisch helfen, die beiden Ingenieure aus Pessac würden online kurzfristig für alle auftretenden technischen Fragen zur Verfügung stehen, und die Ehre, die Sonderkommission zu leiten, ging an das Europäische Amt für Betrugsbekämpfung, also an Herrn Direktor Yeoryios Xenakis. Leclerq knirschte. Xenakis war der ranghöhere Euro-Beamte, daran war nicht zu rütteln. Aber dieser Grieche hatte keinerlei Ehrgeiz, das wurmte den Kriminalisten.

Xenakis zuckte frustriert mit den Schultern. Immerhin hatte er es probiert. Aber er konnte nichts gegen das tun, was auf ihn zukam. Diese Geschichte würde also doch in Arbeit ausarten, daran führte jetzt kein Weg mehr vorbei. Verflucht, seine Tochter würde ihn umbringen!

Xenakis wollte die Besprechung beenden. Er hatte Hunger und musste zu Hause dringende Familienangelegenheiten regeln. Liliane Schmitt hatte aber noch ein Thema, über das sie unbedingt sprechen wollte: Die Hinterziehung von Immobiliensteuern in Spanien. Wenn schon, so argumentierte sie, kein Feldpersonal für den Fall falsche Euromünze abgestellt werde, dann könne sie doch wohl ein Dutzend gut ausgerüstete Beamte in Spanien haben, für Hausdurchsuchungen und die Beschlagnahmung von Akten aus Wohnungs-, Haus- und Grundstücksgeschäften.

Liliane hatte eigentlich gar nicht damit gerechnet, dass ihr Vorschlag undiskutiert durchgehen würde, aber Leclerq, Xenakis und Manzone sagten, um Zeit und Ärger zu sparen, einfach ja. Auch die beiden französischen Ingenieure nickten, obwohl sie in dieser Sache gar nichts zu sagen hatten.

Bevor Xenakis nach Hause fuhr, verschickte er als erste Amtshandlung in seiner Eigenschaft als Leiter der SoKo per E-Mail ein Bulletin an sämtliche nationalen europäischen Polizeibehörden, in dem er um Mithilfe bat und darum, der Sonderkommission *Großherzog Henri II* jeden auch noch so kleinen sachdienlichen Hinweis unverzüglich zukommen zu lassen.

26
50°51′38″ N / 04°23′06″ O
Avenue des Azalées/Azalealaan, Brüssel, Belgien

25. Januar, 19.48 h MEZ

Einer der Vorzüge, die eine Abteilungsleiterstelle beim Europäischen Amt für Betrugsbekämpfung mit sich brachte, war eine geräumige, wunderschöne Jugendstil-Dienstwohnung inklusive grüner Aussicht. Und ein edler Dienstwagen, auf den Xenakis große Stücke und den er stets glänzend und poliert hielt. Nur eine Garage oder ein eigener Parkplatz gehörte leider nicht dazu. Yeoryios Xenakis fluchte in kyrillischen Schriftzeichen, während er zum x-ten Mal den Josaphatpark umrundete und konzentriert um sich spähte. Es dauerte Ewigkeiten, bis er endlich einen Parkplatz fand. Er war mehr als eine halbe Stunde zu spät dran. Das würde ein nervenaufreibendes Abendessen werden. Er hatte seiner sechzehnjährigen Tochter versprochen, rechtzeitig zu Hause zu sein. Nicht genug damit, dass er wieder einmal verspätet war, heute hatte er auch noch schlechte Nachrichten für seine Familie. Außer der normalen dienstlichen Routine, die er zu erledigen hatte, hatte er jetzt auch noch diese dumme Sonderkommission am Hals, die seine gesamte Zeit beanspruchen würde.

Xenakis schloss die Wohnungstür auf, hängte Hut und Mantel an die Garderobe und stellte seine Aktentasche ab. Aus Richtung Küche roch es köstlich nach seinem Lieblingsgericht.

»Hallo, ich bin zu Hause!«, rief er durch den Korridor, aber als Antwort erhielt er nur eisiges Schweigen.

Kalomoira, seine Frau, und seine Tochter Euphoria waren bereits fertig mit dem Essen und saßen beim Dessert am Küchentisch. Kalomoira sagte nichts und sah ihn nicht an, seine Tochter bedachte ihn mit einem zutiefst vorwurfsvollen Blick. Seit dem Umzug der Familie nach Brüssel hatte sich das Verhältnis zwischen ihr und ihrem Vater dramatisch verschlechtert. Sie hatte es ihm nicht verziehen, dass sie wegen seiner neuen Stelle ihre Heimatstadt Thessaloniki hatte verlassen müssen. Sie hasste Brüssel, sie fühlte sich nicht wohl an der *International School of Brussels*, und sie wollte nur eines: nach Hause, nach Griechenland. Was ihr Vater nicht wusste, war, dass sie ihr junges Herz dort zurückgelassen hatte, als sie einige Wochen vor dem Umzug Aristides, den, davon war sie aufgrund ihres zarten Alters überzeugt, einzig wahren Mann ihres Lebens getroffen hatte.

Xenakis setzte sich an den Tisch und genehmigte sich einen kräftigen Schluck *Malamatina*. Seine Frau wärmte lieblos eine Portion Moussaka in der Mikrowelle auf und servierte sie ihrem Mann schweigend, wobei sie den Teller betont heftig vor ihn hinstellte. Xenakis aß, und seine beiden Damen warteten, bis er fertig war. Dann fragte Euphoria:

»Hast du die Tickets?«

Xenakis versuchte, nicht am letzten Bissen, den er noch im Hals hatte, zu ersticken.

»Euphoria, mein Liebes, bitte werd jetzt nicht wütend ... aber ...« Wie er es auch drehen und wenden würde, es gab keine Art, ihr die Sachlage schonend beizubringen. Er sah zu, wie seine Tochter erst bleich, dann dunkelrot im Gesicht wurde.

»Aber ... was?«, fragte sie, wobei sich ihre großen schwarzen Augen langsam mit Tränen füllten. Xenakis fühlte sich schuldig. Es würde nichts helfen, niemand würde ihm die Absolution erteilen. Da musste er durch.

»Wir können nicht fliegen. Ich kann nicht weg aus Brüssel. Meine Arbeit ...«

»Du und deine Scheißarbeit!«, Euphoria begann zu schluchzen. »Dabei tust du doch nie was in deinem blöden Büro! Du trinkst doch nur Kaffee in irgendwelchen unwichtigen Sitzungen und liest langweilige Protokolle! Ihr seid doch alle bloß Wichtigtuer in eurem Glasturm!«

Ihre Mutter versuchte, sie zu trösten, aber Euphoria zischte sie giftig an:

»Halt du dich da raus, Mama. Du bist doch auch nur eine Sklavin hier!«

Kalomoira Xenakis verließ die Küche, setzte sich ins Wohnzimmer auf die Couch und begann, in einer Zeitschrift zu blättern. Wenn sie eines gelernt hatte, dann, sich aus den Streitereien zwischen ihrem Mann und ihrer Tochter herauszuhalten. Außerdem war sie nicht ganz unvoreingenommen, was das brisante Thema des Abends anging. Sie wollte eigentlich gar nicht nach Thessaloniki fliegen, und dass ihr Mann nicht wegkonnte, kam ihr ganz gelegen, denn sie hatte schon in der ersten Woche nach ihrer Ankunft in Brüssel Bengt, einen jungen Chauffeur der schwedischen Botschaft, kennen gelernt ...

»Liebes«, begann Xenakis und benutzte die Hände, um seine völlige Hilflosigkeit zu untermalen, »ich würde nichts lieber tun, als mit dir nach Hause zu fliegen, aber ich kann nicht! Und ich würde dir auch wirklich gerne erklären, was dazwischengekommen ist. Aber ich darf nicht, versteh doch! Wir haben zurzeit eine ziemlich schlimme Krise bei der Arbeit, und ich habe alle Hände voll zu tun. Ich leite ein geheimes Projekt ...«

»Kann ich dann wenigstens alleine fliegen?«, fragte Euphoria, obwohl sie sich hinsichtlich der Antwort auf diese Frage keinerlei Illusionen machte.

Xenakis seufzte und schüttelte den Kopf.

»Aber mein Liebes, du bist doch erst sechzehn. Das geht nicht.«

Xenakis liebte das Temperament seiner Tochter, aber manchmal machte es ihm auch Angst. Ihre Augen sprühten Feuer, als sie aufstand, ihren Teller und ihr Glas zu Boden warf und schrie:

»Andere Jugendliche machen mit sechzehn Interrail-Touren! Und ich habe hier in dieser Scheißstadt Hausarrest! Du bist ein konservativer, patriarchalischer alter Sack! Ich hasse dich!«

Kalomoira Xenakis schmunzelte auf der Wohnzimmercouch, Euphoria stob aus der Küche, rannte in ihr

Zimmer, warf sich auf ihr Bett und begann, verzweifelt angesichts der Ungerechtigkeit dieser Welt, bitterlich zu weinen.

Xenakis wärmte sich noch eine Portion Moussaka, aß sie und trank noch ein Glas Harzwein. Dann klopfte er an die Zimmertür seiner Tochter. Nach dem dritten Klopfen öffnete er die Tür und trat ein, wobei er sich vorsorglich duckte, um eventuellen herumfliegenden Gegenständen ausweichen zu können. Die Lage war überraschend friedlich, Euphoria lag auf dem Bett, das schwarze, seidig glänzende lange Haar um ihren Kopf herum aufgelöst, heulte still vor sich hin und zog ab und zu die Nase hoch. Xenakis setzte sich auf die Bettkante und wollte seiner Tochter tröstend den Kopf streicheln, aber sie stieß seine Hand zornig weg.

»Liebling, bitte versuch doch, mich zu verstehen. Meine Arbeit ist wirklich wichtig, besonders zurzeit. Wir arbeiten an einem ganz besonders großen Fall, und ich leite die Ermittlungen. Ich kann jetzt wirklich nicht weg. Vielleicht im Sommer, wenn der Fall aufgeklärt ist.«

Wenn es etwas gab, das Xenakis' Seele in kleine, fransige Fetzen zerreißen konnte, dann war es, seine Tochter leiden zu sehen. Er machte sich Vorwürfe. Gut, die Stelle bei OLAF war für ihn ein gewaltiger Karrieresprung gewesen, und sein Einkommen hatte sich durch den Orts- und Jobwechsel verdreifacht. Aber er tat das alles doch nur, um seine Prinzessin glücklich zu machen, ihr eine erstklassige Bildung zu ermöglichen, ihr das Beste mit auf den Lebensweg zu geben ... das musste sie doch verstehen!

Zehn Minuten später hatte er seiner Tochter trotz Schwur und strengster Geheimhaltungsweisung von der gefälschten Münze und von seiner Sonderkommission erzählt. Und aus irgendeinem ihm unverständlichen Grund hörte ihm seine Tochter zu. Zum ersten Mal schien sie sich ein bisschen für seine Arbeit zu interessieren. Sie beruhigte sich, trocknete ihre Tränen und stellte sogar einige Zwischenfragen. Als Xenakis ihr Zimmer verließ, lächelte sie und ließ sich willig von ihm auf die Stirn küssen.

Und eine halbe Stunde später, als Yeoryios Xenakis auf dem Klo saß und die *Kathimerini* von heute las und seine Frau Kalomoira im Wohnzimmer verträumt in dem Büchlein *Schwedisch in 30 Tagen* blätterte, schlich Euphoria auf ihren rosaroten Teenagersöckchen in den Flur. Obwohl sie erst kurze Zeit in Brüssel wohnte, wusste sie bereits genau, welche Teile des Parkettbodens beim Drauftreten knarrten und welche nicht. Sie bewegte sich geräuschlos bis zur Garderobe, öffnete vorsichtig die Aktentasche ihres Vaters und untersuchte interessiert deren Inhalt.

27

50°47′21″ N / 04°24′59″ O

The International School of Brussels, Kattenberg, Brüssel, Belgien

25. Januar, 20.40 h MEZ

Das Hauptgebäude der internationalen Schule in Brüssel war in einem alten, in strahlendem Weiß gehaltenen Chateau untergebracht, das mit seinen vier Säulen vor dem Haupteingang an die Villa eines Plantagenbesitzers in den amerikanischen Südstaaten erinnerte. Überall roch es nach Geld. Euphoria hasste die Schule. Die meisten ihrer Mitschüler waren verwöhnte Snobs, die in gepanzerten Limousinen zum Unterricht gebracht wurden, der arrogante Nachwuchs von Eurobürokraten, Lobbyisten und Diplomaten aus aller Herren Länder, Kids, die noch nie einen Finger hatten krumm machen müssen, um etwas im Leben zu erreichen. Bis jetzt hatte sie es nicht geschafft, sich mit jemandem anzufreunden. Sie hatte es allerdings auch gar nicht versucht.

Einen Vorteil hatte die Schule aber. Von hier aus konnte sie mit Aristides kommunizieren, ohne dabei von ihrem pathologisch eifersüchtigen Vater überwacht zu werden. Aristides war neunzehn, ganze drei Jahre älter als sie, und ihr Vater würde einen Tobsuchtsanfall bekommen, wenn er wüsste, das sie sich ihm gleich in der ersten Nacht hingegeben hatte, an der Uferpromenade in Thessaloniki. Euphoria traute ihrem Vater nicht. Wenn sie mit Aristides chattete oder ihm E-Mails schrieb, tat sie das grundsätzlich nur über einen der Computer an ihrer Schule. Sie war sicher, dass ihr besitzergreifender Herr Papa zu Hause ein geheimes Programm installiert hatte, das ihre Aktivitäten im Internet aufzeichnete und ihm jeden Buchstaben, den sie auf der Tastatur tippte, verriet. Schließlich arbeitete ihr Vater ja beim Amt für Betrugsbekämpfung, und Paranoia war sein tägliches Brot. Aber hier an der Schule war sie sicher.

Der Computerraum befand sich in einem der moderneren Nebengebäude der Schule. Zum Glück war er jeden Abend bis zehn Uhr geöffnet. Euphoria überquerte mit energischen Schritten den weitläufigen, von kundiger Gärtnerhand gepflegten Campus, der jetzt im Dunkeln lag und von dezenten Landschaftsleuchten an den strategisch wichtigen Stellen erhellt wurde. Im Computerraum suchte sie eine freie Maschine, an der sie genügend Abstand zu den anderen Benutzern hatte, loggte sich ein und chattete mit ihrem Geliebten, ihrem griechischen Halbgott, den sie wegen Vaters Karriere hatte zurücklassen müssen.

Euphoria lächelte. Sie wusste: Aristides würde einen Luftsprung machen, wenn sie ihm von dieser Münze erzählte. Aber erst musste Aristides fünfzehn Minuten lang seine unvergängliche Liebe schwören. Dann versorgte eine glückselig strahlende Euphoria ihn mit allen Details aus Vaters Aktentasche, an die sie sich erinnern konnte.

Nur eines ließ sie weg – sie wollte schließlich nicht, dass ihr tapferer Krieger im fernen Heimatland sich Sorgen machen musste. Also erzählte sie ihm lieber nichts davon, dass ihr Vater eine Sonderkommission der europäischen Polizeibehörden leitete. Vielleicht könnte sie, so dachte Euphoria, während sie tippte, ja zwei Fliegen mit einer Klappe schlagen. Ihrem Vater anständig eins auswischen und ihren Boyfriend mächtig beeindrucken.

Jemand ging an Euphoria vorbei, die arrogante kleine Polin aus der Parallelklasse. Euphorias spontaner Reflex war, den Bildschirm zuzudecken, dann aber entspannte sie sich, lehnte sich auf dem Stuhl zurück und schrieb weiter. Schon praktisch, wenn man auf Griechisch chatten kann.

28

50°06'34" N / 08°40'26" O
Europäische Zentralbank, Eurotower, Kaiserstraße,
Frankfurt/Main, Deutschland

52°05'46" N / 04°18'29" O
EUROPOL, Raamweg, Den Haag, Niederlande

50°51'38" N / 04°23'06" O
Avenue des Azalées/Azalealaan, Brüssel, Belgien

25. Januar, 20.52 MEZ

Liliane Schmitt saß in ihrem Büro im Turm der Europäischen Zentralbank. Die Spanien-Aktion war nicht ohne Überstunden in den Griff zu kriegen. Xenakis, der Leiter der Sonderkommission *Großherzog Henri II* war zu Hause. Während der Lektüre seiner Lieblingszeitung war die Münze wieder aufgetaucht. Jetzt war er gerade dabei, sein GPS-Gerät in die Aktentasche zu packen. Er war per Konferenzschaltung über sein Mobiltelefon mit Hauptkommissar Leclerq und Liliane Schmitt verbunden.

»Wo?«, fragte Liliane, glitt in ihrem Bürostuhl auf dem Teppichboden zurück und ließ sich die Schuhe von den schmerzenden Füßen gleiten.

»In Amsterdam«, sagte Xenakis. »In einem Lokal für äh ... Homosexuelle. Ich schlage vor, wir treffen uns dort, so bald wie möglich. Leclerq, sind Sie in Den Haag?«

»Ja«, sagte Leclerq. »Im Büro. Natürlich. Ich bin schließlich Mitglied einer Sonderkommission!«

Xenakis unterdrückte ein Seufzen. Diese belgische Beamtenseele ...

»Dann sind Sie bestimmt als Erster da. Observieren Sie. Frau Schmitt und ich werden etwas länger brauchen. Und noch etwas ...«, sagte Xenakis.

Liliane rieb ihre Füße aneinander. »Ja?«

»Der Euro tauchte doch zum ersten Mal in Irland, in Kilkenny, auf. Dort ist am 10. Januar, an dem Tag, bevor die Münze bei der Bankfiliale auffiel, ein Privathaus explodiert. Ein berühmter Folksänger starb, Brendan O'Flaherty, hat recht nationalistische Songs geschrieben. Die Kollegen von der Forensik in Irland haben in den Trümmern seines Hauses eine Quittung von einem Blumenladen in Kilkenny gefunden. Und wahrscheinlich stammt die Münze aus der Geldbombe dieses Blumenladens, *Flowers by Lucy*.«

Einen Moment schwieg die Konferenzschaltung. Inzwischen war auch Leclerq in Den Haag dabei, einzupacken und sich anzuziehen.

»Also doch die IRA«, sagte Liliane Schmitt.

»Da wäre ich nicht so sicher«, warf Leclerq ein. Er hatte eine Idee, eine zugegebenermaßen verrückte Idee ... Aber er wusste, er musste diese Idee noch für sich behalten. Eine Hypothese war keine Theorie ...

Xenakis fuhr mit seinem Briefing fort:

»Ein weiterer Hinweis kam aus einem kleinen Bergdorf in Süditalien: Dort haben angeblich vor zweieinhalb Wochen drei als Fernsehteam verkleidete Ausländer eine vierundachtzigjährige Frau gefoltert und ihr dann einen Euro entwendet. Einen einzigen Euro.«

»Die Mafia?«, fragte Liliane in Frankfurt.

»Was, wenn ...«, meinte Leclerq. Seine Stimme verriet Erregung. Die Teilchen begannen zu passen, seine Hypothese war soeben zu einer Theorie geworden.

»Wenn was?«

»Wenn die europäischen kriminellen und terroristischen Organisationen dabei sind, sich zusammenzuschließen? Die Münze könnte eine Art internationales Kommunikationsmittel für den Untergrund sein. Zwischen der Mafia und der IRA. Und weiß der Teufel wem. Als Nächstes sind vielleicht die baskischen Separatisten dran. Oder irgendwelche Fanatiker vom Balkan oder deutsche Neonazis oder Menschenhändler aus Polen oder dem Baltikum.«

»Sie denken im Ernst an eine Art europäisches illegales Kartell?«, fragte Liliane in Frankfurt, zwang ihre schmerzenden Füße wieder in die Schuhe, nahm ihre Handtasche und ihren Schlüssel. Als sie ihr Büro verließ, schlug ihr der Teppichboden durch die Türklinke elektrisch auf die Finger. Sie zuckte zusammen.

»Der Gedanke ist doch völlig absurd«, sagte Xenakis. »Was sollten denn diese Organisationen davon haben, sich zusammenzuschließen?«, fragte er. Er hatte keine Lust, seine Zeit mit einem solchen Unfug zu verschwenden.

Leclerq schwieg. Er war verletzt.

»Direktor Xenakis«, sagte Liliane dann, »so dumm ist die Idee gar nicht. Ich meine, wir haben uns schließlich auch zusammengeschlossen, alle anderen europäischen Organisationen. Alle legalen. Und die illegalen tun jetzt vielleicht dasselbe.«

»Und der Nutzen wäre Diversifizierung, Flexibilität, ein integrierter Markt für illegale Waren und Dienstleistungen. Es gibt internationale Firmen, die Trompeten, Motorräder und Computer herstellen«, fügte Leclerq hinzu, der sich freute, endlich Schützenhilfe zu bekommen. »Und wenn eine Branche nicht so gut geht, kompensiert man mit den anderen.«

»*Eurocrime?*«, fragte Xenakis. »Bitte sehr, Kollege, jetzt übertreiben Sie aber. Wir treffen uns bald in Amsterdam, die Koordinaten haben Sie.«

»Vielleicht sollten wir jetzt zusätzliche Agenten einschalten?«, schlug Liliane Schmitt vor.

Bevor Xenakis als Leiter dazu Stellung nehmen konnte, sagte Leclerq:

»Auf gar keinen Fall! Noch ist nicht die Zeit dafür. Wir dürfen niemandem vertrauen. Wir observieren und verfolgen die Münze alleine, sogar und vor allem ohne unsere eigenen Behörden. Wer weiß, ob nicht einige unserer eigenen Leute da mit drinstecken!«,

Xenakis beendete das Konferenzgespräch. Kurz darauf setzten sich die Mitglieder der Sonderkommission in Marsch, Richtung Amsterdam. Yeoryios Xenakis zog seinen Mantel an und ging. Sein Dienstwagen war schmutzig – so viel Zeit musste sein, dachte Xenakis, ich fahre schnell durch die Waschanlage. Leclerq würde bestimmt mit Blaulicht aus Den Haag nach Amsterdam preschen und in zwanzig Minuten am Ziel sein. Für die mehr als dreihundert Kilometer Luftlinie würde Liliane mindestens drei Stunden brauchen, er selbst mindestens zwei, also kam es auf fünf Minuten nicht an …

Liliane Schmitt fuhr mit dem Lift hinunter in den Parkkeller des EZB-Turms. Aufmerksamerweise gab es hier, wie in

Deutschland üblich, Frauenparkplätze in der Nähe der Aufzüge und an besonders hell beleuchteten Stellen.

Hauptkommissar Leclerq hatte seinen BMW heute ausnahmsweise direkt vor der efeuüberwucherten Fassade des Hauptquartiers geparkt, selten bekam man tagsüber hier einen Platz. Abends und nachts aber war es hier sehr ruhig. Er schwang sich hinter das Steuer, holte das Blaulicht aus dem Handschuhfach und stellte es aufs Dach, wo es sich selbst magnetisch festhielt. Er schloss das Fenster und drehte den Schlüssel im Zündschloss. Nichts passierte. Der Motor gab kein Sterbenswörtchen von sich, das Blaulicht sowie alle anderen Lichter im Auto blieben dunkel, die Sirene blieb stumm, nur eines geschah: Die Zentralverriegelung schnappte zu.

Leclerq probierte es noch einmal mit dem Schlüssel: Nichts. Die Zentralverriegelung ließ sich auch nicht von Hand öffnen. Er war eingeschlossen.

Auch Liliane probierte es mehrmals mit dem Schlüssel und musste dann feststellen, dass sie in ihrem Auto eingesperrt war. Besonders beunruhigt war sie zunächst nicht, aber als sie ihr Handy aus der Handtasche holte und es aufklappte, hätte ein Beobachter deutliche Sorgenfalten an ihrem Kinn entdeckt: Kein Netz. Jetzt war sie beunruhigt, obwohl sie auf einem gut beleuchteten Frauenparkplatz direkt beim Lift stand ...

Xenakis merkte erst nach einer Viertelstunde, dass mit der Waschanlage etwas nicht stimmte. So lange hatte er auf dem Fahrersitz mit geschlossenen Augen geträumt und das Geräusch der nassen Bürsten genossen, die rund um seinen Dienstwagen kreisten und den Lack angenehm massierten ... Irgendwann war ihm aufgefallen, dass die Bürsten sich nicht mehr bewegten. Das heißt, sie kreisten noch vor den Türen des Wagens, und Wasser schoss aus allen Düsen, aber das Programm der Waschanlage hatte sich an einem Punkt aufgehängt, und er war im Auto eingesperrt. Keine Chance, die Türen zu öffnen. Xenakis wurde nervös.

»Kein Netz«, sagte er fassungslos und starrte das Display seines Handys an.

»Nicht ein Bälkchen«, merkte auch Hauptkommissar Leclerq in Den Haag.

Karl Schwartz saß tief über seinen Laptop gebeugt in seinem kleinen, gemütlichen Amsterdamer Hotel. Auf dem Bildschirm waren viele Fensterchen zu sehen, unter anderem eins, in dem Liliane Schmitt verzweifelt versuchte, mit ihrer Handtasche von innen das Fenster ihres gepanzerten schwarzen Audi A 8 kaputtzuschlagen. Direkt daneben war ein Fensterchen, auf dem der leere, gut beleuchtete Frauenparkplatz zu sehen war. Und dieses Bild sah auch der Sicherheitsbeamte, der die Monitore im Security-Center der Europäischen Zentralbank überwachte.

Gennaro Manzone, Chef des Europol-Dezernats SC (*Serious Crime*) 6 für Geldfälschungsbekämpfung, verbrachte den Abend des 25. Januar mit einem guten Buch, einer herzhaften Portion Spaghetti Bolognese, die ihm seine Mutter kochte, einem alten Film im Fernsehen und damit, dass er endlich einmal früh schlafen ging. Ihn hatten nämlich alle vergessen.

29
52°22'26" N / 04°53'47" O
Argos Bar, Warmoesstraat, Amsterdam, Niederlande

25. Januar, 23.02 h MEZ

Die *Argos-Bar* lag nur wenige Schritte von der *Oude Kerk* entfernt mitten im Rotlichtbezirk von Amsterdam. Die Passanten in der Warmoesstraat sahen dementsprechend aus. Junge Rucksacktouristen, Nutten, Junkies, zwielichtige Gestalten aller Couleur und Polizisten gaben sich ein trautes Stelldichein in der lebhaften Straße, auf der nachts deutlich mehr los war als am Tag. Jesús, Franziska und Yrjö waren ausgeschlafen, frisch geduscht und zum ersten Mal seit langer Zeit wieder voller Optimismus.

»Hier?«, fragte Yrjö und sah Jesús an, als ob der neue Aufenthaltsort der Münze dessen Schuld sei.

»Genau hier«, sagte Jesús und grinste von Ohr zu Ohr. »Sag bloß, du kennst die *Argos-Bar* nicht.«

»Nein, das muss ich zugeben«, knirschte Yrjö zwischen den Zähnen hervor.

»Das *Argos*«, begann Jesús zu dozieren, »ist die älteste Lederbar in Amsterdam. Es gibt sie schon ewig. Seit 1950, um genau zu sein ... Ich weiß gar nicht, wer von euch beiden älter ist, du oder das Argos.«

»Ich bin ja zum Glück nicht schwul, mein lieber Jesús. Ich habe mit dem Älterwerden kein Problem.«

»Jungs, hört auf zu streiten«, sagte Franziska vergnügt. »Sagt mir lieber, wer von euch beiden hineingeht. Ihr könnt ja eine Münze werfen – ach, Entschuldigung, unsere Münze ist ja da drinnen.«

»Das ist ja wohl eindeutig dein Bier«, sagte Yrjö zu Jesús.

»Wieso gehst *du* nicht?«, fragte Jesús. »Du könntest dabei bestimmt noch etwas lernen.«

Yrjö durchbohrte den jungen Spanier mit einem tödlichen Blick.

»Schon gut, schon gut, ich gehe ja«, sagte Jesús. »Einen Moment nur, ich muss mich umziehen.«

Im hinteren Teil des Transporters war ihr Privatgepäck. Jesús nestelte eine Weile herum, dann präsentierte er sich den beiden anderen in eng anliegenden Latexhosen und einer Motorradjacke.

»Das kann eine Weile dauern. Lasst mir Zeit«, sagte er mit einem vielsagenden Lächeln, verließ das Auto und betrat die Bar auf der gegenüberliegenden Straßenseite.

Franziska und Yrjö warteten. Und warteten. Und warteten. Nach zwei Stunden und fünfundfünfzig Minuten hatten sie noch immer nichts von Jesús gehört. Yrjö hatte sich mit einem Sixpack *Heineken* eingedeckt und war nach fünf Dosen bester Laune. Er beobachtete Franziska von der

Seite. Sie hatte wirklich erstklassig hübsche Titten, aber da würde er wohl nicht drankommen ...

Franziska sah auf ihre Uhr.

»Drei Stunden«, sagte sie. »Irgendwas stimmt hier nicht.«

»Was meinst du?«, fragte Yrjö.

»Ich glaube, Jesús ist in Schwierigkeiten. Vielleicht braucht er Hilfe ...«

»Ach was. Der schafft das schon. Ist ja schließlich ein Heimspiel für ihn, diese Bar.« Yrjö rülpste. Franziska wunderte sich darüber, dass er den Ernst der Lage offensichtlich verkannte.

»Urjo!«, sagte sie streng.

»Yrjö!«, sagte Yrjö. »Wann lernt ihr endlich, meinen Namen richtig auszusprechen?«

»Soll ich dir einen Vortrag über Solidarität halten? Unser Freund ist höchstwahrscheinlich in der Klemme, und wir sind die Einzigen, die ihm da heraushelfen können. Es kann doch wohl keine drei Stunden dauern, diese Münze zu finden und zu filmen!«

»Und ...«, fragte Yrjö nach einer betretenen Pause zögerlich. »Wer von uns beiden geht hinein?«

Franziska lachte.

»Dreimal darfst du raten. Du natürlich.« Der Finne wollte protestieren, aber Franziska schnitt ihm das Wort ab: »Wenn ein Mann sich seiner Heterosexualität hundertprozentig sicher ist, spielt das Geschlecht seiner Sexualpartner keine Rolle mehr.«

Yrjö seufzte. Aber so sehr er sein armes Gehirn auch plagte, ihm fiel kein entkräftendes Argument ein. In diesen sauren Apfel musste er wohl oder übel beißen.

»Aber so komme ich da nicht hinein«, sagte er und zeigte

auf sich selbst: Er trug eines seiner Flanellhemden, eine Jeansjacke, eine beigefarbene Cordhose und braune Wildlederschuhe. Franziska musterte ihn und musste ihm Recht geben.

»Stimmt«, sagte sie. »Du musst dir was Passendes zum Anziehen besorgen.«

»Und wie soll ich das machen, Fräulein, Entschuldigung, Frau Alleswisser?«

»Ich hab da eine Idee«, sagte Franziska.

»Was hast du vor?«, wollte Yrjö wissen.

»Wart's ab«, antwortete Franziska mit einem unergründlichen Lächeln.

Eine Weile saßen sie schweigend im Transporter. Franziska beobachtete aufmerksam die Passanten auf der Straße.

»Was soll das?«, fragte Yrjö. »Was machst du?«

»Da!«, sagte Franziska plötzlich und schubste Yrjö.

»Was?«

»Siehst du den Typ dort?«, Franziska zeigte auf einen Mann, der etwa Yrjös Statur hatte und von oben bis unten in Leder gekleidet war.

»Ja. Und?«, fragte Yrjö. Franziska erklärte ihm, was er zu tun hatte.

»Entschuldigen Sie bitte«, begann Yrjö. Er fühlte sich gelinde gesagt unwohl in seiner Haut.

»Ja, Süßer?«, antwortete der Fremde und ließ seinen Blick über Yrjös Körper wandern.

»Ich ... ich ... ich muss unbedingt in die *Argos-Bar*!«, stotterte Yrjö.

»Was sein muss, muss sein«, sagte der Fremde grinsend. »Aber in diesem Outfit hast du keine Chance.«

»Das ist ja das Problem«, sagte Yrjö. »Ich brauche unbedingt etwas Passendes zum Anziehen. Kann ich ... kann ich Ihre Kleider haben?«

Der Fremde war offensichtlich einiges gewohnt. Er fasste Yrjö ans Kinn und zupfte ihn freundlich am Bart:

»Du bist mir aber ein ganz Schlimmer!«, sagte er amüsiert. »Und ich soll dann nackt herumlaufen?«

Fünf Minuten später war Yrjö von Kopf bis Fuß in Szeneleder gekleidet, sogar eine lederne Schirmmütze krönte seinen grauhaarigen Kopf. Der Fremde seinerseits saß um zweihundert Euro reicher in Flanellhemd und Cordhosen im Coffeeshop an der Ecke und rauchte einen vorzüglichen Joint.

Yrjö begrüßte den Türsteher, der ihn missmutig beäugte. Mit einer unwirschen Handbewegung wurde Yrjö eingelassen. Es dauerte einen Moment, bis sich seine Augen an das Halbdunkel gewöhnt hatten. Aus den Lautsprechern hämmerte das typische *Dunnz-dunnz-dunnz* von Technomusik. Yrjö hielt nach Jesús Ausschau. Am Tresen und entlang der Wände standen mehrere Dutzend Männer, alle sehr muskulös, alle eifrig damit beschäftigt, einander zu befingern, alle waren ausnahmslos in Schwarz gekleidet. Gummi, Latex, Leder. Es war nur wenig textiles Material zu sehen.

Yrjö schwitzte. Sein Herz klopfte so heftig, dass er Angst hatte, seine Halsschlagader würde platzen. Er spürte, wie Dutzende von Augenpaaren an ihm festklebten und jeden seiner ängstlichen Schritte verfolgten. Wenn jemand von diesen muskelbepackten Ledersoldaten herausbekäme, dass er sozusagen als Maulwurf hier war, würde das seinen Tod bedeuten, dessen war er sich sicher. Mit diesen Typen war bestimmt nicht gut Kirschen essen. Nur niemanden provozieren, dachte Yrjö, immer ganz nett und freundlich bleiben ...

»Entschuldigen Sie«, sagte er zum Bartender. »Ich ... äh ... ich suche einen Freund.«

Der Bartender schenkte ihm sein süßestes Lächeln.

»Da bist du nicht der Einzige, Graubart. Was darf's sein?«

»Nein, ich meine, ich suche *meinen* Freund. Ungefähr so groß, kurze, dunkle Haare, um die dreißig«, erklärte Yrjö.

»Familiendrama, ich verstehe.« Der Bartender pfiff durch die Zähne. »Versuch's doch mal im Darkroom.«

»Wo, bitte?«, fragte Yrjö.

»Du bist wohl neu auf diesem Planeten«, amüsierte sich der Bartender. »Fremder, folge dem großen Schwanz, und du wirst finden, was du suchst!«, sagte er und imitierte dabei den Duktus eines biblisches Propheten. »Willst du wirklich nichts trinken?«

Yrjö zögerte eine halbe Sekunde lang. Dann antwortete er zum ersten Mal in seinem ganzen Leben auf diese Frage mit Nein.

Er schritt langsam durch den Raum zur Tanzfläche, auf der ein unübersichtliches Männerknäuel seine Körper im Stroboskoplicht zum hektischen Rhythmus der Musik schüttelte. An der Decke über der Tanzfläche war ein riesiger, aus rosa Neonröhren geformter Penis, dessen Eichel nach hinten Richtung Toiletten zeigte. Langsam stieg Yrjö die Treppen hinab. Der Darkroom, den er am Fuß der

Treppe fand, machte seinem Namen wirklich alle Ehre. Man konnte kaum die Hand vor Augen erkennen. Der Boden war aus festgestampftem Lehm, in der Luft schwebte ein stickiger, feuchter Geruch nach Leder, Marihuana, Schweiß und anderen Körpersekreten. Yrjö konnte nicht erkennen, wie viele Männer sich hier tummelten, aber es mussten mindestens dreißig sein. Direkt neben sich hörte er die unmissverständlichen Geräusche von oralem Sex, die aber nach kurzer Zeit abrupt in Gurgeln und Husten endeten.

»Übrigens, ich heiße Tom«, sagte der Schluckende.

»Freut mich. Ich heiße Mark. Nett, dich kennen zu lernen«, sagte der andere.

Yrjö spürte, wie die Furcht sich wie ein heißer Klumpen in seiner Kehle festsetzte und drohte ihm den Atem abzuschnüren. Ruhig bleiben, verdammt. Du tust das alles für deine Tochter. Und für deinen Hund. Reiß dich zusammen! Yrjö versuchte, seine wie Kreissägen kreischenden Nerven unter Kontrolle zu bringen.

»Jesús!«, wollte er in das Dunkel vor ihm rufen, aber aus seinem Hals kam nur ein heiseres Krächzen, auf das er keine Antwort bekam.

»Jesús!!«, rief er noch einmal, diesmal lauter.

»Hey, Jungs, hier braucht jemand einen Priester!«, rief es aus der Finsternis zurück.

»Kein Problem!«, sagte eine Stimme direkt hinter Yrjö, und im selben Moment schob sich eine Hand von hinten zwischen seine Arschbacken, packte ihn an den Hoden und drückte herzhaft zu.

Das war zu viel für Yrjö. Alles begann sich zu drehen, sein Magen begann zu rotieren, er hatte das Gefühl, als explodierten seine Lunge und sein Herz. Er drehte sich um, hastete in panischer Angst die Treppe hinauf, stieß auf seiner Flucht ein paar Tänzer aus dem Weg und stürzte aus der Bar auf die Straße.

»Und?«, fragte Franziska, als Yrjö die Autotür hinter sich geschlossen hatte. »Was ist da drin los? Wo ist Jesús?«

»Es ... es tut mir leid«, sagte Yrjö. Auf seiner Stirn stand der Angstschweiß. »Ich ... habe ihn nicht gefunden. Ich ... ich ...«

»Du Feigling!«, Franziskas Augen sprühten Funken. »Ihr Männer seid wirklich zu nichts nütze. Alles muss man selbst machen! Los, gib mir die Jacke und zieh die Hose aus!«

Yrjö gehorchte, wie er es als finnischer Mann gewohnt war.

Zugegebenermaßen sah Franziska in der Lederkluft nicht besonders glaubwürdig aus. Hosenbeine und Jackenärmel hatte sie dreifach hochkrempeln müssen, auch die Ledermütze war ihr viel zu groß, so dass ihr Pferdeschwanz Gefahr lief, plötzlich herauszufallen. Wenigstens konnte sie ihre eigenen schwarzen Lederstiefel tragen. Einen Moment überlegte sie, ob sie sich schminken sollte, aber sie widerstand dem femininen Trieb. Am Türsteher vorbeizukommen, war nicht schwierig, denn der war gerade dabei, mit einem jungen Mann zu flirten, der zu diesem Zweck eigens seine Gummimaske ins Genick geschoben hatte.

Sie folgte Yrjös Instruktionen und fand die Tanzfläche

mit dem großen Neonpenis. Die Treppe hinunter, an den Toiletten vorbei und in den Darkroom. Hier war sie sicher, hier konnte niemand sehen, dass ihr die Lederklamotten drei Nummern zu groß waren. Allerdings konnte sie nicht nach Jesús rufen, denn ihre glockenhelle Stimme würde sie sofort verraten. Ihre einzige Chance war, die Männer in der Finsternis einzeln aus nächster Nähe zu inspizieren, bis sie Jesús gefunden hatte.

Am hinteren Ende des Darkrooms befand sich eine Reihe Kabinen, wie Telefonzellen, nur ohne Telefone. Sie betrat eine davon, um ihre Nerven zu entspannen. An der Wand der Kabine, etwa auf halber Höhe, war ein etwa faustgroßes Loch. Glück muss man haben, dachte Franziska und drückte ihr Auge an die Öffnung, um aus ihrem Versteck in den Raum zu spähen, aber bevor sie irgendetwas ausmachen konnte, drängte sich etwas Warmes, Hartes und zugleich Weiches ins Innere der Kabine und stieß ihr heftig in die Augenhöhle. Es war wie ein Faustschlag, nur weicher ... Franziska sah Sternchen.

»Autsch!«, schrie sie unwillkürlich. Sie hielt sich sofort den Mund zu, aber es war bereits zu spät. Die Tür zu ihrer Kabine öffnete sich, und eine ebenso schemen- wie auch hünenhafte Gestalt kam herein.

»Hab ich dir wehgetan, mein Süßer? Das tut mir leid!«

Der Mann nahm Franziska tröstend in die Arme. Er schnupperte an ihr, ließ seine Hände über ihren Körper gleiten, befühlte ihre Brüste.

»Oh, là, là!«, sagte die raue Männerstimme lachend. »So ist das also! Dann wollen wir doch mal den Rest in Augenschein nehmen ...«

Franziska erstarrte. So musste es sein, wenn ein Hamster vor einer Schlange sitzt und weiß, dass sein letztes Stündchen geschlagen hat. Sie war vollkommen gelähmt und konnte keinen Muskel bewegen, als der fremde Mann im Dunkeln vor ihr niederkniete, ihre Lederhose öffnete und begann, nach ihrem Glied zu suchen.

Das er nicht fand.

Franziska war sicher, dass sie die nächsten sechzig Sekunden nicht überleben würde. Bestimmt würde man sie zu Tode foltern, vierteilen oder in noch kleinere Stücke zerreißen, sie würde auf grauenerregende Weise ums Leben kommen und spurlos in diesem Keller verschwinden.

Da fiel ihr wieder dieser Traum ein. Sie war bewusstlos in einem unterirdischen Gewölbe, kam zu sich, es war unerträglich warm, die Luft kaum zu atmen, es war stockdunkel, und sie konnte viele Körper um sich spüren, sie war allein mit Dutzenden von stinkenden, schwitzenden Männern.

»O mein Gott! Eine Frau!«, schrie der Mann vor ihr in die Dunkelheit des Darkrooms, jetzt mit schriller Falsettstimme. »Eine Frau!!« Dieser Entsetzensschrei löste eine Kettenreaktion aus. »Eine Frau! Eine Frau!«, scholl es plötzlich aus allen Richtungen, die durchtrainierten Lederjungs stoben in hellem Schrecken durcheinander, Paare wurden jäh auseinandergerissen, alles versuchte, so schnell wie möglich zum Ausgang zu gelangen. Einige stürzten, wurden von anderen Flüchtenden niedergetrampelt, Franziska hörte, wie sich die Kabinen neben der ihren leerten, sie hörte Reißverschlüsse, die eilig zugezogen wurden, das Gerassel von Ketten ... und dann war plötzlich alles still. Das Licht ging an.

Vorsichtig verließ Franziska ihr Versteck. Tatsächlich,

sie war allein. Mit vorsichtigen Schritten ging sie durch den leeren, jetzt von ein paar Baustellenlampen unheimlich erleuchteten Raum, der mehr an einen vor Jahrzehnten außer Betrieb genommenen Heizungskeller als an eine Spielwiese erinnerte.

»Jesús?«, rief sie.

»Mmmhmmh!«, antwortete eine Stimme aus einer entfernten Ecke des verwinkelten Raumes.

Franziska folgte der Stimme. Hinter einer Betonsäule fand sie Jesús. Er schwebte auf halber Höhe des Raumes in der Luft in einer Schlinge, seine Hände und Füße waren mit Lederschlaufen gefesselt, seine Augen verbunden und sein Mund mit einem schwarzen Gummiball geknebelt. Sein Oberkörper war über und über mit Kerzenwachs bekleckert.

»Mein Gott, Jesús! Was haben sie mit dir gemacht?«, sagte Franziska entsetzt. Sie löste seine Fesseln, nahm ihm die Nippelklemmen und die Augenbinde ab und half ihm, vorsichtig die Beine auf den Boden zu setzen.

»Kannst du stehen?«, fragte sie fürsorglich.

»Mmmh!«, machte Jesús. Erst jetzt dachte Franziska daran, ihm den Knebel aus dem Mund zu nehmen.

»Bist du in Ordnung?«, wollte Franziska wissen. »Brauchst du einen Arzt?«

Jesús schüttelte den Kopf. Auf seinen Lippen lag ein glückseliges Lächeln.

»Mir geht's wunderbar, mach dir keine Sorgen.« Er öffnete seine Faust und streckte Franziska die Handfläche hin.

»Ich hab ihn!«, sagte er.

In seiner Hand glänzte der Euro.

30

52° 22′ 25″ N / 04° 53′ 52″ O
Coffee-Shop Bulldog, Oudezijds Voorburgwal,
Amsterdam, Niederlande

26. Januar, 02.07 h MEZ

Als Franziska mit Jesús im Arm das Argos verließ, hatte sich die Panik einigermaßen gelegt. Die paar Dutzend Lederschwulen, die vor dem Eingang in der Warmoesstraat nervös rauchten und Bier aus der Flasche tranken, stapften in ihren schweren Stiefeln langsam, aber brav wieder hinein.

Franziska half Jesús ins Auto, wo Yrjö in Unterhosen wartete. Die beiden Männer sahen einander an. Dann blickten sie zu Franziska. Yrjö reagierte als Erster:

»Hast du das gemacht, du kleine Schwuchtel?«, er nickte in Richtung Franziskas Gesicht.

Jesús schüttelte den Kopf. Plötzlich wurden seine soeben noch gelösten Gesichtszüge hart:

»Du warst das. Urjo. Gib's zu, du warst das, du Schwein!«

»Yrjö, zum Teufel! Lern endlich meinen Namen richtig auszusprechen, Bürschchen!«, Yrjö packte Jesús mit der Faust am Kragen, die beiden Männer waren drauf und dran, aufeinander loszugehen. Franziska machte schon den Mund auf, um ihnen einen Vortrag über die gesundheitlichen Nachteile von Testosteron zu halten, aber ihr schwante vage, dass die Sache etwas mit ihr zu tun hatte:

»Was ist denn los? Was habt ihr denn?«, fragte sie. Franziska brauchte mehrere Sekunden, bis sie endlich begriff, worum es ging. Sie klappte die Sonnenblende des Transporters herunter. Ein Licht ging an, Franziska sah in den Spiegel: Sie hatte ein geschwollenes, blutunterlaufenes Auge.

Mit ihrem blauen Auge wollte sich Franziska nirgends blicken lassen, und Jesús musste sich nach den Strapazen der vergangenen Stunden verständlicherweise erst einmal ausruhen. Also beschlossen sie, zurück- ins Hotel zu fahren. Yrjös Job war, die Lederklamotten zurück und die Münze in Umlauf zu bringen. Franziska streifte das dicke Leder ab und zog sich ihre eigenen Sachen an. Yrjö war erleichtert, endlich wieder etwas anzuhaben, auch wenn es nur die geliehene Lederkluft war. Dann fuhren Franziska und Jesús mit dem Transporter ins Hotel *Roode Leeuw*. Yrjö sollte mit einem Taxi nachkommen.

Yrjö folgte der Gracht und spazierte zum Coffee-Shop *Bulldog* am Oudezijds Voorburgwal. Hm, dachte er, das Knarren des Leders beim Gehen ist gar nicht so unangenehm. Irgendwie ... männlich.

Eigentlich schloss das *Bulldog* an Werktagen um ein Uhr, an Wochenenden um zwei Uhr morgens, aber so lange das Geschäft gut ging, sahen die Betreiber keinen Grund, die Schotten dicht zu machen. Als Yrjö eintrat, saßen dort noch etwa zwanzig Leute, dessen Interieur eine Mischung aus Pub und Reggaefestival darstellte. Direkt am Eingang etwa hatte es sich eine Horde deutscher Bundeswehrsoldaten gemütlich gemacht. Die Jungs rauchten gemeinsam riesige Bongs und tranken dazu *Grolsch*. Über ihrem Tisch hing eine undurchdringliche Rauchwolke.

Nach einer Weile fand Yrjö, was er suchte: den Mann, der sein Flanellhemd trug, seine Jeansjacke, seine beigefarbene Cordhose und seine braunen Wildlederschuhe. Er hatte dicke, wässerige Augen und saß allein an einem Tisch. Er bot Yrjö einen Sitzplatz an, einen Schluck Bier und einen Zug von seinem mittlerweile vierten Joint. Yrjö dankte mit einem Nicken und trank das Bier im Stehen, die beiden anderen Angebote schlug er aus.

»Tut mir leid, ich habe es eilig«, sagte er.

Die beiden Männer verschwanden gemeinsam auf der Toilette des Coffee-Shops. Für zwei Kerle ihrer Größe war es alles andere als einfach, in der engen Kabine die Kleider zu wechseln. Ächzend verrenkten sie sich, um Platz zu finden, und quetschten sich dabei gegenseitig an die Wände der Toilette. Yrjö war zwar froh, endlich wieder sein eigenes Flanell zu tragen, aber für einen Sekundenbruchteil schoss ein absurder Gedanke durch sein Gehirn: Vielleicht war das ja nicht das letzte Mal in seinem Leben, dass er Leder trug ...

Er bedankte sich bei seinem Kurzzeitbekannten für das Ausleihen der Kleider und verabschiedete sich. Im Hinausgehen blieb er am Tresen stehen. Er wunderte sich. Aus Finnland war er gesalzene Preise gewöhnt, aber hier kostete eine Tasse abgestandener Kaffee zwei Euro und ein Keks dagegen zehn. Na ja, dachte er, ich muss es ja nicht selbst blechen, das macht ja van de Sluis. Er kaufte einen Kaffee zum Mitnehmen und einen von den Riesenkeksen und verließ das *Bulldog*.

Während er draußen auf ein Taxi wartete, verzehrte er mit großem Appetit den Keks und trank den Kaffee dazu. Und genau in dem Augenblick, als ein Taxi vor ihm anhielt, setzte die Münze in der Registrierkasse des *Bulldog* ihr Signal ab.

31
52°22'42" N / 04°54'00" O
Amsterdam Centraal Station, Niederlande

26. Januar, 11.06 h MEZ

Der Thalys-Hochgeschwindigkeitszug 9309 von Paris über Brüssel nach Amsterdam fuhr pünktlich in die Halle des Hauptbahnhofs Amsterdam Centraal ein.

Euphoria folgte genau den Anweisungen, die sie von Aristides aus dem fernen Thessaloniki bekommen hatte. Sie hatte die Schule geschwänzt und sich stattdessen in den Zug um 8 Uhr 25 gesetzt. In Amsterdam besorgte sie sich zuerst, noch am Bahnhof, einen Stadtplan, einen leeren Briefumschlag und Briefmarken. Auf der Damentoilette beschriftete und frankierte sie den Umschlag. Dann nahm sie die Utensilien, die sie mitgebracht hatte, aus ihrer Reisetasche: ihr Schminktäschchen, einen Minirock, eine blonde Perücke, Netzstrümpfe, Stöckelschuhe und ein großes Stück Aluminiumfolie.

Eine Viertelstunde später verließ eine etwa fünfundzwanzigjährige, selbstbewusste, sexy Blondine die Damentoilette am Hauptbahnhof.

Eine weitere Viertelstunde später kaufte sie im *Bulldog* ein Beutelchen niederländisches Gras, bezahlte mit einem Fünfzig-Euro-Schein und bat den Dreadlock-Rastafari hinter der Theke, ihr viel Kleingeld herauszugeben, gerne Euromünzen. Sie verwickelte den Rasta in ein Gespräch, wobei sie sich so weit zu ihm über die Theke lehnte, dass er größte Mühe hatte, ihr in die Augen zu sehen. Euphoria flirtete, was das Zeug hielt, mit dem Molukker, der versuchte, wie ein authentischer Jamaikaner auszusehen. Sie sei eine leidenschaftliche Numismatikerin, sagte sie, das habe nichts mit Sex zu tun, nein, sie sammle Münzen, besonders Euromünzen aus verschiedenen Ländern. Vielleicht fände sich in seiner Lade ja etwas… Exotisches… Der Rasta rollte die Augen und begann zu schwitzen.

Kurz darauf hatte Euphoria einen luxemburgischen Euro in der Hand. Sie ließ das Gespräch abrupt in der Luft hängen, blies dem verdutzten Rasta ein Küsschen auf die Wange und verließ schnurstracks das *Bulldog*. Ohne stehen zu bleiben, marschierte sie die Gracht entlang. Im Gehen wickelte sie die Münze mit dem Konterfei von Großherzog Henri II in das mitgebrachte Stanniol ein, schob sie und das Beutelchen mit dem Gras in den Briefumschlag, klebte diesen zu und ließ ihn im Vorbeigehen in einen Briefkasten fallen.

Es war für Karl Schwartz natürlich eine leichte Übung gewesen, die kleine Kamera oben in der Ecke anzuzapfen, aber die Blondine, die dem schwarzen Barkeeper das Wasser im Mund und woanders zusammenlaufen ließ, sah er trotzdem nicht. Seine Landsleute, die deutschen Bundeswehrsoldaten, saßen nämlich wieder an ihrem Stammtisch, tranken Bier und rauchten ihre Bong. So, wie sie es während ihres zweiwöchigen Urlaubs jeden Tag getan hatten.

Alles, was Schwartz auf seinem hochauflösenden Monitor erkennen konnte, waren toxische Schwaden und durch den dicken Rauch eine Runde von kurzgeschorenen teutonischen Achtzehnjährigen, die um die Wette kicherten.

32
40°36'49" N / 22°58'20" O
Mikras-Asias-Toumba-Stadion, Thessaloniki,
Griechenland

29. Januar, 17.32 OEZ

Die winterliche Abendsonne warf lange Schatten über das Gras. Warm war es nicht, aber Loureiros Puls schlug im dreistelligen Bereich, und das Blut pochte in seinen Schläfen. Sein Atem ging schnell, er hechelte kleine Dampfwölkchen in den Januarhimmel.

»Spinnst du? Das ist doch nicht dein Ernst!«, fragte er. Er war so fassungslos, dass seine Kinnlade einfach unten blieb. Die anderen Spieler des PAOK Thessaloniki waren nach einem harten, aber ergiebigen Training schon in der Dusche. Nur Antonio Loureiro, der Linksaußen, und der schon etwas ältere deutsche Trainer standen noch auf dem Rasen.

»Das ist mein voller Ernst«, sagte der Trainer. »Du spielst nicht, Antonio.«

»Das ist doch lächerlich!«, wandte Loureiro ein. »Thessaloniki hat monatelang nichts zu melden gehabt. Jetzt geht's uns endlich besser. In einer knappen Woche haben wir endlich wieder ein wichtiges Spiel, und du willst mich keine Tore schießen lassen? Ich bin dein bester Stürmer!«

Der Trainer spielte abwesend mit seiner Sonnenbrille, die er zusammengeklappt in den Händen hielt. Zagorakis. Oder Koudas ... Oder vielleicht Parashos. Nein, nicht Parashos ... Er schüttelte den Kopf.

»Antonio, du musst das verstehen. Wir haben dich doch erst vor einem halben Jahr von Benfica gekauft. Ja, du bist mein bester Stürmer, aber du hast in Lissabon Fußballspielen gelernt. Die Jungs dort sind doch alle deine Kumpels!«

»Na und?«, fragte Loureiro. »Ist das nicht ein Vorteil? Ich kenne die Jungs wie meine Brüder und weiß genau, wie sie spielen!«

Loureiro sah, wie die Knöchel des Trainers weiß wurden. Der Trainer versuchte, sich zu entspannen, aber er hatte große Mühe damit. *Knacks.* Die Sonnenbrille war zerbrochen. Loureiro hatte Recht, er hatte den Verein aus einer tiefen Krise steuern müssen. Und er war schon über sechzig. Dieses Spiel war vermutlich seine letzte Chance, sich in Ehren und mit einer einigermaßen ansehnlichen Summe in der Tasche pensionieren zu lassen.

»Oder?«

»Oder was?«

»Findest du nicht, dass es ein Vorteil ist?«, fragte Loureiro.

»Nein«, sagte der Trainer. »Das kann sogar ein Nachteil sein: Du weißt, wie Lisboa spielt, und Lisboa weiß, wie *du* spielst. Die kennen alle deine Tricks und können sie selbst auch. Nein, ich stelle Zagorakis auf. Oder Koudas. Wenn wir gewinnen wollen, müssen wir diesmal das tun, was wir am besten können. Wir müssen uns auf unsere traditionellen Werte besinnen, auf unsere Wurzeln …«

Die Abendsonne beschien Thessalonikis hässliche Skyline. Loureiro und sein Trainer konnten von dieser Skyline allerdings nichts sehen, da das Oval des Stadions den Horizont rundherum abschnitt.

»Was soll das heißen?«, frage Antonio.

»Wir müssen *griechischen* Fußball spielen«, sagte der deutsche Trainer. In seinen Augen hatte sich ein kleines, nationales Leuchten entzündet. »Und du bleibst auf der Bank, Antonio. Ende der Diskussion.«

Der Trainer nickte zufrieden, steckte die beiden Teile seiner Sonnenbrille in die Hosentaschen, drehte sich um und ließ Antonio Loureiro stehen.

Einen Moment war es so still, dass man das Gras im Stadion wachsen hören konnte. Antonio Loureiro hatte gute Lust, seinem kurz vor der Pensionierung stehenden deutschen Trainer das Handtuch um den Hals zu knoten und ihn damit zu erwürgen. Aber er tat es nicht. Stattdessen sah er ihm nach, warf sich das Handtuch auf die eigene Schulter, hob seine Sporttasche auf und ging in die Dusche. Die neunundzwanzigtausendfünfhundert leeren Sitze des Toumba-Stadions blickten auf ihn herab, als er im Tunnel zu den Umkleideräumen verschwand.

33
49°36′40″ N / 06°08′00″ O
Restaurant Am Tiirmschen, Rue de l'Eau, Luxemburg

31. Januar, 13.44 h MEZ

Diesmal hatte Karl Schwartz genug Zeit für den Verkehr einkalkuliert. Er war sogar eine volle Viertelstunde zu früh dran, als er das Kaminzimmer in dem rustikalen Restaurant betrat, in dem sein Chef so gern aß.

Die Münze war jetzt seit knapp einer Woche verschwunden. Kein Signal. Es war gut gewesen, ein paar Tage zu entspannen, aber so langsam begann Schwartz, sich nach Aktion zu sehnen. Hoffentlich war der Sender nicht defekt. Hoffentlich würde das Rennen bald weitergehen.

Die Mitglieder der Sonderkommission *Großherzog Henri II* hatten sich langsam, aber sicher von ihren Gliederschmerzen nach der ungemütlichen und vor allem demütigenden Nacht in ihren Autos erholt. In einer weiteren Sondersitzung hatten sie beschlossen, ihre Taktik zu ändern. Leclerqs Verschwörungstheorie hatte sich durch die Ereignisse in der Brüsseler Waschanlage und auf dem Frankfurter Frauenparkplatz auch in den Köpfen von Liliane und Xenakis verdichtet. Wenn die Münze das nächste Mal auftauchte, würden sie gnadenlos zugreifen, statt wie bisher nur zu observieren. Wer immer hinter dieser Münze steckte, war viel zu gefährlich, als dass man ihn (oder *sie*, so Liliane unerbittlich) auch nur eine Minute länger unterschätzen durfte. Weiterhin aber sollten keine anderen Beamten eingesetzt werden, um den Kreis derer, die über das Münzenmysterium Bescheid wussten, möglichst klein und überschaubar zu halten.

Franziskas blaues Auge war schon fast verheilt. Sie machte lange Spaziergänge an den Grachten und kaufte in Naturkostläden Gesundes zum Naschen ein. Mit ihrer Doktorarbeit kam sie fast zwei Dutzend Seiten voran. Jesús versuchte in der ganzen Zeit nur ein einziges Mal, Juan zu erreichen. Ansonsten war er im Umkreis von fünf Minuten zu Fuß rund um das Hotel *Roode Leeuw* mit Ablenkungen nach seinem Geschmack mehr als reichlich versorgt.

Yrjö hätte eigentlich am Morgen nach den Ereignissen in der *Argos-Bar* mit dem Transporter vor dem *Bulldog* Stellung beziehen und filmen sollen, aber der miese falsche Rastafari hatte ihm wohl einen verdorbenen Keks verkauft. Yrjö hatte es noch bis ins Hotel vor den Pay-TV-Kanal geschafft, war dann aber mit der Hose auf Halbmast eingeschlafen. Erst hatte er vierzehn Stunden wie ein Granitklotz gepennt und danach den ganzen folgenden Tag mit einem dümmlichen Grinsen auf den Lippen und geschwollenen Augenlidern statt des Erotikprogramms die Decke seines Zimmers angestarrt.

Karl Schwartz hatte die letzten zwei Tage genutzt, um sämtliches Material, das er seit Beginn dieser Produktion aufgezeichnet hatte, auf DVDs zu brennen, sowohl das selbst gedrehte als auch die angezapften Videofeeds. Jetzt sollte Schwartz die glänzenden Scheiben fein säuberlich nummeriert und beschriftet seinem Chef übergeben.

Jean-Jacques van de Sluis war schon da. Er saß mit einem Bierchen am Kamin in einem Fauteuil und telefonierte. Schwartz wollte ihn nicht unterbrechen und blieb respektvoll zwei Meter hinter ihm stehen. Der Sessel stand mit dem Rücken zu Schwartz, so dass van de Sluis ihn nicht bemerkte. Schwartz hörte also nicht mit Absicht zu, außerdem sprach van de Sluis an seinem Handy Flämisch, und Schwartz verstand nur Bruchstücke. So viel aber verstand er, dass van de Sluis mit einem offenbar hohen Tier beim Sender telefonierte und dass es um die europäischen Behörden ging, die sich in die Euro-Geschichte eingemischt hatten. Offensichtlich war das hohe Tier beunruhigt darüber und machte sich Sorgen um die Werbe-, Merchandising- und Lizenzverträge, die man höheren Orts gerade aushandelte.

»Mit Verlaub, daran habe ich schon gedacht. Falls es richtig heiß werden sollte, machen wir einfach ein Bauernopfer«, sagte van de Sluis in seinem Ohrensessel. Das Flämisch kratzte in Schwartz' Ohren wie ein kleines, aber ekliges Insekt.

»Schwartz natürlich, meinen Assistenten«, sagte van de Sluis dann, nach einer kleinen Pause. »Wenn Europol oder OLAF einen Schuldigen brauchen, werfen wir ihnen Karl Schwartz in den Rachen. Mit seiner Vergangenheit ist er ein glaubhafter Sündenbock. Ein gefundenes Fressen auch für die Presse, falls nötig. Und außerdem hat er ja den Einbruch in Den Haag auf dem Konto! Wir könnten Europol seine DNS zuspielen ...«

Schwartz schluckte. So war das also. Seine Augen wurden zu Schlitzen. Natürlich war das so. In seiner Branche gab es keine Freunde, nur Verbündete, aus denen jederzeit Feinde, und Feinde, aus denen jederzeit Verbündete werden konnten. Manchmal widerte sein Job ihn an. Manchmal, wenn auch nur für Sekunden, sehnte sich Karl Schwartz nach einer Familie aus der Waschmittelwerbung, Ingenieur, hübsche Frau, zwei Kinder, Katze, Eigenheim ... Er schüttelte den Gedanken ab, leise, um van de Sluis nicht auf sich aufmerksam zu machen. Schwartz drehte auf dem Absatz lautlos um, signalisierte der verwunderten Bedienung, indem er den Zeigefinger auf die Lippen legte, dass sie van de Sluis nicht stören sollte, und ging hinaus auf die Straße zu seinem Geländewagen.

Er stieg ein, holte seinen Laptop vom Rücksitz und kopierte die DVDs auf eine kleine Festplatte, die er in die Innentasche seiner schwarzen Jacke steckte. Dann ging er wieder zurück ins Restaurant. Als er die Rue de l'Eau überquerte, stolperte er über den Randstein und verstauchte sich den Knöchel. Mit schmerzverzerrtem Gesicht hinkte er zurück ins *Türmschen*, begrüßte van de Sluis und lieferte auf die Minute pünktlich das versprochene Material ab.

Van de Sluis war beeindruckt von der deutschen Gründlichkeit, die Schwartz an den Tag gelegt hatte.

»Alle Achtung, Karl«, sagte van de Sluis, als Schwartz den Schmerz unterdrückte und sich zu ihm an den Kamin setzte. »Gute Arbeit, mein Freund. Was sollte ich nur ohne Sie tun, lieber Karl? Möchten Sie ein Bier? Haben Sie Hunger? Heute gibt es erstklassige *Quetscheflued*!«

34

40°36'01" N / 22°56'59" O
Restaurant Hamodrakas, Nea Krini, M. Gagyli,
Thessaloniki, Griechenland

3. Februar, 10.12 h OEZ

Im Sommer war das *Hamodrakas* täglich brechend voll mit Touristen. Eine Reisegruppe nach der anderen wurde herangekarrt, mit Fischspezialitäten abgefüttert und so schnell wie möglich wieder hinausspediert, um Platz für die nächste hungrige Busladung zu machen. Jetzt im Winter aber war es relativ ruhig, nur einheimisches Publikum frequentierte das Lokal von Aristides' Vater. Aristides und sein Club durften das Hinterzimmer für ihre Treffen benutzen. Heute allerdings war es trotz der Wintersaison etwas umtriebig im *Hamodrakas*, denn heute Abend sollte das Spiel zwischen PAOK Thessaloniki und Benfica Lisboa im großen Saal des Restaurants auf einer extra dafür angeschafften, vier mal zweieinhalb Meter großen Leinwand verfolgt werden.

Aristides hatte es allerdings als unbedingt nötig erachtet, ein Treffen anzuberaumen, sei es dann eben am Vormittag. Er war nicht ohne Grund stolz darauf, das neue Hobby oder, wie er es selbst nannte, den neuen Sport in Griechenland eingeführt zu haben. Geocaching kam ursprünglich aus Amerika, aber inzwischen gab es auch in Europa Hunderte von Clubs, die sich dieser modernen Freizeitaktivität verschrieben hatten.

»Fffffft!«, machte Aristides, hielt die Luft an und ließ den Joint kreisen.

Es folgte eine lange Stille, die durch kollektives Husten der Clubmitglieder beendet wurde.

»Liebe Freunde, liebe Mitglieder!«, sagte Aristides dann. »Wie ihr wisst, haben wir ein Problem. Wir haben unser Image zu verteidigen. Nach der Aktion auf Athos sind wir die Gurus der Szene, und wenn wir nicht relativ bald mit etwas ganz Besonderem aufwarten, sehen wir schlaff aus.«

Seine Überraschung sparte er sich noch ein Weilchen auf, erst wollte er es noch ein wenig spannend machen. Er bat um Vorschläge für neue, spektakuläre Suchaktionen.

»Auf dem Eiffelturm in Paris ist ein Cache«, sagte eines der Mitglieder.

»Langweilig«, disqualifizierte Aristides die Idee. »Schon mehrfach gefunden worden. Und der Eiffelturm, das Empire State Building und die Pyramiden von Giseh, das ist doch sowieso alles kalter Kaffee. Hatten wir alles schon.«

»Das Wrack der Titanic?«, schlug ein anderes Mitglied vor.

»Liegt da ein Cache?«, fragte Aristides.

»Nein, aber wir könnten einen dort versenken.« Die anderen buhten.

»Und wer bitte soll den finden? Ich kenne keinen Geocacher, der ein tiefseetaugliches U-Boot besitzt.«

So ging es eine Weile weiter. Erfolgreich zu sein, bedeutete eine Last, denn es verpflichtete dazu, beim nächsten Mal noch eins draufzusetzen. Und das war nach der Athos-Aktion nicht einfach. Sie hatten einen Cache auf der hermetisch abgeschotteten Klosterinsel gehoben. Gäste waren dort nicht gern gesehen, Touristen waren, milde ausgedrückt, unerwünscht. Die orthodoxen Mönche lebten nach jahrhundertealten Regeln, abgekehrt vom Rest der Welt mit all ihrer Hektik und ihrer Technologie. Athos war ein Staat im Staat, und gewöhnliche Sterbliche, auch griechische Staatsbürger, brauchten ein Visum, um das Gebiet betreten zu dürfen. Die orthodoxen Mönche auf dem Klosterberg lebten nach dem sogenannten koinobitischen Gesetz, das ihnen jegliches Privateigentum verbot. Und jegliche Ablenkung vom bärtigen Weg ihres patriarchalischen Gottes: Frauen waren auf Athos nicht zugelassen, nicht einmal weibliche Tiere.

Sie hatten die Halbinsel, auf der das Kloster stand, in einer Nacht- und Nebelaktion mit Schlauchbooten angesteuert, hatten die Steilküste erklettert, nach stundenlanger Suche im Morgengrauen den Schatz gefunden, und es war ihnen gelungen, in letzter Sekunde einer Horde wütender, rauschebärtiger Mönche zu entkommen und unbehelligt das Weite zu suchen. Diese Aktion hatte die Mitglieder des Clubs zu Gurus in der Welt des Geocaching gemacht, und das Videomaterial auf ihrer Website wurde täglich viele Male angesehen.

Als niemand mehr Vorschläge machte, erhob sich Aristides selbstgefällig und verkündete:

»Liebe Clubmitglieder, vielen Dank für eure nutzlosen Ideen. Aber – macht euch keine Sorgen, ich habe genau das, was wir brauchen. Ich habe einen Cache für uns, wie ihn noch nie ein Geocacher gesucht hat, geschweige denn gefunden.«

Der Joint kam wieder bei Aristides an, und er musste kurz Pause machen.

»Ich habe gestern Post aus Amsterdam bekommen«, sagte er dann und pustete den Rauch aus. Die anderen nickten zustimmend. Ganz offensichtlich hatte er Post aus Amsterdam bekommen.

»Das meine ich nicht!«, sagte Aristides. »Ich habe gestern aus Amsterdam einen Cache bekommen, der uns zu den obercoolsten Geocachern aller Zeiten machen wird!«

Er zog ein flachgedrücktes Bällchen aus zerknüllter Aluminiumfolie aus der Tasche und legte es vor sich auf die Tischplatte.

»Hier!«, sagte er mit stolzgeschwellter Brust.

In diesem Moment kam Aristides' Vater herein. Die Clubmitglieder versteckten eilig den Joint und versuchten, den intensiven Geruch mit den Händen zu verwedeln, aber Aristides' Vater seufzte nur spöttisch und bat seinen Sohn, ihm mit der Riesenleinwand zu helfen. Sie seien schon beim Aufbauen.

»Gleich. Ich bin in zwei Minuten da!«, vertröstete Aristides seinen Vater, wartete, bis dieser die Tür hinter sich geschlossen hatte, und berichtete seinen Freunden alles, was er von Euphoria über die Münze erfahren hatte.

Die Clubmitglieder hörten schweigend und mit geweiteten Pupillen zu.

»Ein beweglicher Cache, der jede Stunde aktiv seine Position sendet?«, fragte jemand. So etwas war noch nicht da gewesen.

»Ein sehr beweglicher«, sagte Aristides genüsslich.

»Woher kommt diese Münze?«

»Das ist ja gerade das Spannende. Niemand weiß es.«

»Und woher wissen wir, dass nicht hundert andere Geocacher dieser Münze auf der Spur sind?«, wollte jemand wissen.

»Ganz einfach. Niemand weiß von ihrer Existenz. Fast niemand. Jedenfalls niemand aus unserer Szene.« Aristides strahlte. Er hatte seine Hausaufgaben gemacht. Seine Position als Chef des Clubs würde für Jahre in die Zukunft unanfechtbar bleiben.

»Soll das heißen, dass dieser Cache nur für uns alleine da ist?«, fragte ein Clubmitglied mit leuchtenden Augen.

»Nicht ganz«, räumte Aristides ein. »Irgendjemand ist hinter dieser Münze her, aber ich weiß nicht, wer.«

»Lass mal sehen, Aristides, los, pack aus!«

Auch die anderen wollten die Münze sehen. Ein Clubmitglied griff nach der Alufolie und begann, das Knäuel aufzudröseln. Aristides schlug ihm auf die Finger.

»Bist du verrückt?«, zischte er. »Wenn die Münze in dem Moment, wo du sie auspackst, ein Signal absetzt, dann weiß, wer immer sie sucht, wo sie ist. Kapierst du nicht, sie ist abgeschirmt!«

»Und wann packen wir sie aus?«, wollte jemand wissen.

»Morgen«, sagte Aristides. »Heute ist erst einmal das Fußballspiel, und morgen lassen wir die Katze aus dem Sack. Einverstanden?«

Die Mitglieder des Geocaching-Club Thessaloniki waren einverstanden. Aristides beendete die Sitzung, denn sein Vater hatte inzwischen schon mehrmals nach ihm gerufen. Bevor Aristides ihm aber half, die neue Leinwand anzubringen und den Videobeamer zu installieren, legte er das Silberpapierknäuel in den Safe im Büro seines Vaters.

Eine Stunde später, als die Leinwand ein einwandfreies Fernsehbild zeigte, die Spirituosen gezählt und frische Bierfässer angezapft waren, bereitete Aristides' Vater die Kasse vor. Er würde heute viel Wechselgeld brauchen. Deshalb holte er mehrere Münzrollen aus dem Safe in seinem Büro. Als er den Safe schon wieder verschließen wollte, fiel ihm etwas Glänzendes auf. Er packte verwundert eine Euromünze aus Stanniol, zuckte mit den Achseln, ging zurück ins Restaurant und legte die Münze zusammen mit den anderen in die Kassenschublade neben der Zapfanlage. Die Alufolie warf er weg.

35
37°55'35" N / 23°55'25" O
Eleftherios Venizelos International Airport, Athen, Griechenland

3. Februar, 14.04 h OEZ

Von Amsterdam und Frankfurt hätte es auch direkte Flüge nach Thessaloniki gegeben, aber entweder waren auf diesen keine Plätze mehr frei oder sie gingen erst mehrere Stunden später. Und weil Eile geboten war, nahmen alle den ersten möglichen Flug nach Athen und stiegen dann in Aegean Airlines A3 116 nach Thessaloniki um. Das war zwar ein Umweg, aber trotzdem die schnellste Verbindung.

Die British Aerospace Avro war eine recht kleine Maschine, aber für den City-Hop genügte dieser Typ völlig. Das bullige, viermotorige Flugzeug rollte Richtung Startbahn, die Chefin der Cabin Crew verkündete mehrsprachig, es sei Zeit, sämtliche elektronischen Geräte abzuschalten. Dann bog die Avro um die letzte Kurve, und der Kapitän schob den großen Hebel auf *Full Throttle*. Die Maschine machte einen Satz nach vorne, drückte die Reisenden in die Sessel, nahm grimmig Anlauf und erhob sich in die Luft.

Etwa in der Mitte der Maschine saßen vier Passagiere, die sich hinter Zeitungen versteckt hatten und miteinander tuschelten.

»Leclerq, Ihre Theorie beginnt, mir einzuleuchten. Vielleicht steckt ja der 17. November mit dahinter«, sagte Xenakis hinter seiner *Angelioforos*. Die *Kathimerini* hatte es im Flugzeug nicht gegeben.

»Wer?«, fragte Liliane Schmitt. Sie hatte sich hinter der *Frankfurter Allgemeinen* verschanzt.

»Der 17. November«, sagte Leclerqs Stimme hinter der *Tribune*. »Eine griechische Terrororganisation. Marxistisch-nationalistisch, ziemlich verquere Ideologie.«

»Richtig«, fuhr Xenakis fort. »2002 haben wir den Anführer und etwa ein Dutzend seiner Männer geschnappt, aber das war nur die Spitze des Eisbergs.«

»Was sind das für Leute?«, fragte Gennaro Manzone hinter der heutigen Ausgabe der *Repubblica*.

»Wir wissen nicht viel über sie«, sagte Leclerq. »Nur die Eckdaten: Seit 1975 dreiundzwanzig Morde und mehrere Dutzend Bombenanschläge. Reicht das?«

Ein paar Reihen vor der Sonderkommission saß eine etwa zwanzigjährige, langhaarige Blondine, nach der sich der pyknische Geschäftsreisende, der neben ihr saß, förmlich verzehrte. Während des ganzen Flugs versuchte er, die junge Schönheit in ein Gespräch zu verwickeln. Sie aber zeigte ihm eine betont kalte Schulter und blieb einsilbig. Ab und zu schielte sie nach hinten zu den vier Zeitungen. Die *Repubblica* war kopfüber, aber niemand bemerkte es, auch die Blondine nicht.

Der Typ neben ihr ging ihr so auf die Nerven. Euphoria wollte in Ruhe träumen, von ihrem Wiedersehen mit Aristides, von einer Nacht am Meer, von endlosen Abenteuern mit ihrem geliebten Halbgott ... Aber dieser bescheuerte Fettwanst neben ihr quatschte sie voll, und dummerweise saß sie auch noch im gleichen Flugzeug wie ihr Vater. Zum Glück war ihre Verkleidung bombensicher. Außerdem hatte sie den Eindruck, dass auch ihr Vater nicht gesehen werden wollte.

Ganz hinten saßen Franziska, Yrjö und Jesús. Yrjö war schlecht gelaunt, weil es bei Aegean auf nationalen Kurzstrecken keinen Alkohol gab. Er war schon einmal vor vielen Jahren im Urlaub in Griechenland gewesen und hatte vage, aber liebevolle Erinnerungen an *Metaxa*. Franziska döste. Jesús trank Kaffee aus einem Pappbecher und starrte aus dem Fenster. Ob er noch eine Beziehung hatte? Ob Juan wohl schon die Schlösser an der Wohnungstür gewechselt hatte? Wann hatte er überhaupt das letzte Mal mit ihm telefoniert?

Eine der Toiletten der Avro 146 schien defekt zu sein. Obwohl das Lämpchen leuchtete und der grüne *Vacant*-Text zu sehen war, ließ sich die Tür nicht öffnen. Die Toilette blieb während des ganzen, glücklicherweise nur etwa fünfzig Minuten langen Flugs unbenutzbar. Die Cabin-Crew-Vorgesetzte machte sich eine Notiz. Sie wunderte sich, so einen Defekt hatte sie noch nie gesehen. Aber das würden die Mechaniker in Thessaloniki schon in Ordnung bringen.

Karl Schwartz saß in der Stellung eines Schweizer Taschenmessers auf der engen Toilette. Die Beine stemmte er gegen die Wand, den Rücken gegen die Tür, so dass sie sich keinen Millimeter bewegen ließ. Wenn er die Tür verriegeln würde, könnte man von außen sehen, dass jemand in der Toilette war, aber so sah es aus wie ein mechanischer Fehler. Langsam verlor Schwartz das Gefühl in den Beinen. Er war froh, dass er nicht in dieser Stellung über den Atlantik fliegen musste. Aber die drei Versuchskaninchen, die in der letzten Reihe saßen, durften ihn auf keinen Fall sehen ...

Eine Stunde später wunderte sich der junge Student, der in seiner Freizeit bei Europcar am Flughafen in Thessaloniki arbeitete. Am Nachmittag waren drei identische schwarze Transporter hereingekommen, gepolstert, dunkel getönt und gepanzert. Ein Politiker war in der Stadt gewesen und seine Security-Gorillas hatten die Transporter hier abgegeben. Der Student hatte die drei Wagen gewartet, geputzt und vollgetankt. Er überlegte sich gerade, wie lange die Autos jetzt wohl hier in der Tiefgarage herumstehen würden. Aber innerhalb von nur zehn Minuten waren alle drei schon wieder vermietet. Einzeln.

36
40°36'01" N / 22°56'59" O
Restaurant Hamodrakas, Nea Krini, M. Gagyli,
Thessaloniki, Griechenland

3. Februar, 18.40 h OEZ

Antonio Loureiro ging ziellos die Uferpromenade entlang, von Norden nach Süden. Rechts von ihm lag das Meer, dessen Anblick ihn sonst immer beruhigte, das jetzt aber nichts für seinen Seelenzustand tun konnte. Es war recht windig, Loureiro musste zweimal seine Mütze festhalten. Das Spiel hatte schon angefangen, und die Straßen waren ausgestorben, vom Sog der Fernsehgeräte leer gefegt. Wer immer in dieser Stadt seine Stromrechnung bezahlt hatte, saß jetzt zu Hause vor dem Bildschirm. Loureiro war an einigen Kneipen vorbeigekommen, und er hatte sie brüllen gehört, die PAOK-Fans. Es musste zwei zu null stehen. Eins war sicher: Von der Ersatzbank würde er sich das Spiel jedenfalls nicht ansehen. Er würde sich das Spiel überhaupt nicht ansehen. Er hatte einen Fehler gemacht, und für diesen Fehler musste er jetzt bezahlen. Er war dem Lockruf des Geldes gefolgt und hatte sich bei Benfica abwerben lassen. Man hatte ihn gekauft. Wie ein Rennpferd oder ein Auto. Er war der teuerste Spieler von PAOK Thessaloniki, und heute, wo es endlich ein wirklich wichtiges Spiel zu gewinnen gab, durfte er nicht dabei sein.

Auf der linken Seite warb ein großes Lokal mit einer Banderole: Heute Abend Fußball in Großprojektion! Er zögerte. Seine Beine fühlten sich plötzlich seltsam schwer an. Und er hatte Durst. Was kümmerte ihn dieses Scheißspiel? Trotzdem verlangsamten sich seine Schritte, und eine unwiderstehliche Macht zog ihn von der Uferpromenade weg. Hilflos musste er zusehen, wie ihn die geheimnisvolle Kraft über die Straße manipulierte und wie er das Restaurant Hamodrakas betrat. Er war wie in Trance, zum Glück war kein Verkehr. Das Einzige, was er beim Überqueren der Fahrbahn wahrnahm, waren die drei identischen schwarzen Transporter, die hintereinander vor dem Lokal geparkt waren. Dann hatte ihn das Restaurant verschluckt.

Das Hamodrakas existierte seit den zwanziger Jahren des letzten Jahrhunderts, ein traditionelles Fischrestaurant mit mehr als dreihundert Plätzen, seit Gründung in Familienbesitz. Die Plätze reichten heute allerdings nicht aus, weil die meisten der fast fünfhundert Fußballfans nicht an den Tischen saßen, sondern dicht gedrängt vor der Leinwand standen. Über die Sympathien der Anwesenden konnte kein Zweifel bestehen: Fast alle trugen das schwarzweiß gestreifte Trikot von PAOK Thessaloniki, nur einige wenige Gäste waren in Zivil.

Loureiro befürchtete, dass ihn jemand erkennen könnte. Er schlug seinen Kragen hoch und zog sich den Schirm seiner Mütze tief in die Stirn, als er sich einen Weg durch die Fans bahnte und am Tresen ein Bier bestellte.

Die zweite Halbzeit hatte gerade angefangen und es stand tatsächlich zwei zu null für Thessaloniki. Loureiro merkte, dass ihn niemand auch nur eines Blickes würdigte. Er lächelte bitter. Er war Stürmer bei PAOK, sah sich mit Fans seiner Mannschaft das Spiel an, bei dem er auf dem Rasen hätte sein sollen – und niemand erkannte ihn! Andererseits war er auch einer der ganz wenigen, der nicht das gestreifte Trikot anhatte. Wer hatte sich nur diese Farben ausgedacht, grübelte Loureiro. Die hatten ihn in Thessaloniki schon von Anfang an genervt. Spieler und Fans sahen aus wie eine Zebraherde an der Wasserstelle.

In der dreiundsechzigsten Minute schossen die Griechen das drei zu null, indem sie einen Eckstoß per Kopfball verwandelten. Die Zebraherde im Hamodrakas explodierte, *Malamatina* spritzte durch die Luft, alle brüllten aus vollem Hals, fielen sich in die Arme, stießen miteinander an und begannen dann, gemeinsam die griechische Nationalhymne zu grölen. Loureiro wusste nicht, was er fühlen sollte – Stolz auf sein eigenes Team, das ihn nicht mitspielen ließ? Respekt vor griechischem Fußball? Ärger darüber, dass seine Kumpels von Benfica Lisboa spielten wie eine Herde aufgeschreckter Hühner? Während die Zebras ihre Hymne sangen, bestellte er sich noch ein Bier.

Er hatte Hunger und fand auf dem Tresen in einem Körbchen *Baklava*, dieses grässlich süße griechische Gebäck, das von Zucker nur so tropfte. Aber im Augenblick war ihm die Konsistenz seiner Nahrung egal, er war viel zu aufgeregt, um sich darüber Gedanken zu machen. Er verspeiste ein *Baklava* und spülte es mit Bier herunter.

Exakt einundzwanzig Minuten später sangen die Zebras immer noch. Immer noch die griechische Nationalhymne. Karl Schwartz, der draußen im ersten der drei Transporter saß, ließ den Joystick los, mit dem er die Kamera fernsteuerte, die er heimlich am Ventilator des Hamodrakas befestigt hatte. Er setzte die Kopfhörer ab. Zu sehen gab es im Restaurant sowieso nichts außer schwarzweißen Streifen und zu hören seit einer knappen halben Stunde nur dieses pathetische Lied. Die Münze hatte vor einiger Zeit ein Signal abgesetzt und war offensichtlich noch in der Registrierkasse des Lokals. Schwartz streckte sich und strich sich über seine müden Augen und seine schweißglänzende Glatze.

»Hört das denn gar nicht mehr auf?«, fragte Jesús, der zusammen mit Franziska und Yrjö im zweiten Transporter saß. »Das gibt's doch gar nicht!«, stöhnte er. Yrjö hatte ebenfalls die Kopfhörer abgenommen und den Joystick losgelassen, mit dem er die Kamera fernsteuerte, die er fünf Minuten nach Karl Schwartz am Rauchmelder im Saal des Hamodrakas angebracht hatte. Er schüttelte den Kopf und steckte sich die Finger in die Ohren.

»Doch, das gibt's!«, sagte Franziska, über ihren Laptop gebeugt. »Hört zu: Dionyssios Solomos schrieb im Mai 1823 innerhalb eines einzigen Monats die *Hymne an die Freiheit*, welche aus 158 Strophen besteht.«

»Hundertachtundfünfzig Strophen! Die Griechen haben doch wirklich einen Sprung in der Schüssel ...«, sagte Jesús.

Yeoryios Xenakis brüllte durch das patriotische Geheul der PAOK-Fans: »Die Hymne wurde 1828 von Nikolaos Chalkiopoulos Mantzaros vertont. Das erste und einzige Mal erschien die Nationalhymne 1873 in London, ein Jahr nach dem Tod des Komponisten. Mantzaros beschäftigte sich bis zu seinem Tod mit verschiedenen musikalischen Formen und Entwürfen zur Vollendung der Vertonung der Nationalhymne.«

»Was sagen Sie?«, fragte Liliane Schmitt. Sie, Hauptkommissar Leclerq und Xenakis hatten ihren Transporter verlassen und sich unter die Fußballfans gemischt, um gegebenenfalls möglichst schnell zugreifen zu können. Xenakis war sogar so vorausschauend gewesen, PAOK-Trikots für die Mitglieder der Sonderkommission zu besorgen. Völlig überzeugend sahen die drei in ihren Zebra-T-Shirts allerdings nicht aus.

»Wie bitte?«, brüllte jetzt auch Leclerq. »Ich verstehe kein Wort!«

»Mantzaros wollte nicht, dass die erste, volkstümliche Vertonung der Hymne veröffentlicht wurde, denn er glaubte, dass eine Hymne an die Freiheit eine reife, ernste Musik benötigt!«

»Was?«, schrie Liliane und drückte ihr Ohr an Xenakis' Mund. Xenakis gab auf.

In der vierundachtzigsten Minute hörte die griechische Nationalhymne jäh auf. Es herrschte plötzlich Stille im Saal und in den Kopfhörern. Ein Stürmer von Benfica Lisboa war durchgebrochen, hatte den griechischen Torwart ausgetrickst und den Ball an ihm vorbei ins Netz rollen lassen. Drei zu eins. Auf der Leinwand sah man in einem kurzen Zwischenschnitt den deutschen Trainer der Griechen mit seiner Brille spielen. Man konnte deutlich erkennen, dass die Brille mit Klebefolie notdürftig repariert war. Loureiro steckte sich noch ein *Baklava* in den Mund, biss es in der Mitte durch und verschluckte es, ohne zu kauen, in zwei Teilen.

Jetzt war der Bann gebrochen, die Portugiesen tauten auf. Offiziell waren nur noch fünf Minuten Spielzeit übrig, aber der dänische Schiedsrichter würde wohl nachspielen lassen, es hatte einige längere Unterbrechungen gegeben. In der sechsundachtzigsten Minute schafften Loureiros Freunde von Benfica das drei zu zwei, mit einem angedrehten Freistoß aus zwanzig Metern Entfernung, der die Mauer der Griechen einfach umkurvte und das Tor fand.

Es war vorher schon still gewesen im Restaurant, aber jetzt wurde es gespenstisch still. Auch der TV-Kommentator und das Publikum im Stadion waren verstummt. Loureiro bestellte ein weiteres Bier. Er musste sich mächtig zusammenreißen, um nicht loszubrüllen, um nicht den Schlachtruf von Benfica zu skandieren. Das hätte ihn aber, und das wusste er, das Leben gekostet.

»Wie lange dauert ein Fußballspiel?«, fragte Franziska im Transporter und gähnte.

»Na, neunzig Minuten«, sagte Yrjö.

»Stimmt nicht. Ein Spiel kann auch hundertzwanzig Minuten dauern. Wenn es Verlängerung gibt«, meine Jesús von der Rückbank. Yrjö drehte sich um:

»Oder drei Stunden, wenn das Elfmeterschießen ewig dauert.«

»Oder eine Minute. Hat's auch schon gegeben, wenn eine Mannschaft gar nicht antritt, lässt der Schiedsrichter ein Tor schießen und erklärt das Spiel mit eins zu null für beendet«, sagte Jesús.

»Also, meine Herren, wie lange dauert ein Fußballspiel? Nach den international anerkannten FIFA-Regeln?«, Franziska genoss ihren kleinen Triumph. Jesús und Yrjö sagten gleichzeitig:

»Keine Ahnung.«

»Bis der Schiedsrichter es abpfeift«, sagte Franziska zufrieden.

Die Spannung war unerträglich. Der Schiedsrichter hatte schon zwei Minuten Nachspielzeit verstreichen lassen, der Spielstand war jetzt drei zu drei. Nur noch wenige Sekunden, dann würde das Spiel abgepfiffen und in die Verlängerung gehen. Alle starrten wie gebannt auf die Leinwand, auch Xenakis, Liliane Schmitt und Hauptkommissar Leclerq. Leclerq und Schmitt hatten von Fußball zwar keine Ahnung, aber dass die Situation extrem spannend war, verstanden sogar sie.

Loureiro hatte gerade sein neues Bier bekommen und hielt das Wechselgeld noch in der Hand, als ein griechischer Abwehrspieler einen portugiesischen Stürmer foulte. Ganz übel schlug der Grieche dem Angreifer das Schienbein in den Oberschenkel, der Portugiese stürzte und verlor den Ball. Zwei Linienrichter liefen aufs Feld und hielten mit ihrem dänischen Chef ein kurzes Palaver. Dann kam die Entscheidung: Es war im Strafraum passiert, Elfmeter für Benfica.

Loureiro wollte sich ein *Baklava* in den Mund stecken, dachte dabei nicht mehr an das Wechselgeld in seiner Hand und spülte aus Versehen und mit einem riesigen Schluck Bier eine Münze herunter. Er begann zu husten, schnappte nach Luft, lief erst grau, dann dunkelblau an, aber niemand schenkte ihm Beachtung, da alle Augen auf die Leinwand gerichtet waren, wo sich ein Jugendfreund Loureiros anschickte, den alles entscheidenden Elfmeter im Spiel PAOK Thessaloniki gegen Benfica Lisboa zu verwandeln.

Loureiro dachte zum ersten Mal in seinem Leben an den Tod. Er würde jetzt ersticken. Sein Freund auf der Leinwand holte Anlauf und ... Loureiro kippte um. Das heißt, er konnte nicht umkippen, dazu standen die Fußballfans zu dicht aneinander im *Hamodrakas*. Er lehnte sich im Ohnmächtigwerden an seinen Nachbarn und gluckste geräuschlos. Er konnte keinen Laut herausbringen. Und nicht atmen, weder ein- noch aus-. Er erwartete, dass sein Leben in Sekunden wie ein Film vorbeiziehen würde, aber nichts dergleichen geschah. Ihm wurde einfach schwarz vor Augen. Wie ironisch, dachte er noch: Ich sterbe in einem Raum mit Hunderten von Menschen, und keiner bemerkt es ...

Tor! Tooor!! Und nur wenige Sekunden später der Schlusspfiff. Vier zu drei und der Sieg für Lissabon! Im selben Moment brach im Stadion, im Hamodrakas und in einigen hundert anderen Restaurants der Stadt ein Pfeifkonzert los. Thessaloniki war geschlagen, betrogen, gedemütigt, die Stadt war außer sich vor Wut, und sie machte ihrem Ärger Luft: Fernsehgeräte flogen aus Fenstern, Flaschen zerplatzten an Wänden, kreischende Frauen und Kinder versteckten sich vor ihren Männern und Vätern.

»He! Ist das nicht ...«, fragte plötzlich einer.

»Was meinst du? Kennst du den?«, meinte ein anderer.

»Das ist doch ...«

»Der Portugiese, Loureiro. Der neue Stürmer.«

»Und was macht der hier? Wieso hat der nicht mitgespielt?«

»Hat bestimmt Schmiergeld kassiert, was?«

Sie hoben Loureiro hoch, der nun doch auf den Boden gerutscht war. Der eine hielt ihn am Kragen fest, der andere nahm ihm die Mütze ab und begutachtete sein Gesicht.

»Er ist es«, sagte er dann. »Das Schwein.« Und er schlug dem bewusstlosen Loureiro mit der Faust ins Gebiss. Loureiro spürte nichts davon. Der andere, der ihn am Schlafittchen hielt, hieb ihm das Knie in den Rücken. Dieser Stoß in die Wirbelsäule rettete Loureiro das Leben. Die Münze, die sich nicht zwischen seiner Speise- und seiner Luftröhre hatte entscheiden können, stellte sich hochkant, machte eine Vierteldrehung und verschwand im glitschigeren der beiden pulsierenden Tunnel. Er bekam wieder Luft.

»Schaut mal, wen wir hier haben!«, brüllten seine Peiniger und zeigten ihn herum wie eine Trophäe. Und dann wurde aus allen Richtungen auf den armen Loureiro eingedroschen.

Die ranghohen Undercoveragenten der Sonderkommission Großherzog Henri II fanden sich nun inmitten einer Kneipenschlägerei, ohne einen Schimmer davon zu haben, was eigentlich los war. Nicht einmal Xenakis, der Griechisch sprach, konnte sich erklären, wodurch der junge Mann, auf den alle losgingen, sich den Zorn der Meute zugezogen hatte. Sein spontaner Instinkt war, dem armen Opfer zu helfen. Er drängte sich durch die Menge, Liliane Schmitt und Leclerq folgten ihm, bis alle drei dicht vor Loureiro standen.

Dieser kam langsam wieder zu sich. Es war also doch noch nicht seine letzte Stunde gewesen, sein Moment war noch nicht gekommen. Gott sei Dank. Aber was war hier los? Gestreifte Männer, die auf ihn einschlugen? Loureiro erwachte aus seinem Koma, nur um festzustellen, dass um ihn herum eine wüste Prügelei im Gange war – deren Mittelpunkt er darstellte. Überall sah er nur Zebras, brüllende, aufgeregte Zebras, die ihn mit ihren Hufen traktieren wollten, die ihn schlagen, treten und kratzen wollten ... Sogar ein weiblicher PAOK-Fan stand vor ihm, offensichtlich bereit, ihm das Nasenbein zu brechen ... Oder doch nicht? Drei der Fußballzebras versuchten, sich vor ihn zu drängen, ihn abzuschirmen, was ihm eine kostbare Sekunde verschaffte. Loureiro ließ sich auf alle viere sinken und krabbelte zwischen den stampfenden Hufen der Herde Richtung Ausgang.

Noch spürte er die Schmerzen nicht, denn noch litt er an

Sauerstoffmangel und war nicht ganz Herr seiner Sinne. »Griechischer Fußball. Griechischer Fußball...«, stammelte er blöde grinsend vor sich hin, während er langsam, aber zielstrebig am Boden des Hamodrakas zur Tür robbte. Er erreichte den Ausgang, rappelte sich auf und stolperte hinaus. Es dauerte ein paar Sekunden, bis die Meute im Restaurant begriff, dass das Objekt ihrer Raserei entkommen war. Die Zebras drängten fluchend und einander schubsend auf die Straße, Loureiro hinterher.

Sein Vorsprung war minimal. Zuerst wollte er davonrennen, schließlich war er Profifußballer, aber er merkte schon nach einigen Schritten, dass Laufen in seinem elenden Zustand nicht viel Sinn machte. Vor ihm sah er etwas Schwarzes, Rechteckiges, ein Transporter, eine Tür. Mit zitternder Hand tastete Loureiro nach dem Griff und zog daran.

Und tatsächlich: Die Tür öffnete sich.

Heraus blickte ein verdutzter Karl Schwartz, in der Hand die Kamerafernsteuerung, auf der Glatze Kopfhörer.

»*Ajuda*!«, stieß Loureiro flehend hervor.

»Was?«, meinte Schwartz und nahm die Kopfhörer ab.

»Hilfe!«, sagte Loureiro noch einmal, diesmal auf Griechisch, aber der Glatzkopf verstand immer noch nichts. Loureiro versuchte kurzerhand, Schwartz an der Schulter aus dem Auto zu reißen und das Steuer zu übernehmen, aber er hatte Schwartz' gute Kondition und dessen Gewicht unterschätzt. Er erwischte nur den Ärmel von Schwartz' Jacke. Es gelang ihm sogar, den muskulösen Glatzkopf halb aus dem Transporter zu zerren, aber Schwartz, der schon einen Fuß auf dem Asphalt hatte, schälte sich überraschend gewandt aus seiner Jacke, Loureiro verlor den Halt und stürzte rückwärts, bekam im Fallen Schwartz'

Bein zu fassen und klammerte sich daran. Schwartz versetzte Loureiro mit dem anderen Bein einen Tritt, der Loureiro etwa einen Meter zurückwarf. In seiner Todesangst sprang Loureiro aber sofort auf die Beine, nahm einen kurzen Anlauf und hechtete in den Transporter, kopfüber über Schwartz' Schoß auf den Beifahrersitz. Die wütenden, schwarzweiß gestreiften Fans hatten den Transporter jetzt fast erreicht. Ohne zu denken, schlug Schwartz die Tür zu, ließ den Motor an, gab Vollgas und fuhr mit quietschenden Reifen davon.

Keine Sekunde zu früh. Die Zebraherde rannte hinterher und warf mit Flaschen und Steinen nach dem schwarzen Auto. Nach ein paar Sekunden waren sowohl der Transporter als auch der aufgebrachte Mob um die nächste Straßenecke verschwunden, außer Sicht- und Hörweite.

»Sag mal, war das nicht...?«, begann Franziska im zweiten Transporter.

»Karl Schwartz«, sagte Jesús.

»Ganz eindeutig. Glatze, Ohrring, alles«, meinte auch Yrjö.

»Was der wohl hier tut?«

Einen Moment brüteten alle drei über dieser Frage, aber niemand kam zu einer befriedigenden Antwort.

»Lasst uns hineingehen und sehen, was dort los ist. Wir nehmen die kleine Kamera mit«, schlug Yrjö vor. Er wollte schon die Tür öffnen, aber Franziska legte ihre Hand auf seine.

»Moment, warte noch.« Sie nickte in Richtung des Restaurants.

Aus dem Eingang kamen weitere Thessaloniki-Fans im gestreiften Trikot, eine Frau und zwei Männer, alle drei schon etwas älter. Sie überquerten die Straße, steuerten auf den dritten Transporter zu, stiegen ein und fuhren los, in dieselbe Richtung, in der Schwartz, Loureiro und die brüllende Horde verschwunden waren.

»Und wer sind die?«, fragte Jesús.

»Irgendetwas ist hier oberfaul«, konstatierte Yrjö.

»Ach, wirklich?«, Franziska konnte sich nicht beherrschen: »Du bist ja heute ganz besonders hell!«

Yrjö glotzte sie an, ohne etwas zu sagen. Dann stiegen die drei aus.

Auf der Straße lag etwas Weiches, Dunkles. Jesús bückte sich und hob es auf.

»Schwartz' Jacke!«, sagte Franziska und befühlte den schwarzen Zwillich. »Gib sie mir, Jesús, mir ist sowieso kalt.«

Jesús zögerte.

»Nun gib schon her«, sagte Franziska. Jesús gab ihr die Jacke, und sie legte sie sich über die Schultern.

Sie betraten das Hamodrakas. Der Saal hatte sich weitgehend geleert, nur noch wenige Gäste waren übrig. Das Personal, das überwiegend aus Aristides' Verwandtschaft bestand, war dabei, etwas Ordnung zu schaffen, *Malamatina* wurde vom Boden gewischt, Aschenbecher geleert, Scherben zusammengekehrt. Der Projektor war abgeschaltet, die Leinwand schon nach oben gerollt. Hinter dem Tresen stand Aristides' Vater und zählte die zerbrochenen Gläser.

Jesús, Yrjö und Franziska setzten sich an einen einigermaßen sauberen Tisch und bestellten Kaffee.

»Ich muss mal«, sagte Jesús. »Bin gleich wieder da.«

»Ich auch«, meinte Yrjö.

Als die Kaffees kamen, saß Franziska allein am Tisch. Die beiden Männer hatten Aristides' Vater nach der Toilette gefragt. Sie gingen den Gang entlang zur Treppe, dann hinunter und nach links, ganz der Wegbeschreibung folgend. Trotzdem fanden sie die Toilette nicht, nur Lagerräume und einige Türen, hinter denen sich vermutlich Privaträume verbargen.

Plötzlich blieb Jesús stehen. Er bedeutete Yrjö, still zu sein, und legte die Hand ans Ohr:

»Hörst du das, Urjo?«

»Yrjö!«

»Hörst du das?«

Yrjö strengte sich an und horchte. Durch eine der Türen hörte er ganz leise Musik. Jesús war plötzlich ganz aufgeregt, Yrjö sah, wie seine Halsschlagader plötzlich heftig zu pulsieren begann.

»Hörst du das, mein Freund?«

Yrjös Miene verriet, dass er keinerlei Verständnis für Jesús' Euphorie hatte.

»Mach die Kamera an!«, sagte Jesús. Yrjö wusste zwar nicht, was Jesús so in Entzücken versetzte, aber er gehorchte, klappte das LCD-Display aus und begann zu filmen.

Jesús öffnete die Tür, hinter der die Musik erklang. Er drückte die Klinke nach unten und stieß die Tür mit einem Ruck weit auf. Dabei ging er selbst zur Seite, um Yrjö einen unverstellten Blick auf das Innere des Raumes zu geben.

Den hatte Yrjö dann. In der Mitte des Zimmers befand sich ein Bett, und auf diesem Bett lag auf dem Rücken ein junger Mann, der die Arme hinter dem Kopf verschränkt hatte und genoss. Rittlings auf ihm saß ein Mädchen und bewegte sich rhythmisch hin und her, im Takt zu ihrem eigenen Stöhnen. Kleider waren überall auf dem Boden verstreut, Stöckelschuhe, ein Minirock, Socken, Jeans ... über der Stuhllehne hing eine langhaarige, blonde Perücke.

Das junge Pärchen starrte entsetzt zur Tür, direkt in Yrjös Objektiv, über dem das kleine rote REC-Lämpchen leuchtete. Yrjö grinste von Ohr zu Ohr.

»Bitte erzählen Sie meinem Vater nichts!«, stieß die hübsche schwarzhaarige Griechin nach einer kurzen Schrecksekunde hervor, leider allerdings in ihrer Muttersprache, so dass Yrjö und Jesús kein Wort verstanden.

Jesús' Blick fiel auf einen Plattenspieler in der Ecke des Zimmers, auf dem sich eine altmodische Schallplatte aus schwarzem Vinyl drehte. Ohne zu fragen, durchquerte er das Zimmer, stellte den Plattenspieler ab, nahm die Scheibe in die Hände und besah sich das Label.

»Ich flehe Sie an, bitte erzählen Sie meinem Vater nichts«, sagte Euphoria wieder, diesmal auf Englisch.

»Wer ist denn dein Vater, Kleine?«, fragte Yrjö drohend und kam einen Schritt näher. Euphoria begann zu zittern. Der junge Mann unter ihr war immer noch vor Schreck gelähmt.

»Yeoryios Xenakis«, sagte Euphoria. »Er ist Direktor des Referats C 5 beim Europäischen Amt für Betrugsbekämpfung.« Jetzt kam Leben in Aristides. Er nahm die Arme hinter dem Nacken hervor und gestikulierte empört:

»Was? Dein Vater ist ein Bulle? Und das erzählst du mir jetzt?«

»Na ja, Bulle ... nicht direkt«, sagte Euphoria nach unten. »Beamter eher. Ich weiß ja auch nicht so genau.« Und sie plapperte eifrig drauflos, über die Sonderkommission

Großherzog Henri II, über ihren Papa, darüber, wie sehr sie Brüssel und ihre Schule hasste ... Während sie sprach, verfinsterten sich sowohl Yrjös als auch Aristides' Gesichtszüge.

Nur Jesús war glücklich. Der Schatz, den er entdeckt hatte, war unermesslich wertvoll. *Pet Sounds, Beach Boys, 1966.* Er musste diese Platte haben, koste es, was es wolle.

»Wie viel?«, fragte er. Er hielt die Platte in den Händen wie den Heiligen Gral. »Wie viel?«, fragte er noch einmal eindringlich.

»Was?«, fragte Aristides verstört.

»Wie viel willst du für diese Platte haben?«, fragte Jesús. Er konnte nicht pokern, das Vibrato in seiner Stimme verriet sofort, dass ihm die Summe egal war.

In diesem Moment erklang Franziskas Stimme:

»Wo bleibt ihr denn? Euer Kaffee ist schon kalt!«

Die Österreicherin schob sich an Yrjö vorbei ins Zimmer. Sie sah Euphoria und Aristides, und es dauerte einen Moment, bis sie die Situation begriffen hatte.

»Ihr habt wohl noch nie was von Privatsphäre gehört?«, sagte sie dann und musterte Yrjö und Jesús streng. Yrjö machte die Kamera aus, Jesús legte die LP zurück auf den Plattenteller. Franziska nahm die schwarze Zwillichjacke von den Schultern und warf sie Euphoria zu.

»Hier, zieh dir was an.«

Der Wurf war zu kurz, die Jacke fiel vor dem Bett auf den Boden. Man hörte ein *Tock* – etwas Hartes war aus der rechten Brusttasche gefallen und auf die Dielen geschlagen: ein kleiner schwarzer Kasten, an dem ein USB-Kabel hing. Franziska hob ihn auf. Auf dem Kasten stand, mit silbernem Permanentstift geschrieben: *?*.

Schwartz hielt mit ganzer Kraft das Lenkrad fest. Dieser Verrückte, der quer auf der Vorderbank des Transporters lag, strampelte wild mit den Beinen, fuchtelte mit den Armen in der Luft herum und sprudelte pausenlos in einer fremden Sprache auf Schwartz ein, es musste Spanisch sein oder Portugiesisch.

»Halt still, du Idiot!«, brüllte Schwartz auf Deutsch. »Ich kann so nicht fahren!«

Loureiros Füße versperrten ihm die Sicht. Trotzdem gelang es ihm, die aufgebrachte Zebrameute abzuhängen. Aber dann kam etwas Großes, Weiches, Weißes blitzschnell auf ihn zu, und er hörte plötzlich ein widerliches Krachen im eigenen Kopf.

»Schneller!«, rief Liliane von hinten, und Manzone, der am Steuer gewartet hatte, gab Gas. Nach etwa zweihundert Metern sahen sie den Fußballmob. Der andere schwarze Transporter war verschwunden, die wütende Horde war stehen geblieben und schnappte nach Luft.

Xenakis und die Mitglieder seiner Sonderkommission näherten sich der Meute von hinten. Als sie etwa dreißig Meter entfernt waren, drehte sich einer der Fußballfans um. Man sah seine Augen blitzen.

»Da!«, brüllte der Fan, und im selben Moment drehte die gesamte Horde auf dem Absatz um. Sie brauchten eine halbe Sekunde, um die Situation zu begreifen. Offenbar hatte der schwarze Transporter eine Runde gedreht und war aus der entgegengesetzten Richtung zurückgekommen. Und wie auf Kommando rannte die ganze Zebrameute grölend und geifernd auf das Auto der Sonderkommission Großherzog Henri II zu.

Manzone war gelähmt.

»Monzane! Los!«, brüllte Leclerq und stieß ihn an. »Monzane!!!«

Da erwachte der Italiener aus seiner Duldungsstarre.

»Manzone«, sagte er, legte den Rückwärtsgang ein und ließ die Reifen rauchen.

37

40°38'46" N / 22°59'07" O
Thessaloniki, Griechenland

3. Februar, 22.03 h OEZ

Die ersten zehn Minuten fuhren sie schweigend durch die Stadt. Yrjö kurvte zwar zunächst energisch durch das Straßengewirr von Saloniki, aber das tückische griechische System aus Sackgassen und Einbahnstraßen und der chaotische Abendverkehr sorgten dafür, dass seine Energie bald verpuffte. Als er zum dritten Mal hintereinander im selben Kreisverkehr landete, brach Aristides das Schweigen und begann, ihm von hinten Anweisungen zu geben. Eine Viertelstunde später glitten sie über die Hügel ein paar Kilometer nordöstlich der Stadt und blickten hinunter auf das elektrisch erleuchtete Saloniki und das tiefschwarze Meer. Nur ein paar Schiffe zeichneten Lichtpunkte auf die dunkle Bucht. Yrjö hielt an und schaltete den Motor aus.

»So«, sagte er. »Hier sind wir sicher. Keine Fußballfans.«

Er blickte in die Runde. Franziska, Jesús, Euphoria und Aristides blickten erwartungsvoll zurück. Es blieb still. Dann nahm Franziska ihren Laptop, der auf der Mittelkonsole lag, klappte ihn auf, schloss die externe Festplatte an und betete, dass sie nicht nur Blau sehen würde.

Alle fünf beugten sich über das Display. Auf der Festplatte waren Dutzende von Videofiles in verschiedenen Formaten. Franziska öffnete die erste Datei in der langen Reihe.

Zunächst sah man nur, sehr unscharf, ein pelziges Insekt aus nächster Nähe, eine Biene oder Hummel. Das Insekt bedeckte die ganze Linse. Dann flog es weg und gab die Sicht frei auf die Rückbank einer teuren Limousine. Auf dieser lederbezogenen Bank saß Franziska mit geschlossenen Augen, in ihre Gedanken vertieft. Bis das Insekt versuchte, sie zu stechen ... Das Video blieb stehen und sprang auf das Standbild am Anfang zurück.

»Was zum Teufel ...?«, sagte Franziska, fast tonlos. Sie klickte auf die nächste Datei: Die erste Besprechung im Medienzentrum in Luxemburg. Dann das verwackelte Handyvideo, das Karl Schwartz am Silvesterabend vor dem Gebäude der Europäischen Zentralbank gemacht hatte. Franziska klickte weiter:

Wieder sie selbst, diesmal von schräg oben in Schwarzweiß, beim Spielen am Pokerautomaten in Frankfurt. Neben ihr standen Yrjö und Jesús.

»Schade, dass das Material nur schwarzweiß ist«, sagte Aristides von der Rückbank.

»Schnauze!«, sagte Yrjö und hob die Faust. Jesús und, so stellte Yrjö angenehm überrascht fest, auch Franziska nickten beifällig. Sie klickte eine neue Datei an, aber das Format funktionierte nicht auf dem Media Player des Betriebssystems. Sie versuchte es mit einer anderen Datei aus der Liste. Bilder einer Überwachungskamera: Man sah einen Mann mittleren Alters, der in seinem luxuriösen Auto eingeschlossen war, in einer Waschanlage. Er schien schon länger gefangen zu sein, seine Befreiungsversuche sahen recht erschöpft aus.

»Das ist mein Vater!«, sagte Euphoria. Aristides verpasste ihr einen grimmigen Seitenblick. Franziska versuchte es mit einer weiteren Datei: die Besprechung am Abend vor der Vertragsunterzeichnung im *La Table des Guilloux* in Luxemburg. Alle sahen schweigend zu, Jesús, Yrjö und Franziska in zunehmend tiefer Bestürzung, Euphoria und Aristides neugierig und verwirrt. Sie sahen, wie Yrjö Carmelina Rossi in Süditalien an ihr handgeschnitztes Bett fesselte, während Franziska und Jesús fieberhaft Tausende von Münzen umdrehten, die am Boden verstreut lagen, Jean-Jacques van de Sluis, der in einem Konferenzraum mit einem Dutzend Managern in Nadelstreifen verhandelte, Liliane Schmitt auf dem Frauenparkplatz der EZB und Hauptkommissar Leclerq in seinem BMW vor der efeuüberwucherten Fassade des Europol-Hauptquartiers, einen roten Ford Transit, geparkt vor einem Blumenladen in Kilkenny, die Mitglieder der Sonderkommission Großherzog Henri II, die in Den Haag erhitzt miteinander debattierten, man sah Footage aus dem verqualmten *Bulldog* in Amsterdam, wie Yrjö eine Kamera am Rauchmelder im Restaurant *Hamodrakas* befestigte.

Schwartz hatte wirklich ganze Arbeit geleistet. Er hatte nicht nur Franziska, Yrjö, Jesús sowie die Sonderkommission bespitzelt, sondern sicherheitshalber und aus alter Gewohnheit auch seinen eigenen Boss. Sie sahen Bilder von Jean-Jacques van de Sluis bei verschiedenen Besprechungen beim Sender und in Restaurants.

Eines der Videos war sogar mit einer Infrarotkamera aufgenommen: Jesús in der *Argos-Bar* in Amsterdam.

»Stopp!«, rief Jesús. »Das reicht! Wir haben Minderjährige im Auto!«

Yrjö grinste.

»Wieso denn plötzlich so verschämt, Kleiner? Du bist doch sonst nicht so!« Jesús würdigte Yrjö weder eines Blickes noch eines Kommentars.

»Aussteigen!«, befahl Franziska plötzlich. Niemand gehorchte, alle sahen sie nur fragend an.

»Vielleicht sind auch in diesem Auto Wanzen versteckt! Los, alle aussteigen, draußen können wir reden.«

Franziskas Paranoia brauchte nur einen Sekundenbruchteil, um auch die anderen zu erfassen. Sie stiegen aus und gingen ein paar Dutzend Schritte zu Fuß, hinaus in die griechische Nacht. Ihre Blicke ruhten über dem Panorama der Stadt, die ihnen zu Füßen lag. Eine Weile standen sie schweigend in einer Reihe und blickten hinunter auf das Meer. Aristides war zwar immer noch wütend auf seine Freundin, aber langsam schmolz sein Zorn, er begann, ihr zögerlich übers Haar zu streicheln.

»Was machen wir jetzt?«, fragte Jesús.

»Gute Frage«, knurrte Yrjö und zündete sich eine Zigarette an.

»Also – wir haben vom Sender den Auftrag bekommen, diese Münze zu verfolgen«, sagte Franziska.

»Und wir finden heraus, dass wir in Wirklichkeit nicht

das Programm machen, sondern dass wir das Programm *sind*«, sagte Jesús.

»Die Labormäuse!«, sagte Franziska. »Ratten im Labyrinth.«

»Und außerdem ist die Polizei hinter uns her. Eine ganze Sonderkommission, verdammt!«, fügte Yrjö hinzu.

»Was machen wir jetzt?«, fragte Jesús.

»An eurer Stelle...«, mischte sich Aristides jetzt ein, »an eurer Stelle würde ich den Euro erst mal abschirmen. Dann könnt ihr euch in aller Ruhe überlegen, was ihr tun wollt.«

»Abschirmen?«, Franziska verstand nicht.

»Na, einwickeln in Silberpapier oder etwas Ähnliches. Dann ist das Signal weg. Die Münze ist unsichtbar. Auch in Räumen mit viel Metall oder im Flugzeug bleibt das Signal oft stecken. Sagen Sie bloß, Sie wussten das nicht?«

»Nein, das wussten wir nicht«, meinte Yrjö spöttisch. »Die Methode funktioniert offensichtlich hervorragend. Wenn man die Münze nicht aus Versehen in Papas Safe versteckt...«

Aristides war in seinem Stolz verletzt: »Immerhin bin ich der Gründer und Vorsitzende des Geocaching-Club Thessaloniki!«

»Des was?«, fragten Jesús und Yrjö unisono.

»Des Geocaching-Club von Thessaloniki. Geocaching ist ein relativ neues Hobby«, erklärte Aristides. »Seit die USA ihre GPS-Satellitensignale nicht mehr verschlüsseln, gibt es weltweit Tausende von Hobby-Schatzsuchern, die mit GPS-Geräten versteckte Objekte suchen und darüber im Internet berichten. In fast zweihundert Ländern!«

Euphoria schmiegte sich stolz an ihren Freund und schnurrte. Er war so klug...

»Bis zum Frühjahr 2000 waren die Signale, die von den 24 amerikanischen *Global Positioning System*-Satelliten abgestrahlt wurden, nur dem US-Militär und einigen anderen Organisationen zugänglich. *Selective Availability* nannte sich das. Dann machte die amerikanische Regierung ihr Versprechen wahr, sogar früher als angekündigt. Die Verschlüsselung der Satellitensignale wurde aufgehoben. Ab sofort war das GPS-System für jeden benutzbar und gab jedem die Möglichkeit, jeden Punkt auf der Erdoberfläche bis auf wenige Meter genau zu bestimmen.«

Franziska, Yrjö und Jesús hörten zu. So viel wussten sie auch schon.

»Einen Tag später, genauer am 3. Mai 2000, kam ein amerikanischer Computerexperte auf die Idee, die Genauigkeit des Systems auf die Probe zu stellen. Er kaufte einen schwarzen Plastikeimer, füllte ihn mit Videokassetten, Büchern, Computerprogrammen und aus irgendeinem unerfindlichem Grund mit einer Schleuder, verschloss ihn wasserdicht und versteckte ihn im Wald. Die genauen GPS-Koordinaten des Eimers veröffentlichte er in einer Newsgroup im Internet und rief alle Interessierten dazu auf, seinen Eimer zu suchen.«

»Und?«, fragte Jesús.

»Der Eimer wurde gleich von mehreren freiwilligen Suchtrupps gefunden, und bald begannen auch andere GPS-Enthusiasten, mehr oder weniger wertlose Schätze an allen möglichen unzugänglichen Orten zu verstecken und die Positionen im Internet zu veröffentlichen. Und heute, nur wenige Jahre nach der Erfindung von Geocaching, gibt es offizielle Websites, wo man GPS-Geräte, T-Shirts und allen anderen Kleinkram rund um das Hobby kaufen kann. Es gibt Hunderttausende verschiedener versteckter Objekte in fast allen Ländern der Erde und unzählige Clubs, Gruppen und Einzelgänger, die ihre Freizeit damit verbringen, an schwer zu erreichenden Stellen nach so gut wie wertlosen Objekten zu suchen.«

Aristides trug seine Erläuterungen zum Thema Geocaching routiniert vor. Er hatte schon bei mehreren internationalen Treffen Vorträge zu diesem Thema halten müssen.

»Und was ist der Spaß an der Geschichte? Ist das nicht langweilig?«, fragte Franziska. »Ich meine, wenn die Koordinaten eines Schatzes im Internet veröffentlicht sind, ist es doch keine Kunst mehr, ihn zu finden!«

»O doch, manchmal ist es sogar fast unmöglich«, antwortete Aristides. »Wer einen *Cache*, also einen Schatz, versteckt, versucht natürlich, die Sache ein bisschen spannend zu machen. Manche Objekte sind unter Wasser versteckt, und man muss tauchen, um sie zu finden. Manchmal muss man Felswände hochklettern, manche Schätze sind in der Kanalisation oder im Zoo im Raubtiergehege ... Wenn das Objekt zum Beispiel in einem Gebäude ist, weiß man nicht, ob man im obersten Stockwerk oder im Keller suchen muss. Die GPS-Position zu kennen, ist eine Sache, das Objekt dann tatsächlich in der Hand zu halten, eine andere. Und das ist der Kick.«

»Das wissen wir«, sagte Jesús. Er dachte an Monte San Giacomo und die Glasflasche.

»Kein schlechtes Hobby für euch Computerfreaks«, sagte Franziska. »So richtig schön digital und global, aber ihr müsst eure Computer und eure Kartoffelchips ab und zu verlassen, um zu klettern oder zu schwimmen.«

»Und was machen wir jetzt?«, fragte Aristides.

»Wir?«, fragte Yrjö erstaunt. »Wieso wir?«

»Wir drehen den Spieß um«, sagte Franziska. Sie begann, sich in Fahrt zu reden: »Jetzt, wo wir wissen, was gespielt wird, können wir selbst Regie führen. Aus unserer eigenen journalistischen Perspektive, wenn ihr versteht, was ich meine.«

Yrjö und Jesús verstanden sehr wohl, was sie meinte, und grinsten um die Wette.

»Dann arrangieren wir einen ansehnlichen Showdown«, fuhr Franziska fort. »Wir locken die Europolizei und den Sender in die Falle.«

»Genau«, meinte Jesús. »Wir haben einen großen Vorteil. Die anderen wissen nicht, dass wir im Bilde sind. Schwartz und die Sonderkommission Ludwig XIV denken immer noch, dass wir brav die Münze verfolgen und unsere Dokumentation drehen.«

»Großherzog Henri II«, sagte Euphoria.

»Wie bitte?«, fragte Jesús.

»Die Sonderkommission«, sagte Euphoria.

»Was auch immer.«

»Wenn die Polizei wirklich glaubt, dass ein europaweites kriminelles Kartell hinter der Sache steckt, können wir bestimmt eine schöne Story draus machen. Aristides hat Recht. Als Erstes schirmen wir den Euro ab. Dann denken wir in Ruhe nach und bereiten unsere Rache vor.«

»Ich möchte kein Spielverderber sein...«, gab Yrjö zu bedenken.

»Was?«, fragte Franziska.

»Dazu müssen wir die Münze erst einmal haben! Wo ist sie jetzt?«

Aristides zog sein GPS-Gerät aus der Tasche. Er zuckte mit den Schultern.

»Kein Signal«, sagte er.

38
38°46'16" N / 09°07'44" W
Portela Airport, Lissabon, Portugal

4. Februar, 13.35 h UTC

Der gestrige Tag steckte Antonio Loureiro noch tief in den Knochen. Vielleicht war es ja auch der Touristenklassesitz der TAP, der *Transportes Aereos Portugueses,* auf jeden Fall fühlte er sich ziemlich zerschlagen. Eines war allerdings sicher wie das Amen in der Kirche: Er würde niemals wieder freiwillig einen Fuß auf hellenischen Boden setzen, höchstens vielleicht um im entscheidenden Moment Tore gegen Griechenland zu schießen.

Am Flughafen kam er recht zügig voran, der Beamte an der Passkontrolle erkannte ihn und winkte ihn freundlich lächelnd an der Schlange vorbei. Außerdem hatte er nur eine Sporttasche als Gepäck, wofür war man schließlich Fußballer. In der Eingangshalle wartete ein halbes Dutzend seiner besten Freunde, seine Mannschaftskameraden von Benfica hatten es sich nicht nehmen lassen, ihn abzuholen.

Als Loureiro durch die Glastür trat, wurde er mit Johlen und Pfeifen überschwänglich begrüßt. Dann umarmten ihn seine Freunde ausgiebig. Der Mannschaftskapitän drückte ihm ein gut gekühltes *Sagres* in die Hand und donnerte feierlich:

»Antonio! Unser verlorener Sohn! Willkommen zu Hause!« Und er quetschte sich Loureiro so fest an seine Kapitänsbrust, dass diesem schon wieder fast die Luft ausging.

Loureiro nahm einen herzhaften Schluck aus der braunen Flasche, blickte gerührt in die Runde und sagte:

»Danke, Freunde! Scheiß auf den Vertrag! Ich spiele wieder bei euch!«

»Scheiß auf den Vertrag!«, sagte Loureiros Jugendfreund, der, der am Tag zuvor das vier zu drei geschossen hatte.

»Scheiß auf den Vertrag!«, sagten alle. Es klang feierlich wie ein Schwur.

»Verträge sind etwas für die Jammerlappen aus der Krawattenetage. Sollen die sich darum kümmern. Und Fußball spielen können diese bescheuerten Griechen sowieso nicht!«, sagte Loureiro, wofür er gewaltiges Gruppengelächter erntete. Seine Kumpels hatten ganz offensichtlich seit dem Sieg über Saloniki durchgefeiert, und er selbst stand nach seinen gestrigen Abenteuern auch nicht gerade stramm da.

Als Erstes fuhren sie mit zwei Taxis in die Altstadt. Unterwegs erzählte er seinen staunenden Kameraden vom Restaurant Hamodrakas, davon, dass ihn zuerst niemand erkannt hatte, er aber beinahe erstickt wäre, von der Kneipenprügelei, von seiner Flucht mit diesem gemeingefährlichen glatzköpfigen Deutschen, dem er nach einem dramatischen Kampf auf Leben und Tod in einem fahrenden Auto mit knapper Not entkommen war ...

Seine Freunde schüttelten ungläubig die Köpfe und öffneten eine neue Flasche für ihn. Der Mannschaftskapitän bezahlte die Taxis, und sie stiegen um in die *Eléctrico* 28, die nostalgische gelbe Straßenbahn, die sich langsam durch die Lissabonner Altstadt schlängelte, die steilen, gewundenen Straßen hinauf auf die Hügel des *Bairro Alto*. Wie immer war die Straßenbahn brechend voll, die Fußballer mussten stehen, was bei einigen schon mit leichten Schwierigkeiten verbunden war. Loureiro sah die schmucken Fassaden seiner Heimatstadt an sich vorbeiziehen, er sog das vorbeiziehende Panorama auf und verdrückte dabei eine Träne.

»*Quem não viu Lisboa, não viu coisa boa!*«, flüsterte er ergriffen vor sich in.

Danach gingen sie essen, wie immer ins *Martinho da Arcada*, und Loureiro bekam zum ersten Mal seit langer Zeit wieder eine vernünftige Portion *Peixe grelhada*. Langsam, aber sicher begann er, sich zu entspannen, und der Albtraum, der hinter ihm lag, begann zu weichen. Der gebratene Fisch, seine Freunde um ihn herum und das Bier taten ihr Übriges. Bald war er glücklich und zufrieden, im Einklang mit sich und der Welt. Und er hatte keine Ahnung davon, dass genau in diesem Augenblick ein GPS-Signal seinen Dickdarm verließ.

Die Runde aß und bestellte Kaffee. Kurz darauf, als alle mit dem schwarzen, starken *Bica* fertig waren, erhob sich der Kapitän und sagte:

»So, meine Lieben! Jetzt kommt eine kleine Überraschung! Geht vorher alle noch mal pinkeln.«

39

40°38′01″ N / 22°57′19″ E
A.H.E.P.A., University General Hospital of Thessaloniki, Griechenland

4. Februar, 15.37 h OEZ

Sie hatten den Vormittag produktiv verbracht. Die vom Sender versprochenen fünfzigtausend Euro pro Kopf konnten sie in Anbetracht der Sachlage in den Wind schreiben. Und die Kreditkarten konnten sie nicht mehr benutzen, denn die würden sofort ihren Aufenthaltsort verraten. Also hoben Yrjö, Jesús und Aristides bei verschiedenen Banken in der Innenstadt Bargeld ab, bis auch die letzte der drei Karten ihr Kreditlimit erreicht hatte. Dann zählten sie in einem Park ihre Beute.

»Die Liebe kommt, die Liebe geht, nur Geld besteht«, sagte Jesús feierlich und ließ die Kreditkarten in einen Papierkorb fallen. »Lasst uns gehen!«

Franziska und Euphoria warteten unterdessen wie verabredet auf dem Parkplatz der Universitätsklinik auf die drei Männer. Und die kamen pünktlich.

»Einunddreißigtausend Euro«, verkündete Yrjö stolz, als sie einstiegen.

»Immerhin«, sagte Franziska zufrieden. »Damit kommen wir ein Stück weit.«

»Zum Flughafen bitte!«, sagte Euphoria gut gelaunt.

»Haben wir nichts vergessen?«, fragte Franziska zurück. Euphoria schlug sich mit der flachen Hand an den Kopf.

»Natürlich, Entschuldigung!«, sagte sie. »Meine Herrschaften, darf ich um Ihre Telefone bitten?« Sie sammelte die Handys aller Anwesenden ein.

Keine fünfzig Meter von dem schwarzen Transporter entfernt, im dritten Stockwerk der Universitätsklinik von Thessaloniki, lag Karl Schwartz, auf dem Rücken, den Kopf rundum mit Mull umwickelt. Eine Infusion versorgte ihn mit einer isotonischen Lösung aus Natriumchlorid und Wasser. Der Airbag seines Transporters hatte Loureiros Fuß in seinen Kiefer geschleudert und ihn zwei Schneidezähne sowie das Bewusstsein gekostet. Bis jetzt hatte er keins der drei Dinge wiedererlangt.

Franziska fuhr los, Richtung Süden zum Flughafen. Aber sie machte unterwegs noch einen kleinen Abstecher ans Meer, wo sie kurz anhielt. Euphoria stieg aus und warf die Mobiltelefone in die blaue Ägäis, eins nach dem anderen. Jesús dachte für einen Augenblick an Juan und seufzte.

»Danke«, sagte Euphoria, als sie wieder einstieg.

»Wofür?«, fragte Franziska.

»Dafür, dass wir mitkommen dürfen«, antwortete Euphoria. Aristides gab ihr einen Kuss und bedankte sich ebenfalls.

Franziska startete den Motor wieder.

40

38°40'42" N / 09°10'16" W
Monumento a Cristo Rey, Lissabon, Portugal

4. Februar, 16.54 h UTC

Die Sonderkommission hatte eine Portion Glück und zwei gute Flugverbindungen gehabt. Die vier Mitglieder waren nur ein paar Stunden nach Loureiro in der portugiesischen Hauptstadt angekommen, hatten bereits mehrere Signale empfangen und waren jetzt nur etwa zweihundert Meter von der Stelle entfernt, von der das letzte Signal gekommen war.

Sie hatten am Ufer des Tejo Posten bezogen, genauer gesagt am Südende der *Ponte 25 de Abril*. Manzone las auf Englisch aus dem Reiseführer vor, den er sich am Flughafen noch schnell besorgt hatte:

»Der Grundstein wurde 1949 gelegt, zehn Jahre später weihte Papst Johannes XXIII. das Denkmal ein. Der Betonsockel ist 82 Meter hoch, die Christusfigur selbst 28 Meter. Das Herz von Christus hat einen Durchmesser von 1,89 m. Portugals Bischöfe haben die Statue aus Dankbarkeit dafür gestiftet, dass Portugal nicht am Zweiten Weltkrieg teilnehmen musste.«

Manzone blickte stolz in die Runde, aber die anderen Insassen des Mietautos, Hauptkommissar Leclerq, Direktor Xenakis und Liliane Schmitt, hatten ihm überhaupt nicht zugehört. Sie starrten nur aus den Fenstern in einen wolkenlos blauen Lissabonner Himmel und auf die Cristo-Rey-Statue, die sich direkt vor ihnen riesenhaft erhob.

»Das Signal kam ganz aus der Nähe. Was tun wir?«, fragte Liliane.

»Wir warten hier, in sicherer Entfernung«, sagte Xenakis. Er sah auf seine Armbanduhr. »In ein paar Minuten kommt das nächste Signal. Wenn die Münze noch hier ist, schnappen wir sie uns.«

»Und alle Verdächtigen im Umkreis von fünfzig Metern«, sagte Leclerq, die Stirn in entschlossene Falten gelegt. »Zur Sicherheit.«

Kurz bevor das nächste Positionssignal zu erwarten war, klingelte Xenakis' Handy. Elvis begann, in dem Mietwagen zu schnulzen: *Love me tender, love me sweet*... Xenakis wusste, dass Kalomoira, seine Frau, am Apparat war, und das wussten auch seine drei Kollegen. Sie grinsten.

Xenakis stieg aus und nahm ab. Seine Kollegen beobachteten ihn während des kurzen Gesprächs: Er wurde zusehends nervös, ging vor dem Jesusmonument hin und her, stellte ein paar hastige Zwischenfragen, klappte dann sein Telefon zu und kam zurück ins Auto.

»Verdammt! Meine Tochter ist verschwunden. Die Schweine haben meine Tochter!«

Er war aschfahl im Gesicht.

»*Eurocrime*. Die schrecken vor nichts zurück«, sagte Leclerq. Bevor die anderen SoKo-Mitglieder kommentieren konnten, piepste das GPS-Gerät. Ein deutliches, starkes Signal, ganz aus der Nähe.

»Moment«, sagte Liliane, die das Gerät hielt.

»Der Euro ist genau ... hier.«

Liliane zeigte auf die Statue direkt vor ihnen.

Sie stiegen aus und spähten angestrengt in alle Richtungen, aber sie konnten keine Seele erblicken. Der Platz um die Statue herum und auch die Statue selbst waren menschenleer.

Liliane schlug auf das GPS-Gerät.

»Ich verstehe das nicht«, sagte sie. »Das Signal muss...« Der Satz blieb ihr im Hals stecken:

Die wohlwollend dreinblickende, gigantische Jesusfigur aus Beton, die mit ausgebreiteten Armen mehr als hundert Meter hoch über dem Tejo thronte, bekam plötzlich einen Heiligenschein. Um den Kopf des Heilands herum breitete sich eine rotweiße, tropfenförmige Aura aus, die gleichzeitig wuchs und nach oben stieg. Auch entfernter Engelsgesang war zu hören.

Die vier Eurobeamten blieben einen Moment stehen und bestaunten die unglaubliche Erscheinung. Dann hörten sie ein langgezogenes, bösartiges Fauchen von oben und sahen aus dem Haupt des Erlösers Flammen sprühen.

Ein Heißluftballon im traditionellen Rotweiß von Benfica Lisboa stieg in majestätischer Anmut hinter der Cristo-Rey-Statue zum Himmel empor und schwebte dann ebenso kraftvoll wie sacht über die weitläufige Mündung des Tejo und über die Stadt, die in der strahlenden Spätnachmittagssonne erglänzte.

Noch eine ganze Minute lang trug der Wind das betrunkene Gelächter und die derben Lieder der Fußballer im Korb des Ballons in die entgeisterten Ohren der Sonderkommission Großherzog Henri II. Die vier Beamten standen auf dem Hügel und blickten mit offenen Mündern abwechselnd auf die Mündungsbucht des Flusses und auf den Lissabonner Himmel, der schon jetzt, obwohl es erst Anfang Februar war, ein kräftiges, dunkles Blau trug.

Als sich die SoKo-Mitglieder von ihrer anfänglichen Lähmung erholt hatten, sprangen sie in ihren Mietwagen und nahmen die Verfolgung auf. Weit kamen sie aber nicht, denn die Brücke nach Norden war wie immer um diese Zeit vollkommen verstopft, und außerdem umblies den Ballon wie auf Bestellung ein zünftiges Lüftchen, das ihn schnell geradewegs nach Norden über die Stadt trug.

41
38°45'09" N / 09°11'04" W
Estadio da Luz, Lissabon, Portugal

4. Februar, 20.55 h UTC

Die fünf hatten sich in einer kleinen, billigen Pension abseits vom Zentrum eingemietet. Sie hatten zwar jetzt Bares im Überfluss, aber Franziska wollte sparen, bis sie die Münze wiederhatten und aktiv ihre Rache vorbereiten konnten.

Franziska, Jesús und Yrjö nahmen Einzelzimmer, Euphoria und Aristides teilten sich eines. Sie waren gerade dabei, ihre Sachen auszupacken und sich ein bisschen frisch zu machen, als die GPS-Geräte von Yrjö und Aristides gleichzeitig lospiepten. Euphoria trommelte die ganze Gruppe zusammen, die fünf trafen sich in der Lobby der Pension.

»Und? Wo?«, fragte Jesús.

»Etwa zweihundert Meter von hier... Moment...« Aristides blendete auf seinem Gerät den Stadtplan ein. »Im Stadion. *Estadio da Luz.*«

»Nichts wie hin!«

Sie bestiegen den Mietwagen, den sie sich am Flughafen besorgt hatten, und fuhren zum Stadion. Sie hatten nur noch einen zweitürigen Seat bekommen, und es war nicht ganz einfach, alle fünf in den kleinen silbernen Wagen hineinzubekommen.

In weniger als zwei Minuten waren sie am Ziel. Sie parkten, gingen durch den offenen Haupteingang hinein und sahen sich um. Das Estadio da Luz mit seinen kühn geschwungenen Metallbogen, an denen die Tribünen hingen, war mehr als doppelt so groß wie das Toumba-Stadion in Thessaloniki. Fünfundsechzigtausend Menschen hatten hier Platz. Die Flutlichtanlage war angeschaltet, der Rasen und die Ränge waren hell erleuchtet, aber das riesige Gebäude schien völlig leer zu sein.

Nur ein einziger Mensch war zu sehen, und der warf gleich vier Schatten auf das Gras. In der Mitte des Rasens stand ein einsamer Fußballer in rotweißem Trikot und spielte verträumt mit einem Ball. Erst versuchte er, den Ball nur mit den Knien in der Luft zu halten, dann nur mit den Fußspitzen, dann nur mit dem Kopf. Aber irgendwie schien der Fußballer nicht besonders gut in Form zu sein, seine Ballbeherrschung sah nicht gerade überzeugend aus. Plötzlich unterbrach er seine unbeholfene Akrobatik, zog eine Flasche *Maciera* aus der weißen Hose und genehmigte sich einen gehörigen Schluck. Dann versuchte er wieder, den Ball nur mit den Knien in der Luft zu halten.

»Der ist ja stockbesoffen!«, konstatierte Yrjö.

Aristides blickte auf sein Display.

»Er steht genau auf den Koordinaten. Auf den Meter genau.«

»Und was bedeutet das?«, fragte Jesús.

»Ja, was bedeutet das?«, wollte auch Euphoria wissen.

Franziska blickte in die vier Gesichter um sich.

»Kapiert ihr's denn wirklich nicht?«, fragte sie.

Nach ihren Mienen zu schließen, kapierten sie es wirklich nicht.

»Aber das ist doch sonnenklar!« Franziska rang die Hände. »Er muss die Münze am Körper tragen! Er hat den Euro in der Tasche!«

Er war zu Hause. Endlich am richtigen Ort, in den richtigen Farben, im Stadion der Sieger, seiner Kameraden. Nie wieder schwarzweiße Streifen, nie wieder dieses schwachsinnige Bouzoukigeklimper! Loureiro sog den Duft des Rasens ein und kam sich vor wie ein neunjähriger Junge. Was er doch für gute Freunde hatte! Keine dummen Witze wegen des gestrigen Spiels, ungeheuchelte Wiedersehensfreude und tiefes Verständnis: Erst das Essen bei *Martinho*, dann die Fahrt im Heißluftballon – davon hatte er schon seit seiner Kindheit geträumt, und jetzt hatte der Mannschaftskapitän sogar das Einfühlungsvermögen gehabt, ihn am Stadion abzusetzen, aufzuschließen und das Flutlicht anzuschalten, damit er in gebührender Ergriffenheit seine Heimkehr feiern konnte.

Auch der Kapitän war alles andere als nüchtern, schüttelte seinem heimgekehrten Kameraden die Hand, überreichte ihm einen Lederball und ließ ihn allein, damit er den magischen Moment ungestört genießen konnte.

Loureiro ging, bedenklich stolpernd, die Treppe zu den Umkleideräumen hinunter und zog sich das rotweiße Trikot an. Dann nahm er noch einen großen Schluck *Maciera* und stapfte auf seinen Stollen nach oben, hinaus aufs Spielfeld, um den Rasen seiner Heimat zu küssen.

Seine Beobachter warteten. Der einsame Fußballspieler war in einer Art Trance. Er spielte mit der Lederkugel, zwischendurch warf er sich immer wieder flach auf den Boden und küsste das Gras, wobei ihm Tränen über die Wangen kullerten. Dann nahm er noch einen Schluck von dem portugiesischen Brandy und spielte wieder mit dem Ball. Weil seine Ballkontrolle aber mit jedem Schluck schlechter wurde und weil Loureiro, obwohl er in Topform war, die Anstrengungen der letzten Tage und die Biere des heutigen Nachmittags zu spüren begann, dauerte es keine Viertelstunde, bis er die Lust an seinem einsamen Ritual verlor. Jetzt musste er erst mal schlafen. Morgen dann würde er im Büro von Benfica über seine Vertragsangelegenheiten sprechen... Er kickte den Ball mit einem gewaltigen Schuss in die obere Tribüne. Das heißt, er versuchte es, aber er traf das Leder erst beim vierten Versuch.

Dann ging er, glücklich und erschöpft, in einer Schlangenlinie zur Umkleidekabine.

»Hinterher!«, sagte Franziska. Sie folgten dem rotweißen, schwankenden Sportler in gebührendem Abstand, die kahle Betontreppe hinunter, den Korridor entlang bis zu den Umkleideräumen. Im Korridor blieben sie stehen. Franziska öffnete die Tür, durch die Loureiro verschwunden war, ganz vorsichtig einen Spalt und äugte hinein. Sie sah, wie der Fußballer sich auszog, nicht ohne Mühe, das

Stehen auf einem Bein hätte ihn beinahe das Gleichgewicht gekostet.

»Lass mich auch mal!«, flüsterte Jesús und versuchte, Franziska zur Seite zu schieben. Aber als er ihr den Platz abgerungen hatte, war der nackte Loureiro schon in die Dusche verschwunden. Seine Sachen lagen auf der Bank vor einem offenen Spind. Man hörte ihn aus dem Hintergrund einen Fado trällern. Dann ging das Wasser an.

»Geh hinein und untersuch seine Klamotten!«, befahl Franziska. Sie meinte Yrjö.

»Wieso ich?«, fragte dieser.

»Denk an das Argos im Amsterdam!«, zischte Jesús. Yrjö gab auf und gehorchte. Er betrat lautlos den Umkleideraum und untersuchte fieberhaft Loureiros Sportschuhe, seine Socken, sein Trikot, seine Unterhose ... und fand nichts. Er drehte sich zur Tür, wo vier Augenpaare durch den Schlitz spähten. Yrjö schüttelte den Kopf und zuckte mit den Schultern. Franziska bedeutete ihm mit dem Finger, wieder hinaus auf den Korridor zu kommen, aber da schüttelte Yrjö plötzlich entschlossen den Kopf. Er straffte sich, rieb seine bulligen Hände aneinander und betrat die Dusche. Franziska, Jesús, Euphoria und Aristides hielten die Luft an und horchten. Aber sie hörten nichts. Nur das Singen hörte auf, und das Wasser wurde abgestellt.

Ein paar Sekunden später kam Yrjö aus der Dusche. Auf seinen Armen trug er einen bewusstlosen, nackten und tropfnassen Antonio Loureiro.

»Um Himmels willen! Was ist passiert?«, fragte Franziska entsetzt.

»Er ist ausgerutscht«, sagte Yrjö und grinste.

»Ausgerutscht? Ich glaub dir kein Wort!«

»Jetzt reg dich doch nicht so auf. Du solltest mir dankbar sein!«, verteidigte sich Yrjö.

»Dankbar? Wofür? Dafür, dass du gewalttätig bist?«

»Überleg doch mal, Franziska. Wenn er die Münze nicht *am* Körper trägt, dann muss er sie *im* Körper tragen, oder?«, Yrjö grinste.

»Aber du kannst ihn doch nicht einfach ...«, sagte Franziska. Ihr Protest klang schon schwächer. »Er braucht einen Arzt!«

»Ganz genau«, sagte Yrjö. »Er braucht einen Arzt. *Wir* brauchen einen Arzt.«

»Schaut ihn euch mal genau an!«, sagte Jesús. Sie taten es.

»Das ist doch der Typ, den die Griechen gestern lynchen wollten!«, sagte er.

»Das ist Antonio Loureiro, der Linksaußen von PAOK Thessaloniki!«, sagte Aristides. »Moment mal ... der hat ja gestern gar nicht mitgespielt!«

Franziska, Euphoria und Aristides fanden den Schalter für die Flutlichtanlage und schalteten sie ab. Das Stadion lag in tiefem Dunkel. Yrjö riss den Duschvorhang ab, und er und Jesús wickelten Loureiro darin ein und trugen ihn zum Parkplatz. Der Kofferraum des Seat war nicht eben geräumig.

»Der passt da nicht rein«, sagte Jesús, als Yrjö versuchte, den relativ kleinwüchsigen Fußballer in den Kofferraum zu quetschen. Zum Glück war dieser nachhaltig bewusstlos und spürte nicht, wie Yrjö ihn unsanft mit dem Fuß in die Heckklappe des kleinen silbernen City-Autos stopfte.

»Natürlich passt der rein«, sagte Yrjö. »Wäre doch gelacht!«

Der silberne Seat hing schwer in seiner Federung, als sie ein paar Minuten später ziellos durch den Lissabonner Abend kreuzten und angestrengt aus den Fenstern spähten.

42
38°44′55″ N / 09°12′28″ W
Rua da Casquilha, Lissabon, Portugal

4. Februar, 21.20 h UTC

Dr. med. Alfredo Roberto Schloch lebte schon seit 1945 in Lissabon. Weil er gute Beziehungen hatte, war es ihm damals gelungen, in aller Stille dem Chaos zu entkommen und zu emigrieren. Seine guten Beziehungen waren allerdings schon vor vielen Jahren verstorben, und obwohl Schloch schon siebenundachtzig Jahre alt war, betrieb er noch immer seine Praxis als Allgemeinmediziner, und das musste er auch, ob er wollte oder nicht, denn in die portugiesische Rentenkasse hatte er nicht einzahlen wollen, sonst hätten die Behörden womöglich etwas über seine Vergangenheit in Deutschland erfahren können. Außerdem, so lachte Dr. Schloch manchmal, konnte er mit seinen faltigen, zitternden Händen immer noch alten Frauen Herz- und Schlafmittel verschreiben. Dass er selbst genauso alt war wie die meisten seiner Patientinnen verschaffte ihm innerlich eine gewisse Glaubwürdigkeit als Mediziner.

Das Klingeln klang sehr dringend. Dr. Schloch schnürte den Gürtel seines Morgenrocks zu und schlurfte zur Tür seines geräumigen Hauses im Norden der portugiesischen Hauptstadt. Als er sie einen Spalt geöffnet hatte, wurde sie von außen brutal aufgestemmt. Fünf Menschen drängten sich rücksichtslos an dem alten Mediziner vorbei und drückten ihn dabei platt gegen die Wand. Der letzte der Eindringlinge trug ein schweres, sperriges Bündel in den Armen.

»Entschuldigen Sie bitte diesen Überfall, Herr Kollege ...«, begann Franziska auf Englisch.

Schloch, der sich inzwischen wieder hinter der Tür hervor gezwängt hatte, verstand kein Wort.

»Sprechen Sie Portugiesisch?«, fragte er auf Portugiesisch. Franziska schüttelte den Kopf. In diesem Augenblick erlahmte Yrjös Kraft, und das sperrige Bündel fiel mit einem hässlichen Geräusch aus seinen Armen auf den Teppich im Flur von Dr. Schlochs Praxis.

»Pass doch auf!«, entfuhr es Franziska.

»Ach, Sie sprechen Deutsch!«, sagte Dr. Schloch erfreut. »Warum sagen Sie das nicht gleich?«

»Wir brauchen ein Röntgenbild!«, sagte Franziska erleichtert. »Jetzt, sofort. Das ist ein Notfall! Unser Patient ist bewusstlos, und wir haben Grund zu der Annahme, dass er einen Fremdkörper verschluckt hat. Ich bin ... äh ... seine Hausärztin.«

»Ein Röntgenbild, hm ...«, murmelte Dr. Schloch. »Das hatte ich schon lange nicht mehr. Mal sehen, ob die alte Maschine überhaupt noch funktioniert«, sagte er und hob die Ecke des Duschvorhangs hoch, in den Loureiro eingewickelt war. Dass der Patient bewusstlos und nackt war, schien den Doktor überhaupt nicht zu beeindrucken.

»Was hat er denn verschluckt?«

»Eine Münze«, sagte Franziska. »Einen Euro.«

Dr. Schloch begann, sein vorsintflutliches Röntgengerät anzuheizen, und dozierte dabei:

»Im Falle einer Ingestion bieten die neuen Euromünzen gegenüber den meisten alten europäischen Währungen Vorteile. Sie korrodieren nur wenig und können somit problemlos einige Tage im Säuremilieu des Magens verweilen, ohne beim Patienten akute Symptome hervorzurufen. Und im Gegensatz zum amerikanischen 50-Cent-Stück bleiben sie an den Kanten stumpf.«

Franziska, Jesús, Yrjö, Euphoria und Aristides standen im Halbkreis vor dem antiken, beigefarbenen Röntgengerät, von dem in großen Fladen der Lack abblätterte. Loureiro lag auf dem Sofa und machte immer noch keinen Mucks. Die Röntgenkanone gab einen Knall von sich und begann dann zu piepsen wie ein Raumschiff in einem B-Movie aus den sechziger Jahren des letzten Jahrhunderts.

»Münzen mit einem Durchmesser von weniger als 20 Millimetern passieren im Allgemeinen bei allen Altersgruppen problemlos den Pylorus und den anschließenden Darmtrakt«, fuhr Dr. Schloch fort, holte eine unbelichtete Platte aus dem Schrank und bereitete den Röntgentisch für den Patienten vor. »Bei größeren Münzen muss aber mit Komplikationen gerechnet werden. Dies betrifft 5-, 20- und 50-Cent-Münzen sowie die 1- und 2-Euro-Stücke, deren Durchmesser zwischen 21 und 26 mm liegen. Selbst bei noch so geringer Korrosionstendenz ist bei diesen Münzen nicht unbedingt mit einer problemlosen Magen-Darm-Passage zu rechnen. So, alles ist bereit. Bitte sehr!«

Sie hievten Loureiro auf den Tisch und brachten ihn in

Position. Dr. Schloch band sich eine Bleischürze um und warnte:

»Bitte halten Sie sich die Hände vor die Genitalien. Die Damen dürfen wählen, ob sie die Mammarien oder die Ovarien schützen möchten.«

Und bevor jemand aus der Runde etwas sagen oder sonst wie reagieren konnte, drückte er ab. Das Gerät machte ein langgezogenes, kreischendes Geräusch, das bis zur Schmerzgrenze anschwoll und dann plötzlich verstummte.

Zwanzig Minuten später war das Bild entwickelt. Dr. Schloch hängte es vor die Leuchttafel und schaltete das Licht an. Seine Besucher drängten sich davor.

»Ganz klar, da ist sie!«, sagte Jesús.

Tatsächlich, die Münze war klar und deutlich in Loureiros Darm zu sehen, etwa auf halber Strecke.

»Beim Kleinkind«, meldete sich Dr. Schloch zu Wort, »ist die Größe der verschluckten Münze grundsätzlich entscheidend für die Indikation zur gastroskopischen Entfernung. Beim Erwachsenen ...«

»Danke, Herr Kollege«, sagte Franziska. Dann fuhr sie auf Englisch fort: »Was machen wir jetzt? Wann kommt das nächste Signal?«

»In etwa zwanzig Minuten«, sagte Yrjö.

»In meiner Studentenzeit«, verkündete Dr. Schloch mit einem reminiszierenden Schimmern in den Augen, »in meiner Studentenzeit hätten wir so was einfach operiert. Ohne Anästhesie.«

Einen Moment herrschte Stille.

»Gib mir tausend Euro«, sagte Yrjö dann unvermittelt zu Franziska.

»Wie bitte?«

»Gib mir tausend Euro und geh mit den anderen runter ins Auto«, sagte Yrjö mit fester Stimme. Franziska suchte bei Jesús Hilfe. Der aber hatte schon begriffen.

»Tu, was er sagt«, meinte auch er ernst. »Gib ihm das Geld.« Dann verließ er mit Euphoria und Aristides die Praxis. Franziska hatte immer noch nicht verstanden, was vor sich ging. Sie gab aber Yrjö die tausend Euro und ging.

»Herr Doktor«, begann Yrjö, als die beiden mit dem ohnmächtigen Fußballer allein waren. Sein Schuldeutsch war sehr hölzern, aber immerhin brachte er heraus, was er zu sagen hatte: »Hier sind tausend Euro. Wir brauchen die Münze. Schnell. Wir haben nur ... siebzehn Minuten Zeit. Verstehen Sie?«

Dr. Schloch verstand. Und er stellte auch keine überflüssigen Fragen. Auf seine alten Tage machte ihm eine kleine Abwechslung, eine belebende Herausforderung im geriatrischen Alltag sogar Spaß.

»Bitte helfen Sie mir«, sagte der Arzt. Yrjö und er schleppten Loureiro ins Badezimmer und legten ihn in die Wanne.

»Sie gehen am besten nach draußen«, sagte Dr. Schloch zu Yrjö und beugte sich über Loureiro.

Yrjö setzte sich ins Wartezimmer und blätterte in alten portugiesischen Klatschzeitschriften, während sich Dr. Schloch im Badezimmer mit dem wehrlosen Loureiro beschäftigte.

Exakt siebzehn Minuten später händigte er Yrjö einen frisch geputzten, spiegelblanken, noch warmen luxemburgischen Euro aus. Yrjö sah auf seine Armbanduhr: Nur noch wenige Sekunden bis zum nächsten Signal ...

Er bedankte sich hastig, ließ den alten Allgemeinmediziner stehen und stürzte mit der Münze in der Faust die Treppe hinunter zum Auto, wo Franziska schon mit einem Stück Stanniol in der Hand wartete. Nur wenige Schritte vom Auto entfernt fiel die Münze Yrjö aus der Hand und rollte über den Gehsteig, wobei sie sich bedrohlich einem Gully näherte. Mit einem für seine Körperfülle gewagten Sprung hechtete Yrjö zum Gully und schnappte sich die Münze in letzter Sekunde, gerade bevor sie in dem gusseisernen Gitter verschwunden wäre. Im Auto stießen vier Kehlen gleichzeitig einen Seufzer der Erleichterung aus.

»Schnell!«, rief Franziska, aber sie schafften es nicht mehr, die Münze einzuwickeln, bevor ihr GPS-Gerät piepste. Und nicht nur ihres.

Liliane Schmitt, Hauptkommissar Leclerq und Manzone waren mitgenommen und frustriert. Erfolgreich war ihr Tag wirklich nicht gewesen, erst die Schlappe mit dem Heißluftballon, und dann hatten sie sich am Estadio da Luz um ein paar Minuten verspätet und nichts gefunden außer einem leeren Stadion, das im Dunkel lag, und einem zurückgelassenen Kleiderbündel. Jetzt fuhren sie durch ein Wohngebiet im Norden der Stadt. Xenakis saß am Steuer und folgte Leclerqs Instruktionen.

»Hier muss es sein«, sagte dieser. »In diesem Haus.«

An dem großen Einfamilienhaus hing ein Emailleschild mit der Aufschrift *Dr. A. R. Schloch, médico da clínica geral*. Liliane fing an zu kichern, aber ihre Kollegen schenkten ihr keine Beachtung, sondern zogen ihre Dienstwaffen.

Die Haustür stand offen und Licht schien aus dem Korridor auf den Rasen.

Das Sonderkommando betrat das Haus. Was sie fanden, ließ ihnen das Herz stehenbleiben, schnürte ihnen die Kehle zu, drehte ihnen den Magen um. Es war, laut Leclerq, die ekelhafteste Schweinerei, die er während seiner ganzen Laufbahn als Polizist je gesehen hatte. Das Badezimmer der Arztpraxis war von oben bis unten vollgespritzt, alles war über und über bekleckert und besudelt. Der Gestank war unerträglich.

Der alte Arzt versuchte zunächst, ihnen das weitere Vordringen zu erschweren, indem er sich in den Weg stellte, aber er war so gebrechlich, dass ihn die SoKo-Beamten einfach zur Seite schoben und die Tür zum Bad öffneten: In der Wanne stöhnte ein nackter, über und über verschmierter junger Mann, dessen Leben offensichtlich nur noch an einem sehr dünnen Faden hing. In der Armbeuge des Opfers fanden die Mitglieder der Sonderkommission *Großherzog Henri II* eine leere Spritze.

»Was haben Sie ihm gegeben?«, brüllte Leclerq und packte den verhutzelten Arzt am Kragen seines ehemals weißen, jetzt besprizten Kittels, »was zum Teufel haben Sie ihm gegeben?«

»Ein *laxante*«, sagte Dr. Schloch. »Nichts Schlimmes, nur ein hochwirksames Abführmittel.«

Aus dem armseligen Opfer war nichts herauszubekommen, also verhörten sie den alten Doktor und erfuhren, dass eine österreichische Kollegin und ihre Begleiter die Münze vor wenigen Minuten mitgenommen hätten.

Leclerq konsultierte per Laptop die Datenbank von Europol. Er pfiff durch die Zähne.

»Sieh mal an!«, sagte er. »Doktor Schloch hat eine sehr interessante Akte bei uns!«

Xenakis, Manzone und Liliane Schmitt beugten sich über seine Schulter und blickten auf den Bildschirm. Xenakis begann zu zittern.

»Die Nazis sind auch dabei?«, stieß er tonlos hervor. »Das darf doch nicht wahr sein!«

»*Eurocrime*«, sagte Leclerq selbstgefällig. »Das habe ich doch von Anfang an gesagt. Natürlich sind die Nazis auch mit dabei. Das hätten wir uns doch denken können!«

»Die haben meine Tochter!«, sagte Xenakis kreidebleich.

»Jetzt ist es Zeit für die Kavallerie«, sagte Xenakis entschlossen. Liliane Schmitt, Hauptkommissar Leclerq und Direktor Manzone nickten.

43
52°05′46″ N / 04°18′29″ O
EUROPOL, Raamweg, Den Haag, Niederlande

10. Februar, 14.40 h MEZ

Im Raamweg siebenundvierzig herrschte geschäftiges Treiben: Faxe kreischten, Telefone klingelten, Tastaturen wurden bearbeitet, Mäuse geklickt, E-Mails verschickt. Hauptkommissar Leclerq hatte drei zusätzliche Räume akquiriert, um die zwölf Sachbearbeiter unterzubringen, die ihm jetzt unterstanden.

Nach den Ereignissen in Griechenland und Portugal hatte die Sonderkommission *Großherzog Henri II* ihre Geheimhaltung aufgegeben und die vorgesetzten Stellen informiert. Da die Tochter von Direktor Xenakis verschwunden war und Grund zu der Annahme bestand, dass sie sich in den Händen der geheimnisvollen Organisation befand, der sie auf der Spur waren, hatte man Xenakis für befangen erklärt und Leclerq zum Chef der Sonderkommission *Großherzog Henri II* ernannt. Xenakis war bis auf weiteres vom Dienst suspendiert, aber Leclerq hatte ihm versprochen, ihn auf dem Laufenden zu halten und ihn sofort wissen zu lassen, falls es Neuigkeiten über Euphoria gebe.

Die neuesten Entwicklungen im Fall *Eurocrime* hatten auch dafür gesorgt, dass die SoKo jetzt mit allem, was sie brauchte, ausgestattet war. Sämtliche Instanzen waren alarmiert. Sobald die Münze wieder auftauchen würde, würde sich die Exekutive der Europäischen Union mit allem, was sie hatte, darauf stürzen. Und das war nicht wenig: Auf einen Wink von Leclerq waren Helikopter bereit zu starten, SWAT-Teams warteten in ihren Bereitschaftsräumen auf einen möglichen Einsatz, elektronische Schnüffeleinheiten saßen ungeduldig vor ihren Bildschirmen, Scharfschützen justierten ihre Zielfernrohre – aber es nützte alles nichts. Das Signal der Münze war seit sechs Tagen wie vom Erdboden verschluckt. Seit der ekelhaften Szene bei dem alten Naziarzt in Lissabon war die Sonderkommission zwar in hektische Aktivität verfallen, jedoch keinen Millimeter weitergekommen.

Leclerq hielt gerade sein tägliches Briefing. In seinem Büro stand eine riesige Plexiglastafel, auf die er mit Wachsstiften ein großes, kompliziertes Diagramm gezeichnet hatte. In der Mitte war das Euro-Zeichen, darum herum sämtliche kriminellen, fanatischen, terroristischen oder anderweitigen im Untergrund tätigen Organisationen

Europas, die er in den Archiven gefunden hatte. Menschenhändler aus den osteuropäischen EU-Mitgliedstaaten, belgische Pädophilenringe, skandinavische Alkoholschmuggler, Plutoniumdealer aus den baltischen Ländern, Neonazis aus Deutschland, Autoschieber aus Polen, baskische Separatisten, italienische Kreditkartenfälscher, Geldwäscher, Schlepper, Hehler, Waffenhändler – alles, was irgendwie in Leclerqs Theorie über das kriminelle Konsortium Eurocrime passte, war in akribisch kleinen Blockbuchstaben auf die Tafel gekritzelt.

Dennoch war das Briefing mager, genauer gesagt komplett ergebnislos. Die letzte Neuigkeit im Fall war schon mehrere Tage alt: Der Sohn des Besitzers des Fischrestaurants in Saloniki war ebenfalls verschwunden. Sein Vater hatte ihn als vermisst gemeldet. Seither hatte er nichts mehr von seinem Sohn gehört, wie auch Xenakis nichts mehr von seiner Tochter gehört hatte. Keine Lösegeldforderung, keine anonymen Anrufe, keine Erpresserschreiben. Nichts.

44
48°13′08″ N / 16°23′27″ O
Am Praterstern, Wien, Österreich

11. Februar, 15.58 h MEZ

»Das war's dann wohl für heute«, sagte der Gynäkologe, als er die letzte Patientin untersucht, diagnostiziert, mit einem Rezept beglückt und nach Hause geschickt hatte. Er zog sich den weißen Kittel aus und hängte ihn an die Garderobe. Die Sprechstundenhilfe war schon gegangen. Mit einem Lächeln ließ er sich auf seinen Bürostuhl sinken, öffnete eine Schublade seines mächtigen weißen Schreibtisches und förderte eine Flasche fünfmal destilliertes Obstwasser zu Tage. Er saß gerne nach Arbeitsschluss noch ein Weilchen in seiner Praxis und sinnierte.

Ob er nächstes Jahr wieder auf die Malediven fahren sollte? Aber was sollte er mit der Praxis tun? Sein langjähriger Freund und Kollege konnte leider keine Urlaubsvertretung mehr machen, er war der Alzheimer-Krankheit zum Opfer gefallen..

Milenka, die slowenische Putzfrau kam herein.

»Hallo Milenka! Wie geht's?«, fragte der Arzt und genehmigte sich einen Obstbrand.

»Ach, ist immer gleich, Herr Doktor. Oder gut, oder nix gut, egal ist!«, sagte Milenka freudig, legte ab und holte sich ihr Arbeitsgerät aus der Besenkammer.

Der Gynäkologe sah ihr ein paar Minuten zu, wie sie einem Wirbelsturm gleich die Praxis in Ordnung brachte, scheuerte, wischte und abstaubte. Er war wirklich froh, so eine gute Putzfrau gefunden zu haben.

»Milenka, du bist ein Schatz!«, sagte er, steckte ihr einen Zehner zu und verließ seine Praxis, bevor Milenka ihn auch noch abstauben würde.

Die Slowenin putzte nicht nur gut, sondern auch gern. Und heute hatte sie sich vorgenommen, besonders gründlich zu sein. Als der Arzt gegangen war, rollte sie die Teppiche zusammen, um sie später im Hof anständig durchzuklopfen. Das letzte Mal war bestimmt schon ein Jahr her.

Unter der Perserbrücke im Büro fand sie einen alten Laborbericht. Sie warf einen kurzen Blick darauf, brachte ihn zum Aktenschrank und ließ ihn in die richtige Mappe gleiten: Unzengraber.

»Manche Leute haben Namen!«, dachte Milenka und hievte keuchend die Teppiche hinaus in den Flur.

45
40°25'47" N / 03°40'41" W
Calle de José Ortega y Gasset, Madrid, Spanien

12. Februar, 09.12 h MEZ

Eigentlich wollte Dulce ihren jungen Herrn heute ja ausschlafen lassen, er hatte wieder eine anstrengende Nacht gehabt, aber die Herren, die draußen im Korridor standen und energisch an die Tür pochten, ließen keinen Zweifel daran, dass sie Juan jetzt *sofort* sprechen wollten.

Dulce ließ die Herren herein. Einer davon wedelte ihr mit einem offiziellen Telefax der *Agencia Tributaria* vor der Nase herum. Akten wollten die Herren sehen, genauer gesagt die gesamten Unterlagen über Juans Immobiliengeschäfte der vergangenen Jahre und darüber, wie viel Steuer er denn in letzter Zeit bezahlt habe.

Die Herren drängten sich an der Haushälterin vorbei ins noch im Vorhangdunkel liegende Schlafzimmer der exklusiven Penthousewohnung. Dass Juan nicht allein in seinem schwarzen Seidenbett lag, störte sie nicht im Geringsten.

»Buenos días!«, sagte ein junger, sportlicher Beamter in Designerjeans und Krokodillederschuhen. Er öffnete die

Vorhänge. Als das Zimmer von Licht überflutet wurde und Juan und seine neueste Eroberung sich im Bett die Augen rieben, sah sich der Beamte um. Als Erstes entdeckte er die Vinylsammlung.

»Die sind einiges wert«, sagte er, zog ein paar der Platten heraus, begutachtete mit Kennermiene die Cover und steckte sie wieder zurück.

»Señor«, verkündete er mit dienstlicher Stimme, »ich muss Sie bitten, sich anzuziehen und mit mir aufs Präsidium zu kommen. Sie sind wegen des dringenden Verdachts auf schwere Steuerhinterziehung vorläufig festgenommen. Bitte packen Sie das Notwendigste zusammen, die Untersuchungshaft kann unter Umständen länger dauern. Der Inhalt dieser Wohnung ist hiermit beschlagnahmt, auch die Plattensammlung. Die Wohnung wird amtlich versiegelt.«

»Aber ...« protestiere Juan schwach, »die Platten gehören doch gar nicht mir.«

»Natürlich nicht«, sagte der Beamte mit einem zuckersüßen Lächeln auf den Mundwinkeln. »Anziehen!«

Während die Kollegen des jungen Beamten eifrig Schubladen durchwühlten, den begehbaren Kleiderschrank leer räumten und sämtliche Papiere, die sie finden konnten, in mitgebrachte schwarze Plastiksäcke stopften, zogen sich Juan und sein gestriger One-Night-Stand schweigend wie begossene Pudel an. Der gutaussehende Kriminalbeamte sah ihnen amüsiert dabei zu.

46
49°36′40″ N / 06°08′00″ O
Restaurant Am Tiirmschen, Rue de l'Eau,
Luxemburg

12 Februar, 14.01 MEZ

»Na, Karl, zeigen Sie mal her!«, sagte van de Sluis. Karl Schwartz öffnete den Mund und zeigte seinem Chef die zwei Kronen, die er seit Anfang der Woche im Mund trug. Die Gehirnerschütterung war inzwischen einigermaßen ausgeheilt.

»Sieht doch hervorragend aus!«, sagte van de Sluis. »Besser als Ihre eigenen!«

Die beiden Männer bestellten *Panéiert Schwengsféiss* und *Brennesselszopp* und dazu *Mousel*-Bier.

»Und, Karl, was haben Sie für mich?«, fragte van de Sluis und bedachte Schwartz mit einem fordernden Blick. Schwartz zog die Schultern hoch.

»Nichts, befürchte ich. Die drei haben unsere Kreditkarten nur noch ein einziges Mal benutzt, in Saloniki. Sie haben abgehoben, so viel sie konnten. Die Karten haben sie vermutlich weggeworfen. Die Mobiltelefone sind nicht lokalisierbar.«

»Haben Sie die Privatadressen im Auge?«, fragte van de Sluis.

»Selbstverständlich«, sagte Schwartz. »Aber keiner von den dreien ist bei sich zu Hause aufgetaucht, das war ja auch nicht zu erwarten.«

»Mit anderen Worten, wir haben keinen blassen Schimmer, wo sich unsere Helden befinden«, sagte van de Sluis. »Und die Münze ist auch verschwunden.«

»So sieht's aus«, sagte Karl Schwartz und leerte sein Mousel. »Und die Polizei bereitet sich auf einen mittleren Bürgerkrieg vor.«

»Wir haben ein ernstes Problem ...«, sagte van de Sluis, aber er kam nicht weiter, denn die Brennnesselsuppe kam. Eine Weile löffelten die beiden Männer schweigend. Das Kaminfeuer knisterte heimelig, im Hintergrund sülzten ganz leise luxemburgische Schlager vor sich hin.

»Übrigens«, sagte van de Sluis und schlürfte die grüne Suppe. »Ich brauche die Kopie.«

Schwartz sah ihn verständnislos an.

»Karl, die Kopie!«

Schwartz heuchelte immer noch Unverständnis. Van de Sluis legte seine Hand auf Schwartz' Knie, kam ganz nahe und sagte:

»Karl, mein Freund! Sie haben doch nicht wirklich geglaubt, dass ich Ihnen blind vertraue. Halten Sie mich für naiv? Schließlich sind Sie Ex-Berufssoldat und -Geheimagent. Geben Sie mir die Kopie!«, van de Sluis' Gesichtszüge verschärften sich.

Schwartz erstarrte. Er wollte etwas sagen, konnte aber nur den Mund aufklappen. Er begann, sich auf dem Stuhl hin und her zu winden. Als er wieder bei Atem war, blieb ihm nichts anderes übrig, als van de Sluis die Wahrheit zu erzählen, nämlich dass er die Festplatte mit der Sicherheitskopie in Thessaloniki bei seinem unrühmlichen Abgang aus dem Fischrestaurant verloren hatte.

Van de Sluis schien sich mit Elektrizität aufzuladen, während er zuhörte. Sein anthrazitfarbener Anzug begann zu knistern, seine übergroße, in Schweizer Handarbeit hergestellte Armbanduhr tickte nervöser und sein kurzes, metallicgraues Haar stand noch aufrechter als sonst.

»Was?«, fragte er dann, ganz leise.

»Die Kopie ist weg«, wiederholte Schwartz und fügte hastig hinzu: »Aber das ist ja nicht so schlimm. Wenn jemand die Festplatte findet und die Videos ansieht, weiß er doch gar nicht, was das Material bedeutet. Ich meine, niemand wird verstehen, was er da sieht, und uns kann nichts passieren.«

»Es sei denn ...«, grübelte van de Sluis. Die stämmige lëtzebuergesche Kellnerin brachte noch zwei *Mousel* und das Hauptgericht.

»Guten Appetit«, sagte Schwartz.

»Es sei denn ...«, sagte van de Sluis noch einmal.

»Es sei denn, was?«, fragte Schwartz. Plötzlich hatte er keinen Hunger mehr.

»Es sei denn, unsere drei Idioten haben das Material. Die wissen sehr wohl, was sie sehen. Und die können uns ganz böse Schwierigkeiten machen. Wir können in Teufels Küche kommen ...«

Schwartz war nicht umsonst der Mann fürs Grobe. Ihm war nicht ganz klar, warum sie in Teufels Küche geraten konnten. Van de Sluis musste es ihm erklären:

»Die Polizei schwelgt in Fantasien über eine internationale kriminelle Verschwörung. Sie haben selbst gesagt, dass Europol gehörig aufgerüstet hat. Wenn unsere drei Superreporter kapieren, in was für einem Schlamassel sie stecken, gehen sie vielleicht zur Polizei. Und die Polizei will natürlich einen Schuldigen haben. Kapiert?«

Schwartz nickte. Dann schüttelte er den Kopf. Van de Sluis seufzte.

»*Wir* sind dann die Schuldigen! Vor allem Sie, Karl«, sagte er.

»Wieso vor allem ich?« Karl Schwartz runzelte seine Glatze. Van de Sluis lachte:

»*Sie* sind bei Europol eingebrochen. *Sie* sind in Thessaloniki mit diesem Fußballer davongefahren. *Sie* haben die Beamten der Sonderkommission in ihren Autos eingesperrt. Soll ich noch mehr aufzählen?«

Schwartz versank in Grübeln. Der Kamin knisterte, van de Sluis widmete sich mit Genuss seiner Mahlzeit, und Schwartz marterte verzweifelt sein Gehirn, ohne jedoch irgendwelche brauchbaren Gedanken zustande zu bringen.

»Was soll ich tun?«, fragte er nach einer langen Pause. Seine *Schwengsféiss* waren inzwischen kalt.

»Sie haben zwei Möglichkeiten, Karl«, sagte van de Sluis, »entweder Sie finden das Material und vernichten es ...«

»Oder?«

»Oder Sie finden unsere drei Versuchskaninchen und sorgen dafür, dass es niemanden mehr gibt, der mit dem Material etwas anfangen kann.«

»Was meinen Sie damit?«, fragte Schwartz.

»Muss ich Ihnen ein Diagramm auf eine Serviette zeichnen, Karl?«, zischte van de Sluis boshaft. »Sobald das Signal wieder auftaucht, setzen Sie sich schnurstracks in Bewegung und lassen entweder das Material verschwinden oder die Personen, die es haben.«

Diesmal war Karl Schwartz mit dem Teller vorsichtig gewesen, diesmal hatte er sich die Finger nicht verbrannt.

Dafür schnitt er sich jetzt mit dem abgeplatzten Rand seines Bierglases in die Oberlippe.

»Verflucht!«, zischte er.

47

50°50'24" N / 04°22'00" O
Botschaft des Königreichs Schweden, Rue du Luxembourg, Brüssel, Belgien

12. Februar, 23.07 h MEZ

Es war zwar sehr nett gewesen vom schwedischen Botschafter, ihn und Kalomoira wieder einzuladen, aber aus verständlichen Gründen konnte Yeoryios Xenakis den Empfang nicht richtig genießen. Nicht einmal der ökologische Kaviar und das lesbische Streichquartett, die der Botschafter extra aus Stockholm hatte einfliegen lassen, konnten ihn aufheitern.

Seit seine Tochter verschwunden war, plagten Xenakis schwere Schuldgefühle. Er blickte mit glasigen Augen vor sich hin und bekam nur am Rande mit, was im Schweden-Haus, in dem die Botschaft ihre Räume hatte, vor sich ging.

Die internationale Fahndung war bislang völlig ergebnislos geblieben. Leclerq machte sich mit seiner Sonderkommission wichtig, und er, Xenakis, durfte nur zusehen. Und dafür musste er auch noch dankbar sein.

Warum hatte er das Verhältnis zu seinem Ein und Alles so verkommen lassen? Warum hatte er seine Tochter nur so vernachlässigt? Aber jetzt war es zu spät, und sich Vorwürfe zu machen, hatte keinen Sinn. Seit vielen Tagen wartete Xenakis auf ein Signal, auf Bewegung, auf irgendetwas, was diese lähmende, nervenaufreibende Untätigkeit beenden oder zumindest unterbrechen würde. Doch kein Lebenszeichen von Euphoria. Und das Schlimmste war, er konnte seine Hilflosigkeit mit niemandem teilen, die Sonderkommission hatte ihm einen Maulkorb verpasst und eine vollständige Nachrichtensperre über den Fall und über Euphorias Verschwinden verhängt.

Eines schwor er sich, so wahr in seinen Adern griechisches Blut floss: Er würde die Schweine kriegen. Und er würde sich rächen. Ganz egal, ob seiner Tochter auch nur ein Haar gekrümmt wurde oder nicht – er würde den oder die Entführer töten.

Wenigstens konnte seine Frau sich einigermaßen entspannen. Natürlich war auch sie in tiefer Sorge um Euphoria, aber ein bisschen Alkohol und ein paar Runden auf dem Parkett der Botschafterresidenz brachten sie zumindest vorübergehend auf andere Gedanken.

Xenakis fühlte sich elend, zerschlagen und deprimiert. Er bat den schwedischen Botschafter um Verständnis und ließ sich schon um kurz nach elf ein Taxi bestellen. Kalomoira wollte noch bleiben, und der Botschafter versprach, eigens seinen Chauffeur abzustellen, um Xenakis' Gattin später sicher und bequem nach Hause zu fahren, auf Kosten der schwedischen Steuerzahler.

Es war gespenstisch still in der Wohnung, als er nach Hause kam. Xenakis zog die Schuhe aus und glitt auf Socken über den knarrenden Parkettboden. Es zog ihn in Euphorias Zimmer. Er setzte sich an ihr Bett und streichelte das Kissen. Tränen glänzten in seinen Augenwinkeln.

»Vergib mir, mein Engel, vergib mir!«, sagte er leise.

Dann erhob er sich, ging in die Küche und öffnete eine Flasche Malamatina. Er trank in rascher Folge mehrere Gläser, legte sich ins Bett und grübelte hin und her.

Wenn sie wirklich gegen die Mafia, die Nazis, den 17. November, gegen das holländische Drogenkartell, gegen die IRA und wer weiß was noch kämpften, dann war das Beste, was er tun konnte, stillzuhalten und die Gegenseite nicht zu provozieren. Bestimmt hatte die geheimnisvolle multinationale Organisation, der sie auf der Spur waren, Euphoria aus einem bestimmten Grund entführt. Bestimmt hielt man sie irgendwo gefangen, um sie später als Pfand für einen Austausch zu benutzen. Man würde sie gut behandeln ...

Trotzdem konnte Xenakis seine Ängste nicht abstellen. Auch als er endlich einschlief, brachte ihm das keine Entspannung; sein Schlaf war flach, verschwitzt und mit bösen Visionen durchsetzt: Er sah seine Tochter, die auf jede erdenkliche Weise von maskierten, sadistischen Schergen gefoltert wurde:

»Neeein!«, hörte er Euphoria stöhnen. Ihre Stimme klang schwach.

Es dauerte Stunden, bis er endlich eine gnädige Tiefschlafphase fand. Seine Frau kam erst um vier Uhr morgens nach Hause. Sie war ziemlich beschwipst und trällerte einen Song von *Abba*.

48

14°41'20" N / 61°04'57" W
Jardin de Balata, Martinique,
Frankreich (Territoire d'Outre-Mer)

12. Februar, 18.07 h Atlantic Standard Time

»Jaaaaa!«, stöhnte Euphoria. Das heißt, genau genommen stöhnte sie »Neeee!«, weil sie es ja in ihrer Muttersprache Griechisch tat. Und weil es schon das dritte Mal war, klang ihre Stimme ein wenig schwach. Ihr schwarzes Haar löste sich endgültig auf und floss glänzend über Aristides Brust, die sich rasch hob und senkte. Eine Weile atmeten die beiden noch schwer, dann war alles still. Nur das Summen der Insekten war zu hören und das Plätschern des idyllischen Teichs, an dessen Ufer sie sich niedergelassen hatten. Handtellergroße, in allen Farben schillernde Schmetterlinge taumelten durch die warme, feuchte Luft, Orchideen sammelten die Feuchtigkeit in ihren Blütenkelchen, sämtliche vier auf der Insel anzutreffenden Kolibriarten schwirrten emsig von Nektar zu Nektar. Im Kreolisch der Einheimischen hieß Martinique nicht umsonst *Madinina*, die Insel der Blumen. Helikonien, purpurfarbener Ingwer, Flamingoblumen, Alpinia, Papageienschnabel – das junge Paar war von einer Explosion tropischer Üppigkeit umgeben.

Euphoria und Aristides brachten ihre spärlichen Kleidungsstücke in Ordnung und verließen den Jardin de Balata. Sie hatten noch Zeit und beschlossen, einen Spaziergang am Strand zu machen. Mit den Sandalen in der

Hand gingen sie schweigend am Atlantischen Ozean entlang über den feinen, schneeweißen Sand. Ab und zu blickten sie einander an, aber weil es nichts zu sagen gab, sagten sie auch nichts. Azurblauer Himmel, stahlblaues Wasser, dazwischen hingetupft kleine weiße Wölkchen. Palmen, die sich im milden Wind leicht dem Meer zuneigten ... Euphoria hätte ja zu gerne der arroganten kleinen Polin in ihrer Parallelklasse ein paar Fotos geschickt.

Jesús hatte sich gleich am ersten Tag an der Rezeption die Broschüre über Abenteuerurlaub geben lassen und sofort damit begonnen, das reichhaltige Angebot abzuarbeiten: Seit sie hier waren, hatte er bereits: die Insel in einem Ultraleichtflieger überflogen, den höchsten Berg bestiegen, einen Tauchkurs gemacht und eine ausgedehnte Wildwasser-Kajaktour unternommen. Er hatte sich im Abenteuerpark wie Tarzan von Baum zu Baum geschwungen, er hatte sich über einen vierzig Meter hohen Wasserfall abgeseilt, und er hatte die *Gommiers* ausprobiert, die Kanus aus Kautschukbäumen, sowie die *Yoles rondes*, die Jollen, mit denen die Dörfler der französischen Antillen bei ihren traditionellen Regatten gegeneinander antraten.

Er hatte am Strand die Hahnenkämpfer kennen gelernt, die mit ihren Vögeln trainierten. Kilometerweit mussten die Hähne am Strand entlanglaufen, um in bester Kondition zu bleiben. Manche Besitzer hängten ihre Hähne zwischen zwei Palmen an einer Schnur auf, mit dem Kopf nach unten, so dass die Tiere, ob sie wollten oder nicht, Klimmzüge machen und ihre Beinmuskeln für den nächsten Kampf stärken mussten.

Jesús joggte jeden Tag in seiner grell schillernden Sporthose auf der Plage des Salines an der Südspitze der Antilleninsel. Er hatte sich örtliche Musik besorgt, um beim Laufen in die richtige Stimmung zu kommen, und aus den winzigen Knopflautsprechern in seinen Ohren klang seit Tagen *Wapa Sakitanou*, *Music of the French Caribbean*.

Sein Körper war gebräunt, gestählt und getrimmt, und er verbrachte die Nächte meist am Strand bei den Partys der Kitesurfer, die tagsüber draußen auf den Wellen ihre einsamen Runden drehten, sich nach Sonnenuntergang aber als sehr soziales und erfrischend verdorbenes Völkchen entpuppten.

Ein- oder zweimal dachte er sogar an Juan.

Yrjö hatte sich einen stattlich ausladenden Strohhut gekauft, den er ohne Unterlass trug, und hatte den Urlaub dazu genutzt, vergleichende Studien auf dem Gebiet der Äthylogie anzustellen. Italienischer Grappa, Guinness, Rotwein aus Bordeaux, Retsina, holländisches Bier – das Beste, was er bisher auf seiner abenteuerlichen Schatzsuche in die Kehle bekommen hatte, war ohne jeden Zweifel der Rum, den die Eingeborenen hier destillierten.

Das Schönste aber war, dass der Rum ihm half, die gottverdammten Blumen zu ertragen, die hier überall wuchsen. Ohne den süßen Schnaps wären seine allergischen Schleimhäute schon längst bis zum Platzen angeschwollen und vertrocknet.

In den etwa anderthalb Wochen, die sie jetzt auf der Insel waren, hatte er bereits dreimal das *Musée du Rhum* besucht, und bei der Verköstigung, die sich jedes Mal an den mehrsprachig geführten Rundgang anschloss, war er der eifrigste Schüler und der fleißigste Schmecker gewesen.

Er wusste jetzt, dass man den weißen, fruchtigen Rum am besten als Aperitif zu sich nahm. Nach dem Essen dann empfahl sich ein Glas vollmundiger *rhum vieux*. Die Mahlzeit konnte man, so der Fremdenführer des Museums, selbstverständlich auch weglassen. Nach den rohen Bränden ging die Touristengruppe dann zu den vielfältigen Mischgetränken über. Yrjö trank ein großes Glas *Planteur* und stellte fest, dass er ziemlich genau die zur Tageszeit passende Schlagseite hatte. Die Sonne begann, sich dem Horizont zu nähern, und in diesen Breitengraden waren die Abende zwar von psychedelischer Farbenpracht, aber auch sehr kurz. Es war Zeit, zurück ins Hotel zu schwanken.

Franziska saß am Schreibtisch ihrer hundertdreißig Quadratmeter großen Executive Suite und blickte auf das Meer hinaus. Die normalen Suiten im *Cap Est Lagoon Resort & Spa* hatten nur sechzig Quadratmeter, und Franziska hatte zuerst darauf bestanden, dass alle Mitglieder ihrer fünfköpfigen Gruppe dieselbe Unterkunft bekamen. Aber die anderen hatten sie dazu gedrängt, sich endlich einmal zu verwöhnen, und sie hatte schließlich tapfer lächelnd aufgegeben und einen eigenen Swimmingpool missbilligend in Kauf genommen.

Seit der Ankunft auf Martinique war Franziska die unangefochtene Chefin der Gruppe, die Alphawölfin, das Leittier. Niemand, da waren sich die anderen einig, niemand außer Franziska wäre auf die geniale Idee gekommen, die

Münze nach Martinique zu bringen, in eine tropische französische Kolonie, wo der Euro das offizielle Zahlungsmittel ist und die durchschnittliche Temperatur rund um die Uhr und das ganze Jahr hindurch fünfundzwanzig Grad Celsius beträgt. Franziska war den Franzosen in diesem Moment dankbar, dass sie seit Jahrhunderten konsequent alle Unabhängigkeitsbestrebungen dieser paradiesischen Karibikinsel unterdrückt hatten.

Und ein bisschen stolz war sie insgeheim auch, das musste sie zugeben. Dieser van de Sluis hatte doch selbst gesagt, dass die Reise etwas länger dauern könnte, und er hatte auch ausdrücklich dazu ermuntert, der Münze, falls nötig, einen Schubs zu geben. Also hatten sie der Münze einen Schubs gegeben. Über den Atlantik in ein Ferienparadies, wo sie niemand finden konnte. Und zum ersten Mal seit Beginn der Odyssee waren alle ausgeschlafen, gut gelaunt und wohl genährt.

Die ersten Tage hatte Franziska hauptsächlich damit verbracht, sich zu entspannen und sich verwöhnen zu lassen. Die verschiedenen Massagen, balneologischen Behandlungen und tropischen Fruchtmasken, die der Badebereich des Bungalowhotels anbot, hatten ihr deutlich gutgetan. Ihre Gesichtszüge waren beruhigt, ihre Haut gestrafft, ihre Gehirnzellen erfrischt. Jesús machte ihr täglich Komplimente. Und ihren beklemmenden Traum hatte sie hier noch nicht wieder gehabt.

Sie hatte das bescheidene Geburtshaus von Joséphine de Beauharnais besucht, der Tochter eines verarmten Zuckerrohrplantagenbesitzers, die nach einigen Wirren Napoleon Bonapartes Frau und Kaiserin von Frankreich geworden war. Das und ein langer Ausritt auf einem weißen

Wallach hatten Franziskas weibliches Lebensgefühl gestärkt, und sie spürte, wie sich der Krampf in ihrer Brust entspannte und ihr Atem freier floss.

Sie war berührt von der blühenden jungen Liebe zwischen Aristides und Euphoria. Dieses Glück so nah vor Augen zu sehen, von einer idyllischen Postkartenlandschaft umgeben, versetzte ihr zwar manchmal einen kleinen Stich ins Herz, aber sie gönnte den beiden das Wunder aus voller Seele.

Und sie hatte außerdem zu tun. Yrjö und Jesús hatten das technische Equipment in ihre Suite geschleppt und ihr ein kleines Studio eingerichtet. Sie hatte das gesammelte Material ihrer Reise editiert, sowohl ihr eigenes als auch das von Schwartz' Festplatte. Während die anderen ihren Urlaub genossen hatten, hatte sie sämtliche Videos gesichtet, Texte geschrieben und gesprochen, Moderationen gefilmt und dann alles geschnitten, gemischt und gemastert. Jetzt war sie fertig.

Franziska schminkte sich sorgfältig, zog sich eine leichte Bluse über den Bikini und ging zum Strand.

In einem Fünfsternehotel wie dem *Cap Est* war es das Personal gewohnt, dass Gäste Sonderwünsche hatten, und die junge Österreicherin, die mit ihrer kleinen internationalen Gruppe seit einiger Zeit hier logierte, bezahlte immer in bar und gab jedes Mal ein gutes Trinkgeld. Also hatten die Kellner des Hotelrestaurants *Le Bélem* auf ihr Geheiß, ohne zu murren, am Strand unter einer Palme einen Tisch für fünf Personen gedeckt. Rund herum hatten sie Fackeln in den Sand gesteckt.

Franziska, Euphoria, Jesús, Yrjö und Aristides saßen auf weiß lackierten Stühlen im Sand und verdauten zufrieden ein ausgedehntes kreolisches Abendessen. Zum Nachtisch gab es frische Ananas mit *Mousse au Chocolat*, aber Yrjö war der Einzige, der dafür noch Platz im Magen hatte.

Franziska hatte drei Flaschen *Taittinger* kalt stellen lassen. Sie wartete, bis der Kellner allen eingeschenkt hatte. Dann erhob sie sich und ihr Glas:

»Liebe Freunde!«, begann sie. Die anderen vier rückten sich erwartungsvoll auf ihren Stühlen zurecht.

»Wir sind jetzt seit etwa sechs Wochen unterwegs. Die ersten vier, fünf Wochen haben wir eine Illusion verfolgt. Wir sollten benutzt werden, man wollte uns lächerlich machen, uns ausbeuten und zum Gespött von ganz Europa machen. Wir waren vom Geld geblendet, für fünfzigtausend Euro waren wir bereit, kritiklos einen Auftrag anzunehmen, der uns für immer zu Idioten gemacht hätte, falls wir ihn wirklich ausgeführt hätten. Aber...«, Franziska blickte mit einem warmen Lächeln auf Euphoria und Aristides, »... der Schutzengel der Fernsehschaffenden hat seine Hand über uns gehalten und uns Hilfe geschickt.«

Euphoria und Aristides drückten unter dem Tisch verschämt ihre Hände.

»Ohne euch«, fuhr Franziska fort, »ohne euch wären wir vermutlich immer noch dabei, unser eigenes Grab zu schaufeln. Vielen Dank für eure Hilfe!«

Yrjö und Jesús klatschten. Euphoria und Aristides wurden rot im Gesicht, was aber wegen ihrer tiefen Pigmentbräune niemand bemerkte.

»Wir sind in diesen Wochen zu einem Team zusammengewachsen. Obwohl wie sehr verschieden sind«, sagte Franziska mit einem Seitenblick auf Yrjö, »sind wir Partner geworden. Partner, die einander vertrauen und sich aufeinander ...«

»Mach schnell, sonst fange ich an zu heulen«, sagte Jesús und schenkte Champagner nach.

»Gut«, sagte Franziska. »Wie man bei uns in Österreich sagt: Das Glück ist ein Vogerl. Erst sollten wir die Opfer sein. Doch jetzt sind wir an der Reihe. Jetzt ist unsere Stunde gekommen. Jetzt wird der Spieß umgedreht! Liebe Freunde, das Material ist fertig. Es kann losgehen.«

Alle klatschten.

»Schade eigentlich. Noch zwei Wochen Ferien hätten mir ganz gutgetan«, meinte Yrjö und schob seinen Strohhut ins Genick. Jesús und das junge Pärchen waren derselben Ansicht.

»Es wird höchste Zeit, Urjo. Wir haben fast kein Geld mehr«, sagte Franziska.

»Yrjö«, sagte Yrjö.

Franziska stieß mit allen an und achtete darauf, dabei jedem in die Augen zu sehen. Dann sagte sie mit einem tiefgründigen Funkeln im Blick:

»Auf unsere Rache!«

Die anderen erwiderten den Trinkspruch und leerten ihre Gläser.

»Und auf das Fernsehen!«, sagte Franziska.

»Auf das Fernsehen!«, fielen die anderen mit ein.

Während sie die restlichen Flaschen leerten und der Atlantik dazu rauschte, besprachen sie die Einzelheiten. Sie brauchten eine geeignete Arena für den großen Showdown. Am besten wäre ein Ort, an dem viele Leute auf engem Raum zusammenkamen. Ein Ort, an dem man gut beobachten konnte, ohne selbst gesehen zu werden.

Jesús hatte da eine Idee ...

49
60°25'07" N / 25°05'55" O
Karhunkuja, Kerava, Finnland

13. Februar, 20.56 h OEZ

Die dickliche Meteorologin des staatlichen finnischen Fernsehens verkündete die für die Nacht und den nächsten Tag zu erwartenden Temperaturen: im Süden Finnlands um die dreißig, im Norden bis vierzig Grad Celsius. Minus.

»Gut, dass ich die Sauna angeheizt habe!«, sagte der Rechtsanwalt und tätschelte die Oberschenkel von Yrjös Ex-Frau. Sie saßen auf dem Wohnzimmersofa in dem Einfamilienhaus, das Yrjö seit Jahren abbezahlte und das er laut richterlichem Beschluss nicht mehr betreten durfte. Das heißt, betreten durfte er das Haus schon, aber nur wenn seine Ex, seine Tochter und sein Hund nicht da waren. Mindestens fünfzig Meter Abstand musste er zu jeder Zeit von seiner Familie halten, so das Urteil.

Der Rechtsanwalt erhob sich, um nach der Temperatur in der Sauna zu sehen. Lady, die goldene Retrieverin, lag unter dem Wohnzimmertisch und knurrte wie jedes Mal, wenn der Anwalt zu nah an ihr vorbeiging. Und Silja, Yrjös flachsblonde Tochter, freute sich wie jedes Mal, wenn der Hund den Anwalt anknurrte.

In diesem Moment gingen das Licht, der Fernseher, die Sauna, der Kühlschrank, die Gefriertruhe und alle anderen elektrischen Geräte im Haus aus. Die klirrende Kälte hatte ein Stromkabel in der Nähe auseinandergerissen.

»Keine Angst, Silja, das ist gleich vorbei!«, sagte Yrjös Ex-Frau, tastete sich in die Küche und zündete eine Kerze an. Sie rief nach dem Anwalt, bekam aber keine Antwort. Mit der Hand die Flamme schützend, ging sie in die Sauna. Sie rief erneut, aber aus der mit hellem Holz getäfelten Kammer war kein Laut zu hören. Als sie schon umkehren wollte, fand sie ihren neuen Mann zusammengekauert in einer Ecke und am ganzen Körper zitternd.

Drei Stunden später war es immer noch stockfinster im Haus, und die Sauna war kalt. Silja und Lady schliefen, Yrjös Ex-Frau saß im Dunkeln und trank Preiselbeerlikör. Zum ersten Mal seit ihrer Scheidung und Wiederverheiratung machte sie sich Gedanken darüber, ob sie nicht doch einen Fehler gemacht hatte. Gut, sie hatte das Sorgerecht, das Haus und das Auto, aber der Mann, der zitternd und von panischem Schrecken gelähmt in ihrem Schoß lag, war vielleicht doch ein hoher Preis dafür.

»Ich ... ich verspreche dir, ich gehe in Therapie!«, stotterte der Rechtsanwalt. »Ich kann doch nichts dafür. Ich habe diese Angst seit meiner Kindheit!«,

Yrjös Ex-Frau streichelte dem Anwalt tröstend über die Spiegelglatze. Dabei blickte sie sinnend in die Kerzenflamme vor ihr auf dem Couchtisch. Und dachte an Yrjö.

50
52°05′46″ N / 04°18′29″ O
EUROPOL, Raamweg, Den Haag, Niederlande

13. Februar, 23.00 h MEZ

Xenakis blieb auf der A 58 bei Antwerpen hinter einem Sondertransport für radioaktiven Sondermüll stecken und musste fast zwei Stunden im Schneckentempo den hektisch blinkenden orangefarbenen Lichtern hinterherkriechen. Obwohl Liliane Schmitt aus Frankfurt doppelt so viele Kilometer zurückzulegen hatte, kamen sie beide gleichzeitig im Raamweg in Den Haag an.

Im ersten Stock in Leclerqs Büro, seiner Einsatzzentrale, wie er es nannte, war es ruhig. Nur er selbst und Gennaro Manzone vom Falschgelddezernat waren da. Alle anderen Mitarbeiter hatte Leclerq nach Hause geschickt. Was er Xenakis, Liliane und Manzone zu zeigen hatte, war nicht für außenstehende Augen bestimmt.

»Gut, dass Sie da sind«, sagte Leclerq. Er war deutlich nervös und schnürte zwischen den Tischen auf und ab. Noch bevor Liliane und Xenakis die Mäntel ablegen konnten, drängte Leclerq ihnen Bürostühle auf und nötigte sie vor einen Computermonitor.

»Es hat eine Wende in unserem Fall gegeben«, sagte er. »Eine ... dramatische Wende. Sehen Sie sich das an. Das habe ich vor drei Stunden in einer E-Mail bekommen.« Und er klickte auf eine Datei auf dem Bildschirm.

Dieser wurde blau und war durch keine noch so ausgeklügelte Tastenkombination dazu zu bewegen, diese penetrante Farbe wieder zu ändern. Leclerq musste den Rechner aus- und wieder einschalten. Während das Betriebssystem mit langwierigem Rappeln lud, wuchs die Spannung.

»Direktor Xenakis, eigentlich dürften Sie ja gar nicht hier sein«, sagte Leclerq. »Aber diese Sache geht Sie persönlich an, und ich möchte Ihnen so viel kollegiale Solidarität erweisen ...«

Er versuchte es noch einmal, und diesmal geruhte die Software zu funktionieren. Ein Videofensterchen öffnete sich. Sie sahen eine junge, gutaussehende dunkelhaarige Frau, die in einer hauchdünnen Bluse vor einem offenen Fenster saß, im Hintergrund Palmen, Meer und strahlender Sonnenschein. Die junge Frau lächelte in die Kamera und sagte:

»Liebe Zuschauer! Seit dem ersten Januar dieses Jahres spielt sich in Europa in aller Stille eine gigantische Farce ab. Ehrwürdige Behörden wie zum Beispiel die Europäische Zentralbank, das Europäische Amt für Betrugsbekämpfung und Europol sind dabei, sich lächerlich zu machen und zudem Steuergelder in Millionenhöhe zu verschwenden ...«

Unterlegt waren die Bilder vom Eurotower der EZB, vom gläsernen OLAF-Gebäude in Brüssel, von der efeuüberwucherten Fassade des Gebäudes, in dem sie sich gerade befanden.

»Schuld daran ist dieser Mann«, sagte die hübsche Dunkle wieder im Halbbild. Dann erschien ein Standbild von Jean-Jacques van de Sluis, und es folgte eine Erklärung über die skrupellosen Machenschaften eines gewissen in Luxemburg ansässigen Fernsehsenders, insbesondere auf dem Reality-TV-Markt. Dazu sah man, wie van de Sluis in seinem Mahagonibüro hochkarätigen Managern aus der Werbebrache Verträge zur Unterzeichnung vorlegte.

»Und dieser Mann ist der Scherge, der die Befehle des Senders ausführt.« Man sah Karl Schwartz. »Er schreckt vor nichts zurück.« Man sah Carmelina, an ihr handgeschnitztes Bett gefesselt, mit einer dicken Salami im Mund, man sah die wilde, unübersichtliche Schlägerei im Restaurant Hamodrakas, man sah in rascher Folge geschnittene Schreckensbilder aus dem Darkroom des Argos.

Es folgte ein Stück der Besprechung, die Schwartz und van de Sluis im *Türmschen* gehalten hatten und aus der hervorging, dass Schwartz der geheimnisvolle Einbrecher im Asservatenkeller von Europol war.

Liliane Schmitt hatte Mühe, sich zu beherrschen. »Verhaften«, keuchte sie. »Alle beide sofort verhaften!«

Leclerq machte ein betrübtes Gesicht:

»Das habe ich schon versucht. Sofort, als diese Mail kam, habe ich die Kollegen in Luxemburg alarmiert, aber es war schon zu spät. Die Vögel sind ausgeflogen, alle beide.« Leclerq ließ das Video weiterlaufen:

»Die europäischen Behörden haben sich zusammengeschlossen und eine Sonderkommission mit dem klangvollen Namen *Großherzog Henri II* ins Leben gerufen. Hochqualifizierte Beamte haben einen internationalen Brainpool gegründet und geben ihr Bestes, um einen Fall aufzuklären, der gar nicht existiert«, sagte Franziskas gutgelaunte Stimme aus dem Lautsprecher. Die winzige Spur eines österreichischen Akzents in ihrer Stimme verhalf der Ironie des Textes zu vollendetem Ausdruck.

Man sah eine Sequenz aus Leclerqs Büro, das Erblühen der Verschwörungstheorie und eine heftige Diskussion darüber, welche Organisationen möglicherweise zu *Eurocrime* gehörten. Dann sahen Xenakis, Liliane und Leclerq nicht besonders schmeichelhafte Bilder von sich selbst in schwarzweiß gestreiften Fußballtrikots. Und zum Schluss der Sequenz mussten sie sich beschämt und kläglich in ihren Autos eingesperrt sehen.

»Die Geheimhaltung allerdings scheint bei der Sonderkommission nicht reibungslos zu funktionieren«, sagte Franziska schmunzelnd. Von der Seite trat jetzt Euphoria zu ihr ins Bild. Sie schüttelte ihr schwarzes Haar, winkte in die Kamera und sagte mit einem strahlenden Lächeln:

»Hallo Papa!«

Xenakis erstarrte. Einerseits war er unendlich erleichtert, seine Tochter wohlauf zu sehen, aber gleichzeitig wurde er von einer Welle der Scham überflutet. Manzone, Liliane und Leclerq sahen ihn strafend an, sagten aber nichts.

»Und der Grund für die ganze Aufregung ist diese kleine Münze«, sagte Franziska, wickelte den Euro aus dem Stanniolpapier und zeigte ihn im Close-up der Kamera.

Zum Schluss sah man Franziska an ihrem Schreibtisch sitzen, im Hintergrund standen im Halbkreis Yrjö, Jesús, Euphoria und Aristides, trugen verschiedene Bräunungsgrade zur Schau und winkten in die Kamera. Franziska hielt den Euro zwischen Daumen und Zeigefinger und sagte:

»Sehr verehrte Zuschauer, wir werden diese Reportage sämtlichen öffentlich-rechtlichen Sendern in Europa anbieten, ganz umsonst. Es sei denn natürlich, Sie von Europol, OLAF, der Zentralbank oder vom TV-Medienzentrum haben für dieses Video eine bessere Verwendung.

In diesem Fall sind wir bereit, mit Ihnen in Verhandlungen zu treten. Wir schlagen vor, dass wir uns so bald wie möglich treffen. Die genauen Koordinaten bekommen Sie ungefähr ... jetzt.«

Franziska verabschiedete sich mit ihrem gewinnendsten Lächeln. Das Fensterchen auf dem Computerbildschirm wurde schwarz. Die Zuschauer in Leclerqs Büro hielten den Atem an. Ein paar Sekunden lang geschah gar nichts.

Dann fing das GPS-Gerät auf Leclerqs Tisch an zu piepsen. Die Anwesenden erstarrten.

»Zufall«, sagte Leclerq. »Die Nachricht ist ja schon ein paar Stunden alt.«

»Und wo ist die Münze?«, fragte Xenakis.

»Halten Sie sich fest.« antwortete Leclerq. »Auf Martinique.«

51

14°36'14" N / 61°04'00" W
Präfektur von Martinique, Rue Victor Schoelcher,
Fort-de-France

14. Februar, 20.00 h AST

Leclerq war frustriert. Obwohl ihm so gut wie unbegrenzte Mittel zur Verfügung standen und obwohl alle europäischen Behörden ihre schnelle und unbürokratische Hilfe versprochen hatten, hatte die Sonderkommission den Linienflug Air France 652 von Paris Orly nach Fort-de-France nehmen müssen. Die Europäische Union, die zwei Drittel ihres Budgets für das Übersetzen von Dokumenten und das Dolmetschen von Reden ausgeben musste, konnte sich den Luxus eines Langstreckenflugzeuges für ihre Polizei nicht leisten. Die Franzosen hatten zwar Militärtransporter, die über den Atlantik flogen, aber die waren so langsam, dass der Linienflug mit einer Flugzeit von acht Stunden und fünfundzwanzig Minuten die schnellste Verbindung war.

Am Flughafen Le Lamontin nahm sie der Chef der Gendarmerie von Martinique in Empfang und brachte sie in seinem Dienst-Citroën zur Präfektur in die Rue Schoelcher. Auch Xenakis war dabei, er hatte so lange gebettelt, bis Leclerq endlich nachgegeben und aus der Kasse der Sonderkommission auch ein Ticket für den suspendierten OLAF-Direktor spendiert hatte.

Der Gendarmeriekommandant war sehr beeindruckt von seinem hohen Besuch. Normalerweise hatte er sich auf seiner paradiesischen Insel nur mit Diebstählen und Verkehrsunfällen herumzuschlagen. Er führte die SoKo-Mitglieder in ein geräumiges Büro, an dessen Interieur sich mit Ausnahme eines Computers seit den frühen Siebzigern nichts verändert hatte. Sie waren alle viel zu warm angezogen. Manzone sammelte die Mäntel ein und stapelte sie auf einem Stuhl. Der Kommandant breitete eine detaillierte Karte auf dem Tisch aus und begann sein Briefing:

»Das Signal kommt klar und deutlich aus Saint-Pierre, der ehemaligen Hauptstadt im Norden der Insel, aus diesem Gebäude, dem *Cachot de Cyparis*.« Sein wulstiger Zeigefinger wies auf ein schwarzes Rechteck auf dem Stadtplan von Saint-Pierre. »Wir haben genau nach ihren Anweisungen auf den umliegenden Gebäuden Scharfschützen mit Nachtsichtgeräten postiert. Eine Hundertschaft Polizei und zwei Hundestaffeln stehen in unmittelbarer Nähe des Gebäudes in Bereitschaft. Wir haben einen Helikopter, der jederzeit startbereit ist. Wir haben observiert, aber nicht eingegriffen. Wie soll es weitergehen?«

»Danke, Herr Kollege. Gute Arbeit«, sagte Leclerq. »Was ist das für ein Gebäude, dieses ... *Cachet de* ...?«

»*Cachot de Cyparis*«, sagte der Kommandant. »Das ehemalige Stadtgefängnis von Saint-Pierre. Es wird schon lange nicht mehr benutzt. Heute ist es eine Touristenattraktion. Ein Kellergewölbe, in dem regelmäßig Hahnenkämpfe stattfinden. Übrigens auch heute Abend.«

»Hahnenkämpfe?«, entrüstete sich Liliane Schmitt. »Ich denke, so was ist in der zivilisierten Welt schon lange verboten!«

Der Gendarmeriekommandant seufzte.

»Das ist ungefähr so, als würde man bei Ihnen in Deutschland das Biertrinken verbieten«, sagte er. »In Frankreich gibt es Gesetze dagegen, aber hier in den *Territoires d'Outre-Mer* ist es legal.«

Leclerq grübelte einen Augenblick, dann gab er sich einen dienstlichen Ruck und stand auf.

»Monsieur«, sagte er zu seinem Kollegen von der örtlichen Gendarmerie, »bringen Sie uns nach Saint-Pierre. Ohne Blaulicht und Sirene.«

Der Gendarmeriekommandant schlug die Hacken zusammen und geleitete seine ehrenwerten Gäste hinaus zum Auto.

Die Fahrt durch den sternenbeschienenen Antillenabend nach Saint-Pierre dauerte eine gute halbe Stunde. Unterwegs ließ sich Leclerq noch einmal genau die Positionen der Scharfschützen, der Hundestaffeln und des startbereiten Helikopters erklären.

Sie gingen die letzten fünfzig Meter zu Fuß. Leclerq schaute sich um. Er ließ seinen Blick über die Dächer und in die dunklen Gassen gleiten, entdeckte aber niemanden. Bewundernd sagte er zu seinem Kollegen von der Gendarmerie:

»Wirklich gute Arbeit. Man sieht nichts!«

Es war ein warmer Abend, die Luftfeuchtigkeit legte sich wie ein dampfender Schleier auf Saint-Pierre, gespenstische, lauwarme Nebelschwaden schwebten aus den Regenwäldern des Bergs herab, zogen langsam durch die Straßen des Städtchens und hinaus aufs Meer. Kondensierte tropische Feuchtigkeit glänzte auf dem Asphalt und auf den blühenden Ranken, die die Ruinen der alten Stadt überwucherten. Liliane Schmitt konnte nicht widerstehen, pflückte im Vorbeigehen eine große, violette, trichterförmige Blüte und steckte sie sich in den Ausschnitt.

Vor dem ehemaligen Stadtgefängnis gab es eine kurze Zwangspause, denn einige Einheimische warteten schon auf Einlass. Bevor sie in das Gewölbe aus grauen Steinen traten, zupfte Xenakis Leclerq am Ärmel.

»Bitte«, flehte er, »bitte passen Sie auf, dass meiner Tochter nichts geschieht.«

52

14°44′28″ N / 61°10′29″ W
Cachot de Cyparis, Saint-Pierre, Martinique

14. Februar, 20.55 h AST

Auch Karl Schwartz und Jean-Jacques van de Sluis hatten das Video in der E-Mail bekommen und das Signal der Münze empfangen. Weil ihnen natürlich klar war, dass man sofort versuchen würde, sie zu verhaften, hatten sie sich eilends aus dem Staub gemacht. Dummerweise verfügte auch Europas größter kommerzieller Fernsehsender nicht über ein eigenes langstreckentaugliches Flugzeug, also mussten Schwartz und van de Sluis mit derselben Linienmaschine von Paris hierherkommen. Und sie mussten natürlich dafür sorgen, im Flugzeug nicht von den Mitgliedern der Sonderkommission *Großherzog Henri II* entdeckt zu werden.

Schwartz war nicht gerade bester Laune. Dieses Hawaiihemd war mit Abstand die entwürdigendste Undercoververkleidung, die er in seiner Laufbahn als Spitzel jemals hatte tragen müssen. Aber noch schlimmer war die rote Perücke, die sein Chef ihm aufgedrückt hatte und die er seit der hastigen Abreise aus Luxemburg auf der Glatze trug. Er sah aus wie eine Werbung für irischen Whiskey und schwitzte unter dem Haarteil wie verrückt. Auf seiner Glatze hatten sich während der mehr als acht Stunden im Flugzeug Hunderte von Pickel gebildet. Van de Sluis hatte es mit seinem metallicgrauen, zum Kopfhaar passenden Schnurrbart deutlich leichter.

Die beiden hatten in Le Lamentin ein Auto gemietet und waren sofort nach Saint-Pierre gefahren. Sie ließen den Wagen am Rand des Städtchens stehen und gingen zu Fuß zum ehemaligen Stadtgefängnis. Vor dem Eingang warteten einige Besucher auf Einlass, ein baumlanger, mit Goldketten behängter Schwarzer stand an der niedrigen Tür, durch die man in das alte Verlies gelangte. Er führte Gesichtskontrolle durch. Als er Schwartz und van de Sluis musterte, wunderte er sich einen Moment. Es war eigentlich keine Touristensaison, aber er hatte heute schon überraschend viele Europäer gesehen.

»Bonsoir!«, sagte er und ließ die beiden ein.

Jean-Jacques van de Sluis und Karl Schwartz gingen durch den kleinen Vorraum und stiegen die Treppe hinunter. Sie kamen in einen geräumigen Keller, dessen Fußboden aus festgetretenem Lehm bestand. Es war unmöglich, die genauen Maße des Kellers abzuschätzen, denn nur in der Mitte baumelten zwei Lampen, die Konturen des Raumes verloren sich in alle Richtungen im Dunkeln. Es war bereits ziemlich voll, die Leute standen dicht gedrängt und blickten erwartungsvoll in die Mitte. Nur etwa ein Dutzend Menschen waren im Schein der Lampen zu erkennen, sie waren ausnahmslos schwarzhäutig und umrahmten den Ring, der hell erleuchtet in der Mitte auf das Blut der gefiederten Gladiatoren wartete. Noch war er leer. Das Publikum vertrieb sich die Zeit, indem es Zigaretten rauchte und Rum trank.

Irgendwo im Dunkeln begann eine Trommel, einen treibenden karibischen Rhythmus zu spielen. Die Zuschauer klatschten im Takt mit. Eine schrille Männerstimme, wohl der Moderator des Abends, schrie eine lange Einleitung auf *Créole Patois*, dem Pidginfranzösisch der Antillen, dann hob einer der Schwarzen einen Sack ins Licht, drehte ihn um und schüttete ihn aus. In der gegenüberliegenden Ecke wurde ebenfalls ein Sack umgestülpt.

Eine anderthalb Meter lange Schlange und ein junger Mungo fielen in die Lichtkegel der beiden Lampen und blinzelten verschreckt um sich.

Die Zuschauer johlten und pfiffen, manche stampften auf den Lehmboden. Die Einheimischen begannen, einen Kampfruf zu skandieren. Es wurde gedrängelt und gepufft, man stand auf Zehenspitzen, alle wollten den Kampf des Reptils gegen das Säugetier sehen.

»Das ist alles nur Show!«, sagte Jesús zu Franziska und Yrjö. Die drei hatten sich im Hintergrund hinter einer Säule postiert. Von hier konnten sie die Arena in der Mitte des Kellers gut überblicken, blieben aber selbst im Dunkel verborgen.

»Was meinst du?«, fragte Yrjö.

»Ich hab's auf Discovery Channel gesehen. Das ist nur das Vorspiel. Die Schlange hat keine Chance. Der Mungo gewinnt immer. Es wettet ja auch niemand.«

Tatsächlich, niemand setzte Geld auf die Tiere.

Der Mungo saß im Ring und sah possierlich aus. Er machte keinerlei Anstalten, die Schlange anzugreifen. Die Schlange ihrerseits würdigte den Mungo keines Blickes.

Einige Sekunden lang geschah nichts. Dann machte das Publikum seiner Enttäuschung Luft. Man hörte Buhrufe und allerlei kreolischen Unflat, der für europäische Ohren aber zum Glück unverständlich blieb.

Jemand versuchte, mit Hilfe eines umgedrehten Besens Leben in die Tiere zu bringen. Der Mungo reagierte mit stoischer Gelassenheit auf den Besenstiel, der ihn ins Hinterteil stieß, und die Schlange verharrte in katatonischer Starre, wie sehr man sie auch piesackte.

»Was ist denn los, ich kann nichts sehen!«, beklagte sich Liliane Schmitts schneidende Stimme aus der Finsternis. Sie war einen Kopf kürzer als die Umstehenden und sah nur schwarze Schultern vor sich.

»Der Mungo und die Schlange kämpfen nicht«, sagte Xenakis. »Irgendetwas stimmt mit den Tieren nicht.«

Ärgerlich entfernten die Veranstalter den Mungo und die Schlange aus dem Ring. Es war Zeit für die Hähne. Als Erstes wurden sie gewogen, denn nur Hähne mit gleichem Gewicht durften gegeneinander antreten. Bauch und Beine der Tiere waren zum Schutz vor Infektionen sorgfältig von Federn freigehalten. Die Bauchhaut der Hähne wurde mit einer speziellen Paste eingerieben, deren Rezept ein wohlbehütetes Geheimnis war. Der Prozess des Wiegens war langwierig und laut, aber schließlich stand das erste Paar fest.

Der baumlange, goldbehangene Türsteher war heruntergekommen und begann, am Ring die Wettgelder einzusammeln. Die Einheimischen schienen ihre Hahnenkämpfe sehr ernst zu nehmen: Zahlreiche Scheine gingen von Hand zu Hand, niemand setzte weniger als hundert Euro, manche auch bedeutend mehr, man sah auch einige Fünfhunderter den Besitzer wechseln. Die für den ersten Kampf ausgewählten Hähne bekamen unterdessen einen kräftigen Schluck Rum, und man zog ihnen die martialisch scharfen Sporen an.

Als die Wetten abgeschlossen waren, gab der Türsteher dem unsichtbaren Trommler ein Zeichen, worauf dieser verstummte. Auch das Publikum beruhigte sich und wurde still. Gleich würde es losgehen. Es war warm und stickig in dem ehemaligen unterirdischen Verlies. Alles hielt den Atem an.

Mitten in die Stille piepsten aus zwei verschiedenen Richtungen gleichzeitig die elektronischen Stimmchen von zwei GPS-Ortungsgeräten.

Die Hähne wurden in den Ring geworfen, und wie auf Kommando begann das Publikum, aus voller Kehle zu krakeelen. Alle erhoben die Arme in die Luft, und man sah nur noch schwarze Umrisse von emporgestreckten Händen.

Ein paar Sekunden später hatten sich Direktor a. D. Xenakis, Hauptkommissar Leclerq, Liliane Schmitt und Gennaro Manzone durch das Gedränge im dunklen Keller bis auf einen Meter genau an die Koordinaten auf ihrem Display herangearbeitet. Dasselbe hatten auch Karl Schwartz und Jean-Jacques van de Sluis getan. Vor ihnen in der Finsternis standen Jesús de Luna, Franziska Anzengruber und Yrjö Koski. Sehen konnten sie sich zwar nicht, aber alle neun standen so dicht beieinander, dass sie gegenseitig ihren Atem spüren konnten.

Anstatt aufeinander loszugehen, kauerten sich die beiden Hähne ängstlich in einer Ecke des Rings zusammen. Ihre Federn zitterten, sie glucksten in Panik vor sich hin und suchten beieinander Schutz und Zuflucht.

Fassungslos sahen die Schwarzen den beiden Hähnen zu. Dann erhob sich Protest:

»Betrug!«, schrie jemand. »Ich will mein Geld wiederhaben!«

»Ich auch«, schrie ein anderer, und alles brach in wütendes Geheul aus. Der Goldbehangene zog die Wetteinnahmen aus der Tasche und wedelte mit dem Geldbündel. Da erschien der chromglänzende Lauf eines großkalibrigen Revolvers an seiner Schläfe. Das Publikum wurde totenstill.

»Jemand hat die Viecher vergiftet. Oder noch schlimmer – verhext! Hier wird faul gespielt!«, sagte die Stimme dessen, der den Revolver hielt. Seine riesigen Augäpfel rollten wild in seinem schwarzen Gesicht. Schweiß tropfte vom Kinn des Türstehers. Aus allen Ecken des Kellers hörte man Metall klicken. Innerhalb von zwei Sekunden hatten alle Anwesenden Schießeisen jedweder Couleur hervorgeholt und zielten aufeinander.

Auch die Mitglieder der Sonderkommission *Großherzog Henri II* hielten es jetzt für angebracht, ihre Handfeuerwaffen zu entsichern. Karl Schwartz holte seine gute alte Glock aus dem Schienbeinholster, van de Sluis hielt eine Walther PPK in der Hand. Nur Yrjö, Franziska und Jesús zogen keine Waffen, aus dem einfachen Grund, dass sie keine hatten.

Die Hähne glucksten und scharrten verstört in ihrer Ecke. Auch den Menschen ging es nicht viel anders: Jeder zielte auf jeden, und niemand wusste so recht, auf wen. Im Dunkeln war dieses Problem allerdings sowieso akademisch. Unschlüssig schwenkten die Schwarzen die Läufe ihrer Waffen hin und her. Die allgemeine Erregung hatte den Siedepunkt erreicht, aber es gab kein Ventil. Manzone stellte fest, dass man ihn mal wieder vergessen hatte. Auf ihn zielte niemand. Er grinste im Dunkeln, steckte seine Beretta wieder ein und verließ mucksmäuschenstill den Raum, in dem die Spannung knisterte.

Die riesige, betörend duftende lila Blüte in Liliane Schmitts Ausschnitt fühlte sich in der kohlendioxidreichen Wärme des Kellers wohl und hatte damit begonnen, ihren Blütenstaub entschweben zu lassen. Und weil Liliane nur einen halben Meter von Yrjö entfernt stand, erreichte dieser süße Blütenstaub jetzt seine Nase. Das Kitzeln begann, und Yrjö wusste sofort, dass er keine Chance hatte. Trotzdem hielt er sich die Nase mit Daumen und Zeigefinger zu. Er durfte jetzt unter gar keinen Umständen niesen, aber was war er schon im Kampf gegen Mutter Natur und die Allergie, die sie ihm in die Wiege gelegt hatte.

»'tttschii!«, dröhnte er plötzlich gewaltig schallend los. Er wusste, dass er damit eine Katastrophe auslöste. Alle Augen und alle Waffen richteten sich plötzlich auf ihn und die sieben Europäer, die ihn in seiner dunklen Ecke umstanden. Yrjös letzter Gedanke war: Jetzt würde es Tote geben.

53
14°44′28″ N / 61°10′29″ W
Saint-Pierre, Martinique

7. Mai 1902

Schon im Sommer 1900 waren auf dem Berg im Norden der knapp hundert Kilometer langen und fünfundzwanzig Kilometer breiten idyllischen Karibikkolonie im sogenannten *Etang Sec,* dem ›trockenen Teich‹, Anzeichen erhöhter Fumarolenaktivität zu verzeichnen gewesen. Aber erst am 25. April 1902 war der Vulkan richtig erwacht, hatte eine fette schwarze Wolke ausgespien und tief im Innern gegrollt, ohne dabei aber nennenswerten Schaden anzurichten. Schon Anfang April hatten Ausflügler von schwefligen Dämpfen berichtet, die aus Löchern im Berg hervortraten. Am 27. April dann bestiegen einige Mutige den Kraterrand und fanden den Etang Sec, einen See mit hundertachtzig Metern Durchmesser, gefüllt mit kochendem Wasser. Der Schwefelgestank in Saint-Pierre war so stark, dass Menschen und Pferde auf den Straßen an Atemnot litten.

Am 7. Mai um etwa vier Uhr nachmittags begann der Berg unmissverständlich klarzumachen, dass er wirklich extrem schlechte Laune hatte. Drohende Blitze zuckten in den elektrisch geladenen, toxischen Wolken über den beiden Kratern. Gegen Abend beruhigte sich der Berg ein bisschen, aber beide Krater glühten die Nacht durch weithin sichtbar orange über das nächtliche Meer hinaus.

Um die wachsende Unruhe in der Bevölkerung zu besänftigen und vor allem um seine Wiederwahl nicht zu gefährden, setzte Gouverneur Monsieur Louis Mouttet, eine *Commission de Volcan* ein, die aus den besten auf Martinique erhältlichen Wissenschaftlern bestand: Professoren, Medizinern, Pharmakologen. Die erste und letzte Sitzung der ehrenwerten Kommission wurde am selben Abend des 7. Mai abgehalten. Und am frühen nächsten Morgen veröffentlichte die Kommission folgende Empfehlungen:

Die für das Studium vulkanischer Phänomene am Mont Pelée verantwortliche Kommission trat gestern Abend unter dem Vorsitz des Gouverneurs zusammen. Nach eingehender Analyse der Fakten erklärt die Kommission:

1. Alle bisher aufgetretenen Phänomene haben nichts Abnormales an sich, sie sind im Gegenteil identisch mit Phänomenen, die auch bei allen anderen Vulkanen beobachtet wurden.

2. Da die Krater des Vulkans weitgehend geöffnet sind, kann das Entweichen von Dämpfen und Ruß ungehindert weitergehen, ohne Erdbeben hervorzurufen oder glühende Magma emporzuschleudern.

3. Die relative Position der Krater, dem Meer zu geneigt, erlaubt es, die Sicherheit von Saint-Pierre zu garantieren.

Es war der *Jeudi d'Ascension*, der Himmelfahrtstag. Am Morgen bestaunten die etwa dreißigtausend Einwohner das spektakuläre Feuerwerk, das ihnen der Berg bot. Der Telegrafenbeamte der Nachtschicht schickte Berichte über den Gemütszustand des Vulkans nach Fort-de-France zur Vermittlerstation. Er meldete wiederholt, dass alles zum Besten stehe und dass es keine signifikanten Veränderungen im Verhalten des Berges gebe.

Seine letzte Übertragung war ›*Allez*‹, eine Sekunde später war die Leitung tot. Der Berg hatte genug von den schlimmen Schmerzen im tektonischen Gedärm und ließ endlich den befreienden großen Wind abgehen, der ihm schon so lange im Granit gärte.

Ein Schiff vor der Küste, das mit Kabelreparaturen beschäftigt war, hatte direkte Sicht auf das Städtchen: Die obere Flanke des Berges riss auf, und eine dichte schwarze Wolke schoss horizontal heraus. Eine zweite schwarze Rauchsäule rollte aufwärts zum Zenit, bildete eine gewaltige Pilzwolke und verdunkelte den Himmel im Umkreis von fünfzig Meilen.

Dann wälzte sich ein pyroklastischer Strom herab und fegte durch das Städtchen Saint-Pierre, eine Mischung aus supererhitztem Dampf, vulkanischen Gasen und Staub mit einer Temperatur von über tausend Grad Celsius. Vor sich her schob der Strom eine Druckwelle, die die Häuser der Stadt zusammenbrechen ließ, als wären sie aus Pappe.

Der tödliche Sturm zerstörte ein Gebiet von acht Quadratmeilen und bedeckte Saint-Pierre völlig. Sämtliche Bewohner starben auf der Stelle in dem glühenden Tsunami, der in weniger als einer Minute das Städtchen erreichte, augenblicklich alles in pure Hitze verwandelte und alles Leben aus den Gassen saugte, Mensch und Tier, in einem einzigen großen, heißen Atemzug.

Nur ein einziger Bewohner von Saint-Pierre überlebte: Louis Cyparis, ein Gefangener, der zu seinem unfassbaren Glück vier Tage lang ohne Essen und Trinken in einer unterirdischen Zelle im Stadtgefängnis eingesperrt war, bis man ihn fand. Der Gerechtigkeit halber begnadigten ihn die Behörden später.

Sämtliche Mitglieder der Vulkankommission kamen in der Katastrophe um. Und Gouverneur Monsieur Louis Mouttet sowie seine werte Gemahlin.

Gemessen an der Zahl der Todesopfer, war der Ausbruch des Mont Pelée am 8. Mai 1902 die schlimmste Vulkankatastrophe des zwanzigsten Jahrhunderts.

54
14°44'28" N / 61°10'29" W
Cachot de Cyparis, Saint-Pierre, Martinique

14. Februar, 21.27 h AST

In diesem Moment erloschen die beiden Lampen über der Arena. Die Zeit blieb stehen. Der Keller lag in undurchdringlichem Dunkel. Die Zeit stand lange still, sehr lange. Und dann hörten sie das Geräusch. Ein Geräusch, wie sie es noch nie im Leben gehört hatten. Ein Geräusch, das man, wenn man es einmal gehört hat, nie wieder vergisst. Ein Geräusch, wie es die meisten der Menschen, die es überhaupt hören, nur ein einziges Mal im Leben hören. Meist kurz vor ihrem Ende. Wie eine gigantische, brüllende Welle fegte dieses Geräusch über die ehemalige Hauptstadt Saint-Pierre und das alte Stadtgefängnis hinweg.

55
14°47'57" N / 61°09'59" W
Mont Pelée, Martinique

14. Februar, 21.28 h AST

Yrjö hatte Recht: Jetzt gab es Tote. Zwar nicht ganz so viele wie vor etwas mehr als hundert Jahren, aber immerhin genau viertausendvierhundertfünfundfünfzig. Und auch das lag einzig und allein daran, dass das Städtchen es noch nicht wieder geschafft hatte, auf seine ehemalige Einwohnerstärke anzuwachsen.

Diesmal gab der Vulkan keine Warnung. Er explodierte ohne jede seismische Ankündigung, ohne stinkende Schwefelschwaden, ohne Motiv, einfach so aus purem Übermut. Er war ein Berg und dachte in anderen Größenordnungen. Wenn irgendwelche lernunfähigen Vollidioten nach jeder Eruption neue Häuser an seine Flanke bauten, war das nicht seine Schuld. Jetzt, mehr als hundert Jahre nach der letzten Katastrophe, gab es eine Schar von Vulkanologen, sie sich mit ihren Computersimulationen und Statistiken respektvoll um ihn kümmerten – aber diesmal spielte Mont Pelée allen einen Streich. Die Messinstrumente der Geo-, Seismo-, Hydro- und sonstigen -logen zeigten rein gar nichts an, bis die ganze Südflanke des kahlen Berges, wie er auf Französisch hieß, buchstäblich in die Luft flog.

Der Berg stieß eine Gaswolke aus, die zur Hälfte senkrecht in den Himmel stieg und die Sterne verdunkelte. Die andere Hälfte wälzte sich als schwarze, siedend heiße Glutwolke ins Tal hinunter und erreichte in weniger als einer Minute die Häuser von Saint-Pierre. Der Helikopterpilot versuchte noch im letzten Augenblick zu starten, aber die sengende Rauchwalze zerknüllte die Rotorblätter wie die Fühler eines Insekts und fraß den Helikopter auf.

Die Schäferhunde der Hundestaffel wurden gegrillt und durch die Luft geschleudert, die Scharfschützen verkohlten mit ihren Gewehren in der Hand, Autos flogen durch die Straßen, Dächer wurden abgerissen, Häuser stürzten ein, Stromkabel, Telefonmasten, Kinderwagen, alles wirbelte in der dunkel glühenden, vernichtenden Wolke durcheinander und verschwand. Die tropische Üppigkeit, die Blumen und die bunten Häuser wurden in einem einzigen, riesigen Atemzug eingeäschert.

Der Vulkanausbruch bedeckte das Städtchen mit einer mehrere Meter dicken, dunkelgrauen Schicht aus hauchfeinem Staub.

Für die neunundachtzig Personen, die im *Cachot de Cyparis* unter der Ascheschicht begraben waren, begannen die schlimmsten hundert Stunden ihres Lebens. Dicht an dicht gedrängt warteten sie in völliger Finsternis. Zu trinken gab es nichts außer Rum, und auch davon nur einen Schluck für jeden. Nach den ersten zwei Tagen war der Gestank unerträglich. Ersticken, Verdursten, Verhungern, niemand wusste, in welcher Gestalt der Sensenmann kommen würde. Im Keller des ehemaligen Stadtgefängnisses von Saint-Pierre wurden in diesen hundert Stunden Gelübde abgelegt, Schulden erlassen, Sünden gebeichtet und verziehen, es wurde gebetet, manche Einheimische versprachen ihren Voodoo-Göttern Tieropfer für den Fall, dass sie überleben sollten.

Und der Albtraum, der Franziska seit einiger Zeit verfolgt hatte, wurde in diesem dunklen, heißen, stickigen Keller Wirklichkeit.

56

50°06′34″ N / 08°40′26″ O
Europäische Zentralbank, Eurotower, Kaiserstraße,
Frankfurt/Main, Deutschland

14. August, 17.00 h MESZ

Die Zentralbank hatte keine Kosten gescheut und ihre geladenen Gäste erster Klasse einfliegen lassen. Trotzdem trank Yrjö im Flugzeug nur Kaffee und Mineralwasser. Er würde nüchtern bleiben, auch heute. Zufrieden dachte er an den Kauf, den er letzte Woche getätigt hatte: Er hatte seinen Volvo Kombi endlich verhökert und sich dafür ein dickes Motorrad mit Seitenwagen zugelegt.

Es war ein schöner Frankfurter Spätsommerabend. Die meisten Gäste kamen mit Taxis, manche wurden von Limousinen vorgefahren. Im Foyer des Eurotower wurden sie von Liliane Schmitt und Jean-Jacques van de Sluis mit einem warmen Händedruck empfangen. Van de Sluis hatte zwar seine Stellung beim Sender verloren, aber noch am selben Tag einen gut dotierten Posten als Medienberater der Europäischen Zentralbank angetreten.

»Das ist sicher Ihre Tochter!«, rief Liliane aus, als Yrjö, Silja und Lady ankamen. »Entzückend!«

»Sag guten Tag, Silja!«, sagte Yrjö.

Aber Silja war zu schüchtern, um den Gruß der fremden, ausländischen Tante zu erwidern, sie versteckte sich hinter Yrjös Lederhosen. Wenigstens Lady wedelte artig mit dem Schwanz.

Jesús kam Hand in Hand mit seinem neuen Freund an,

einem sportlichen spanischen Polizeibeamten in Designerjeans und Krokodillederschuhen. Jesús küsste Liliane nonchalant die Hand.

»Guten Abend, Señora Schmitt! Und danke noch einmal für den Tipp! Sie haben mir sehr geholfen.«

»Keine Ursache«, wiegelte Liliane ab und wollte den Ankömmlingen den Weg zur Garderobe zeigen.

»Jesús!« Ein Schrei übertönte das Stimmengewirr im Foyer. Franziska rannte auf Jesús zu und fiel ihm um den Hals. »Wie geht es dir?«, fragte Franziska und drückte Jesús an sich, was aber durch ihren bereits recht prallen Bauch erheblich erschwert wurde.

»Fräulein Anzengruber!«, sagte Jesús und tätschelte Franziskas Bauch. »Herzlichen Glückwunsch. Wann ist es denn so weit?«

Franziska strahlte. Sie zeigte Jesús ihre Hände, an ihrem Ringfinger glänzte ein dicker, goldener Ehering.

»*Frau Doktor* Anzengruber-*Schwartz*«, sagte Franziska mit original wienerischem Augenaufschlag. Die Schwangerschaft ließ sie aufblühen, und obwohl sie nicht geschminkt war, sah sie besser aus als je zuvor. »In drei Monaten.«

Karl Schwartz hinkte aus dem Hintergrund herbei, stellte sich neben Franziska und legte den Arm um ihre Schulter. Er trug einen Gips am linken Bein. Franziska gab ihm einen Kuss.

»Mein armes kleines Pechvogerl!«, sagte sie tröstend.

Jesús erzählte, wie er bei der Zwangsversteigerung zum Spottpreis die Penthousewohnung in der *Calle de José Ortega y Gasset* gekauft hatte. Und er berichtete von seinem neuen Glück: davon wie er seine Schallplattensammlung nicht nur zurückbekommen, sondern sogar mehr als verdoppelt hatte. Der sportliche Polizeibeamte hatte selbst nämlich auch eine stattliche Vinylsammlung, und seit zwei Monaten lebten die beiden glücklich zusammen. Jesús hatte Dulce wieder eingestellt, und die beiden ließen sich morgens von ihr Churros und heiße Schokolade machen, lagen in ihrem breiten schwarzen Seidenbett und hörten unvergessliche Rillen aus vergangenen Jahrzehnten.

Auch die Mitglieder der ehemaligen Sonderkommission Großherzog Henri II trafen ein, Direktor Xenakis, der inzwischen wieder im Dienst war, kam in Begleitung seiner atemberaubend schönen Tochter Euphoria. Gennaro Manzone konnte heute leider nicht dabei sein. Fortuna hatte ihn vergessen, und er war von der nächtlichen Feuerwalze in Saint-Pierre geröstet worden.

Yrjö umarmte Franziska. Franziska umarmte Jesús. Jesús umarmte Yrjö. Franziska umarmte Yrjö. Yrjö umarmte Jesús. Gerade als sie wieder von vorne anfangen wollten, mischte van de Sluis sich ein:

»Entschuldigen Sie, wenn ich von profanen Dingen spreche, aber... ich hoffe, Sie alle haben Ihr Geld gut angelegt?«, sagte er und drehte nervös den Ring an seiner Schweizer Armbanduhr. Yrjö, Jesús und Franziska nickten.

»Wir äh... wir können uns doch darauf verlassen, dass wirklich keine einzige Kopie von dem Material existiert?«, sagte Hauptkommissar Leclerq, der zur Feier des Tages Uniform trug.

»Ehrenwort«, sagte Franziska. »Oder?«

»Ehrenwort«, sagten Jesús und Yrjö und lächelten. Van de Sluis, Leclerq und Xenakis versuchten zurückzulächeln, aber der Ausdruck weigerte sich, auf ihren Gesichtern Gestalt anzunehmen.

Insgesamt waren achtundachtzig Personen geladen, davon acht Europäer und achtzig Gäste aus Martinique. Vor dem Betreten des Festsaales mussten die ehrenwerten Besucher durch einen Metalldetektor gehen, was zur Folge hatte, dass der große Waschkorb, den die Sicherheitsbeamten der Zentralbank bereithielten, sich schnell mit schwerem Schießgerät füllte.

In der ersten Reihe waren acht Plätze für die europäischen Gäste reserviert. Liliane war zwar sehr multikulturell eingestellt, aber gewisse Anstandsregeln ließ auch sie nicht außer Acht. Die hinteren Reihen waren mit einer bunten Schar von Mitbürgern aus Martinique bevölkert. Man sah eine Kollektion exotischer Kleidungsstücke und Frisuren, zwischendurch blitzten Goldzähne auf. In einer Ecke des Saals stand die Presse, Fernsehkameras waren auf Stativen aufgebaut, Radiojournalisten hielten ihre Richtmikrofone und die Kollegen von der schreibenden Zunft ihre Diktiergeräte in die Luft. In der anderen Ecke spielte das Barockorchester der Europäischen Union. In der Mitte, an der Wand hinter dem leeren Sprecherpult, hing eine Leinwand, auf der die Bilder zu sehen waren, die vor einem halben Jahr um die Welt gegangen sind:

Bewegende Szenen, wie Yeoryios Xenakis, von Helfern aufrecht gehalten, inmitten einer grauen, leblosen Mondlandschaft seiner Tochter um den Hals fiel, Bilder davon, wie Karl Schwartz, selbst dehydriert und halb erstickt, eine bewusstlose Franziska aus dem Keller trug, Bilder von Yrjö und van de Sluis, die sich gegenseitig stützten und ungläubig staunend durch die Aschenwüste stolperten, Bilder von Schwarzen und Weißen, die gemeinsam gelitten und gemeinsam gefürchtet hatten. Bilder von Zerstörung, von Grauen, von der Urgewalt der Natur, aber auch von Hoffnung, vom zähen Überlebenswillen des Menschen, vom selbstlosen Einsatz der Rettungskräfte, von einem kleinen Wunder. Bilder von der spektakulären Bergung von neunundachtzig überlebenden Personen und dreizehn Hähnen, die fünf Tage lang im Keller des ehemaligen Stadtgefängnisses von Saint-Pierre unter Tausenden Tonnen von Asche verschüttet gewesen waren.

Das Orchester beendete Georg Friedrich Händels *Arrival of the Queen of Sheba*. Die Dolmetscher in den kleinen Kabinen am anderen Ende des Saales signalisierten Bereitschaft. Liliane Schmitt bezog Posten hinter dem Pult, testete das Mikrofon, blickte in die Runde, wartete, bis niemand mehr hüstelte, gab per Zeichen zu verstehen, dass man jetzt die Kopfhörer aufsetzen solle, und begann die kleine Rede, die sie vorbereitet hatte:

»Meine Damen und Herren, Mesdames et Messieurs, Ladies and Gentlemen! Es ist mir eine besondere Ehre, Sie heute hier begrüßen zu dürfen, gewissermaßen als Schicksalsgenossen. Vor einem halben Jahr hatte ich, wie sie alle hier in diesem Saal, das Pech, die Vulkankatastrophe auf Martinique mitzuerleben. Oder sollte ich vielleicht sagen, das Glück? Denn eines ist sicher, verehrte Gäste, ein Erlebnis wie dieses verändert den Menschen. Sie alle wissen das selbst.« Liliane räusperte sich ergriffen. Dann fuhr sie gefasst fort:

»In Erinnerung an die Katastrophe, in Trauer um die Opfer und als Dank dafür, dass wir verschont geblieben sind, möchte ich deshalb heute diese Gedenkmünze lancieren, ein goldenes Ein-Euro-Stück mit einem Bild des Mont Pelée auf der nationalen Seite.«

Sie öffnete eine Schatulle und zeigte eine goldene Münze herum. Die Festgäste applaudierten.

»Von dieser Münze sind exakt neunundachtzig Exemplare geprägt worden, eines für jeden Überlebenden«, fuhr Liliane fort, während Helfer begannen, an die Anwesenden Goldmünzen zu verteilen.

»Mögen diese Gedenkmünzen an die unscheinbare kleine Münze erinnern, die einige von uns vor genau einem halben Jahr in Martinique zusammengebracht hat. Meine Damen und Herren, ich weiß nicht, wie viele Sprachen wir Europäer sprechen, und ich weiß nicht, wie viele verschiedene Rassen in Europa leben. Aber eines haben wir alle gemeinsam: unsere Währung, den Euro. Mögen diese neunundachtzig Münzen die kulturelle Vielfalt symbolisieren, die uns Europäer im Herzen so reich macht, und zugleich auch die europäische Einheit, das, was uns alle verbindet, die Tatsache, dass wir uns alle ohne Rücksicht auf Rasse, Religion oder Nationalität darüber einig sind, was wirklich wichtig ist: Geld.«

Das Publikum applaudierte wieder, Liliane stieß mit einem Glas Sekt auf die Münze an und eröffnete die Bar und das Buffet. Das Barockorchester der Europäischen Union spielte Vivaldi.

»Grüß Aristides von mir!«, sagte Yrjö, als er neben Euphoria am Buffet Dolma und Tsatsiki auf seinen Teller schaufelte.

»Mach ich«, sagte Euphoria.

Eine junge Serviererin balancierte ein Tablett mit gut gefüllten Sektgläsern vorbei. Yrjö überlegte eine geschlagene Viertelsekunde lang, dann nahm er sich eines.

»Wie geht's ihm denn?«, fragte Yrjö.

»Gut.« sagte sie. »Er hat viel zu tun!«

Das stimmte. Aristides thronte im Hinterzimmer des Restaurant Hamodrakas. Die Mitglieder des Geocaching-Club Thessaloniki saßen vor seinem Laptop und warteten geduldig. Plötzlich begann es auf dem Monitor zu blinken. Neunundachtzig kleine Sternchen erschienen, alle an derselben Stelle. In Deutschland, in Frankfurt am Main.

»Es geht los!«, sagte Aristides.

57

14°44′28″ N / 61°10′29″ W
Cachot de Cyparis, Saint-Pierre, Martinique

9. September, 09.57 h AST

Die Öffnung gähnte sie schwarz an. Ein bisschen mulmig war den beiden schon zu Mute.

»Und? Traust du dich?«, fragte Oumar seinen besten Freund.

»Wenn du mitkommst, geh ich rein«, sagte Nathou.

Schweigend, Schritt für Schritt, tasteten sich die beiden in die rußgeschwärzte Zelle, dann die Treppe hinunter in den Keller. Oumar zündete ein Streichholz an. Das

Licht des schwachen Flämmchens verlor sich in dem Gewölbe.

»Hier ist nichts«, sagte Nathou schaudernd. »Komm, lass uns abhauen!«

»Warte noch!«, sagte Oumar und bückte sich. Er hatte etwas gefunden.

Als sie wieder oben an der Sonne waren, begutachteten sie den Fund. Es war eine Euromünze, ziemlich schmutzig, aber sonst einwandfrei. Die beiden Neunjährigen beratschlagten. Was sollten sie mit dem Geld tun? Oumar wollte die Münze behalten, schließlich hatte er sie ja gefunden, aber Nathou war der Ansicht, sie sollten das Geld teilen. Sie konnten aber nicht ins Geschäft gehen und sich Süßigkeiten kaufen, denn man würde sie beim Schuleschwänzen erwischen. Außerdem war es streng verboten, in den Ruinen von Saint-Pierre zu spielen.

»Ich weiß, was wir machen!«, sagte Oumar nach einer Weile, und er lachte. »Das wird ein Spaß! Komm mit!«

Sie gingen in Richtung *Carbet*, zu der idyllischen Schmalspurbahn, die sich durch die Regenwälder der hügeligen Tropeninsel schlängelte. Direkt vor dem Tunnel legten sie die Münze auf die Schienen, versteckten sich hinter einer Bougainvillea und warteten.

Es dauerte recht lange, bis der Zug kam, fast wären die beiden hinter ihrem blühenden Busch eingeschlafen. Schließlich hörten sie die Bahn, die sich ächzend aus dem Tunnel schob. Oumar und Nathou sprangen aus ihrem Versteck und winkten den Passagieren zu. Die Passagiere winkten freundlich zurück.

Man hörte ein metallisches Sirren. Die Münze wurde von den Stahlrädern des Zuges viele Dutzend Meter weit in den üppig wuchernden Urwald geschleudert, irgendwo zwischen die Schmetterlinge, die Kolibris und die Orchideen.

Oumar und Nathou waren sehr zufrieden. Sie schüttelten sich feierlich die Hände und beschlossen, noch ein wenig schwimmen zu gehen.

Roman Schatz ist 1960 in Überlingen am Bodensee geboren, studierte in Berlin Germanistik und Romanistik. 1986 verliebte er sich in eine Finnin und folgte ihr in deren Heimat. Er schrieb Deutschlehrbücher und Drehbücher fürs Schulfernsehen, arbeitete in Helsinki als Produzent und Regisseur. Seit einiger Zeit ist er auch sehr erfolgreich als TV-Moderator und Schauspieler tätig. Im Eichborn Verlag ist *Der König von Helsinki* 2008 erschienen.